カフカ・コレクション

審判

カフカ

池内紀＝訳

白水 u ブックス

Franz Kafka
Der Proceß
Kritische Ausgabe
herausgegeben von Malcolm Pasley

Published by arrangement with Schocken Books,
a division of Random House, Inc.
through The English Agency (Japan) Ltd., Tokyo

審判

目次

断片

逮捕

だれかが誹ったにちがいない。悪事をはたらいた覚えがないのに、ある朝、ヨーゼフ・Kは逮捕された。グルーバッハ夫人に部屋を借りており、その料理女が毎朝八時には朝食をもってくる。それがこの朝は来なかった。Kはなおしばらく待ちながら、枕に頭をのせたまま向かいの建物の年とった女をながめていた。いやに目を光らせて、じっとこちらをうかがっている。そのうち飽きたし腹もへったのでベルを鳴らした。すぐさまノックの音がして男が入ってきた。これまでこの建物で、ついぞ見かけたことがない。細身だが、がっしりしていて、からだにぴったりの黒い服を着ていた。旅行着と似ていて、いろんなひだやポケットや留め金やボタンがついており、それぞれの用途はともかくも、なかなか実用的な服に見えた。

「どなたですか?」

Kはすぐさまベッドの上で身を起こした。自分がやってきたのが当然のことのように、相手の男は問いを無視して、逆に問い返した。

「ベルを鳴らしたね?」

「アンナが朝食をもってくるはずですからね」

相手が何者なのか、Ｋはまずよくながめて見定めようとした。しかし、男はＫの目を避けるようにドアに向かい、少し開いたドアごしに声をかけた。すぐ奥に誰かがいるらしい。

「アンナが朝食をもってくるはずだとよ」

隣室でクスクス笑いが起きた。笑い声からすると何人もがいるらしいが、はっきりしない。それで何がたしかめられたわけでもないのに、見知らぬ男はＫに向かい断言口調で言った。

「もってこないよ」

「なんてことだ」

Ｋはベッドからとび出すと、いそいでズボンをはいた。

「どんなやつらが隣にいるんだ。グルーバッハさんに文句を言ってやる」

すぐに気がついたが、声に出して言うべきではなかった。見知らぬ男に、いわば見張りの権利を認めたことになる。だが、それはこの際、重要ではないような気がした。いずれにせよ、男はそんなふうにとったようだ。

「じっとしていてもらおうか」

「じっとしていたくないし、何か言われるのもまっぴらだ。自己紹介でもしたらどうだ」

「なるほど」

男は自分からドアを開けた。少したじろぎながらＫは隣室に入った。見たところ前夜と何も変わらない。グルーバッハ夫人の居間である。家具や覆いや陶器や写真でゴタゴタした部屋が、今日はいつもより広い感じだが、どの点でそうなのか、すぐにはわからなかった。開いたままの窓辺に男がいるせいらしかった。

本を手にして腰かけたまま、本から顔を上げた。

「そちらにいてもらおう！　フランツが言わなかったかね」

「聞きましたよ。それにしても何用ですか？」

Kは窓辺の男に目をやってから、ドアのところに立ったままのフランツとよばれた男を振り返った。開いたままの窓から向かいの年寄りの姿が見えた。わざわざ隣の窓に移り、老いた女におなじみの好奇心で、なおもこちらを見つめている。

「グルーバッハさんにこのことを——」

Kは言いかけたきり、相手の二人がずっと離れているのに身をもぎはなすしぐさをして、前に歩きかけた。

「動くな」

窓辺の男は本を小卓に放りなげると、立ち上がった。

「動いてはならん。きみは逮捕されている」

「どうやら、そのようだ」

と、Kは言った。

「どんな罪で？」

「われわれは関知しない。部屋にもどって待つんだな。手続きがはじまったばかりだ。しかるべきときに知らされるだろう。こんなに親切にするのは役目に反するのだがね。幸いにもフランツ以外にいないし、フランツも規則に反してきみには親切だ。これからもこんな監視人とめぐり会えたら、安心していられようさ」

Kはすわりたかったが、窓ぎわの椅子のほかには部屋中にすわるところがないのに気がついた。

「まちがいないことが、いまにわかる」

と、フランツが言った。つづいてもう一人といっしょにKに向かってきた。もう一人のほうはKよりずっと背が高く、なんどもKの肩を叩いた。二人はKのパジャマをしげしげと見つめ、いずれもっとひどいのを着せられる、このパジャマはほかの下着類といっしょに保管しておいて、一件が落着したら返却してやろう、といったことを話していた。

「保管所よりも、われわれにまかせるのがいい」

「保管所ではチョロまかしが多いし、期間がすぎると、訴訟が終わっていようが、まだであろうがおかまいなしに売り払うからね。それに当節、裁判はやたら長びく！　なるほど、保管所は代金をよこすが、その代金ときたら雀の涙だ。売り払うときには品物の値打ちではなく、袖の下がものをいう。なんどとなく人手に渡るほど代金が目べりするんだな」

そんなおしゃべりをKはほとんど聞いていなかった。自分の品物に対する処分権は、まだ失ってはいないはずだが、それは大したことではない。自分の置かれた状況をはっきりさせるほうが、ずっと大切だ。ところがこの二人がいると、じっくり考えることができない。第二の監視人の——せいぜいが監視人にちがいない——腹がしきりにKに押しつけられてくる。Kが目を上げると、肥ったからだに不似合いな骨ばって干からびた顔があった。鼻がグイと一方に曲がっている。その顔がKの頭上で、もう一人とうなずき合っている。いったい全体、何者だろう？　何を話しているのだ？　どんな職務の連中なのだ？　ここは法治国であって、日々平穏、法律がきちんと機能しているというのに、どうして寝こみを襲われたりするのだ？　Kはつねづね、ことを軽くみなす性分の人間だった。どんなひどいことも、よほどひどい事態にならないかぎり、受け流すことにしている。どんなに雲行きが悪くても、先のことはあれこれ心配しない。ところが、いまこの場合は、どうもしっくりこないのだ。すべてを冗談ごととみなすこともできる。たちの悪い冗談であって、何かの理由から、ひょっとして今日が三十歳の誕生日だから、それにかこつけ、銀行の同僚たちがやらかしたのかもしれない。それは大いに考えられる。おりを見はからい監視人に向かって笑いかければ、二人もいっしょに笑い出すのではあるまいか。いずれも街角にたむろしている使い走りのたぐいかもしれない。顔つきからしてそっくりだ――とはいえ、いまの場合、監視人フランツをひと目見たときから、Kは最後の手はとっておこうと決めていた。冗談がわからぬ人間だと、あとになって言われてもかまわない――それにKは思い出した――ふだんは経験から学ぶといった人間ではないのだが――それ自体は些細なことであって、しっかり者の友人たちとはちがい、あとのことはついぞ考えず、わざと軽率にふるまって、手ひどい目にあったことがある。あんなことは二度とあってはならない。少なくとも、このたびはごめんこうむろう。茶番をやっているのなら、一役買おうじゃないか。

それにまだ拘束されてはいないのだ。

「ちょっと失礼」

二人の監視人のあいだをすり抜けてKは部屋にもどった。

「血迷っちゃあいないようだ」

うしろで声が聞こえた。部屋に入るなり、Kはすぐさま書き物机の引出しを開けた。すべてがきちんと整っている。だが、興奮しているせいか肝心の身分証明書が見当たらない。かきまわしていると自転車証明が出てきたので、それをもってもどろうとしたが、なんとも安手の書類に思えたので、なおも探していると出生証明が出てきた。隣室にもどってくると、ちょうど向かいのドアが開いてグルーバッハ夫人が入りかけた。チラリと見えただけである。Kであることがわかるとグルーバッハ夫人はとまどったようで、失礼を詫びるなり姿を消して、そっとドアを閉めた。

「どうぞ、どうぞ」

Kにはひとこと、呼びかけることができただけだった。書類を手にして部屋のまん中に突っ立ち、ドアを見つめていたが、それは一向に開かなかった。監視人の声にビクッとして目をやると、二人は開いた窓のそばの小卓に向かい合っていた。よく見ると、Kの朝食を食べている。

「どうしてグルーバッハさんは入ってこないのだろう？」

と、Kが言った。

「入ってはならん」

大柄なほうの監視人が言った。

「きみが逮捕されている」

「どうして逮捕されたりするんだろう？」

と、Kは言った。

「しかも、こんなやり方で」

「またはじめやがった」

その監視人はバターパンを蜂蜜の容器にひたした。

「そんな問いには答えない」

「答えなくちゃあならない」

と、Kは言った。

「これが身分証明書だ。お二人の証明書と、それに逮捕令状を見せてもらおう」

「なにをほざいている！」

と、監視人が言った。

「まだ観念できないのか。だれよりもいちばん親身にしてやっているのに、わざわざ怒らせるのか」

「はやく呑みこんで、おとなしくするんだな」

フランツは手に珈琲カップをもったまま、Kをじっと見つめた。意味ありげな目つきだが、Kには意味のぐあいが判断つかない。それでもついフランツと視線を交わしてから、手の書類に注意を促した。

「ほら、身分証明書だ」

「それがどうした？」

大柄なほうの監視人が言った。

「子供よりも手がやける。何のつもりだ？　身分証明や逮捕令状について監視人と議論をすれば、いやな訴訟がそれだけ早くかたづくとでも思っているのか。われわれ下っぱの者は身分証明など知ったことじゃない。おまえさんのことだって何も知らない。毎日、十時間ばかり見張っていて、それで報酬をいただく。それだけのしがないやつだが、それでもお仕えしている方々が指図するとき、逮捕させる理由も逮捕される者のことも、十分わきまえてのうえのことだとは知っている。この点、まちがいはない。下っぱとはいえ、こちらの知るかぎり、とりたてて罪を嗅ぎまわったりしない。法律にあるとおり、罪にひき寄せられるから、そこへわれら監視人を送りつける。これが法律というものだ。まちがいの生じる余地がない」

「そんな法律は初耳だ」

と、Kが言った。

「なおさら悪い」

と、監視人が言った。

「頭でこじつけた法律だろう」

と、Kが言った。なんとかして監視人の考えに入りこみ、いいように仕向けるか、あるいは手がかりをつかみたかった。しかし、監視人は突き放すように言った。

「そのうち、わかる」

フランツが割りこんできた。

「おい、ヴィレム、こいつときたら法律を知らないって認めてるくせに、それでいて無罪だって言い張っていやがる」

「そのとおり、わからせるのは厄介だ」

と、もう一人が言った。Kは口をつぐんだ。こんな下っぱの連中と――そのことは当人が認めたばかりだ――よけいなおしゃべりをしてみても、くたびれるだけ。わかってもいないことをしゃべり合っている。無能なやつほど落ち着き払っているものだ。こんなやつらに言いつのるよりも、ちゃんとした立場の人間とちょっと話せば、ことが明らかになるだろう。Ｋは部屋の中のあいたところを、なんどか行ったり来たりした。向かいの窓の年とった女は、さらに年寄りのじいさんをひっぱってきて、抱きかかえるようにしてこちらを見ている。見世物になるのはまっぴらだ。

「上司のところに連れていけ」

「連れてこいといわれたら連れていく。それまではダメだ」

ヴィレムとよばれた男が答えた。

「ついちゃあ、言っとく」

さらにつけ加えた。

「部屋にもどって、おとなしくしていることだ。覚悟をきめとくといい。忠告しておくが、あれこれ無用のことは考えない。気持を整理しておく。いずれ大変なめにあうからだ。いつもこんなふうに扱ってもらえると思ったら大まちがいだ。立場は立場として、おまえさんが自由な人間として対処しているんだからね。なかなかのことなんだ。ともあれ金をもっているようなら、そこのカフェから朝食を取りよせてやる」

申し出を聞きすごして、Ｋはしばらくじっとしていた。隣室のドア、さらに控えの間のドアを開けても、二人は邪魔立てはしないだろう。とことんやってみるのがもっとも簡単な解決策だが、となるときっと二人にとびかかられて、床に投げとばされる。となると両名に対して、いまなんとか保持している優越感がすっとんでしまう。そう考えてＫは、なりゆきにまかせることにし、自分から何も言わず、また監視人からそれ以上のことは聞かないまま、自分の部屋にもどった。

Ｋはベッドに身を投げ出すと、かたわらの小卓から形のいいリンゴをとった。昨夜、朝食用にのせておいたものだ。いまとなっては朝食はこれ一つ。だが、ひと口かじって気がついたが、監視人のおなさけで、夜っぴて開いているカフェからへんなのを取り寄せるよりもはるかにいい。気分がよくなって気持がしゃんとした。銀行の午前の仕事を無断で休むことになるが、現在、銀行で拝命している地位をもってすれば、さして問題はない。きちんとした理由を申し立てるべきだろうか？　そうしようと思った。今朝のことを信じてもらえるかどうか。グルーバッハ夫人を証人にしてもいい。向かいの二人の年寄りもよかろう。いまやご両名は、こちらの窓へと移動中だ。それにしてもKにはいぶかしいのだ。少なくとも監視人の考えが呑みこめない。自室にもどして、ひとりきりにさせている。自殺されたらどうするつもりだ。どんなやり方だってできるのだ。同時にKは自分の考えをあやしんだ。どんな理由があって自殺をしなくてはならないのか。隣室に居すわられ、朝食を失敬されたからか？　自殺など無意味きわまる。たとえ実行を思い立っても、無意味さのために自殺に必要な力すら出まい。監視人の頭の程度はあれほどお粗末なのだ。だからこそ、こともなげにひとりっきりにさせたのがうなずける。彼らがいまのぞいてみようものなら、Kが壁ぎわの小さい戸棚に近づくのを見るだろう。上等のブランデーが収まっている。まずグラス一杯を朝食の代わりにひと飲みした。二杯目は、わが身を元気づけるため。あり得ないことながら、もしかの場合の用心のためである。

このとき、隣室からの声にとび上がった。歯がカチリとグラスに音をたてたほどだ。

「監督がお呼びだ」

とび上がったのは声の調子のせいだった。軍隊調のメリハリのきいた口調で、監視人フランツの喉から出るとは思わなかった。待ち望んでいたところである。

「やっと来たか」

Kは戸棚を閉めて隣室へ急いだ。ところが監視人両名が立ちふさがって、当然のことのようにもとの部屋へと追い立てた。

「何のつもりだ？」

二人がどなった。

「下着で監督と会おうというのか？　鞭打たれたいのか。こちらも巻きぞえを食うんだ」

Kは衣服の戸棚のところに追いやられた。

「どうしろというんだ。寝こみを襲ったくせに、晴れ着で出てこいというわけか」

「わめいてもダメだね」

と、監視人が言った。Kが叫んでも平然としており、物悲しげなふうにも見える。Kはどぎまぎして、それで冷静に立ちもどった。

「バカなしきたりだ！」

Kはなおも罵ったが、それでも椅子から上衣を取って、判断を仰ぐようにしばらく両手で捧げていた。

監視人が首を振った。

「黒服でなくてはならない」

Kは上衣を床に投げつけ、つづいて――どんな意味合いで言ったのか自分でもわからぬままに――ふと口にした。

「まだほんとの審理じゃないだろう」

監視人はニヤついた。

「黒服でなくてはならない」

と、くり返した。

「それでことがすんなりいくのなら、そうするか」

Ｋは衣服箱を開け、たくさんの服の下をあれこれ探して、とびきりの黒服を選び出した。洒落たつくりが知人たちの目をそば立てたものだ。さらにべつのシャツを引き出して、入念に着換えをした。浴室にせき立てるのを監視人が忘れていたぶん、ことが一つ簡単にすんだのを内心でほくそえんだ。思いついて言い出しはしないかと注意していたが、むろん、思いつきはしない。ヴィレムがべつのことを思いついたようで、Ｋが着換えている旨、フランツに監督のもとへ伝えにいかせた。

すっかり着換えが終わると、Ｋはヴィレムにぴったりつきそわれ、からっぽの隣室を通り抜け、つぎの部屋へ連れていかれた。両開きのドアがすでに開けてあった。Ｋはよく知っていたが、しばらく前からその部屋にはタイピストのビュルストナー嬢が住んでいた。いつも朝早く勤めに出て、夜遅く帰ってくる。Ｋはせいぜい挨拶を交わしただけである。いまやベッドのわきの小卓が部屋のまん中に移してあって、監督がそのうしろにすわっていた。脚を組み、片腕を椅子の背もたれにのせている。部屋の隅に三人の若い男が立っていて、壁ぎわの壁掛けのうしろからビュルストナー嬢の写真を取り出してながめていた。開いた窓の取っ手に白いブラウスがかかっていた。向かいの窓辺には、あいかわらず二人の年寄りがいた。おまけに仲間がふえたようで、二人のうしろに男がひとり突っ立っており、シャツの胸をはだけたまま、赤味がかったあご髭を指で押したり、ひねったりしていた。

「ヨーゼフ・Kだな?」

監督がたずねた。Kのぼんやりした視線を自分に向けさせるためらしかった。Kはうなずいた。

「今朝の出来事には、さぞかし驚いただろう」

そう言いながら、小卓の上のローソクとマッチ、本、針差しなどを、尋問に必要な何かのように両手で置き直した。

「もちろん」

と、Kは答えた。やっとたしかな人間と向かいあって、ことのしだいが話せるのに心が躍った。

「むろん、驚きました。しかし、とびきりの驚きというのでもないのです」

「とびきりの驚きでもない?」

監督はローソクを小卓のまん中に据え、ほかのものをまわりに配置した。

「誤解しないでいただきたい」

Kは急いで口をはさんだ。

「つまり——」

言いかけてまわりを見まわし、椅子を探した。

「すわってはいけませんか?」

「ふつうは立ったままだ」

と、監督が言った。

「つまり——」

Kはすぐに言葉をつづけた。

「とても驚きました。しかし、三十年も浮き世にいて、おのずとひとりで道を切りひらいてこなくてはならなかった者は、不意打ちに慣れていて、深刻にはとらないのですね。とりわけ今朝のようなことはですね」

「どうして、とりわけ今朝のようなことは、なんだね」

「全部を冗談ごとだと思ったつもりはないんです。冗談ごとにしては、ずいぶん手がこんでいて、この建物の全員が加わらなくてはならない。ここの皆さんにしてもです。これは冗談のわくをこえている。だから冗談だとは思っておりません」

「そのとおり」

監督はマッチ箱にマッチが何本入っているか、たしかめはじめた。

「その一方で――」

Kは言葉をつづけ、部屋のそれぞれに向き直った。写真をながめている三人にも向き直りたいところだった。

「事柄自体は重要ではあり得ない。なんとなれば、告訴されたにしても、告訴されるようないかなる罪も犯していない。だが、それは二義的なことであって、問題の主たる点は、誰が告訴したのか？　どの部局がことを取り扱うのか？　皆さまは役人なのか？　どなたも制服を着ていない。あなたのそれ――」

と、Kはフランツのほうを向いた。

「それを制服というならべつですが、むしろ旅行服でしょう。この疑問に対して、たしかな返答を求めたい。それが解明されたなら、ただちに左右にお別れできる」

監督はマッチ箱を小卓に置き直した。

「とんでもないまちがいだ」

と、監督は言った。

「そちらの両名もわたしも、あなたのことに関して、まるで何でもないのです。何も知っちゃあいないですね。定められた制服を着ていてもいいのですが、だからといってあなたのケースに変わりはない。あなたが告訴されているのかどうか、わたしはまるきり知らないし、あなたが何者なのかすら、まったく承知していない。あなたは逮捕された。それ以上のことは何も知りませんね。監視人たちが何か言ったかもしれないが、要するに、それは単なるおしゃべりだ。あなたの問いにお答えできないから、代わりに申し上げておくが、われわれのことや、あなたの身に生じたことよりも、ご自分のことをお考えになることですな。罪なくしてといったことを言い立てないこと。あなたの印象を、なおのこと悪くしますよ。それにもう少し謙虚なものの言い方をなさることだね。いまおっしゃったことは、ほんのふたこと、みことでもあなたの行動と関連づけられて、あなたにとってあまりいい結果とはならないと思いますね」

Kは監督をじっと見つめた。たぶん、少し年が若い。こんな男からお説教をくらうのか？　正直に言ったばかりに叱責でお返しされるのか？　あまつさえ逮捕の理由や責任者について、何ひとつ知ることができないのか？　Kは少し苛立ってきて、行きつ戻りつしたが、だれも邪魔立てしなかった。カフスを押しこんで、胸元に手をやり、髪を撫でつけた。写真をながめている三人のわきを通りながら、「バカなことをするな」と声をかけた。すると三人は向き直り、応じる目つきでKをじっと見つめていた。やがてKは監督のテーブルの前にもどった。

「ハステラー検事は友人でしてね」

と、Kは言った。

「電話をしていいですか?」

「いいとも」

と、監督は言った。

「でも、どんな意味がありますかね。何がしかの個人的なことをお話しになるだけじゃないですか」

「どんな意味?」

Kは声をあげた。腹立ちよりも狼狽が強かった。

「あなたは何者です? どんな意味があるんだ、などと言いつつ、ここでまるきり無意味なことをしているじゃないですか。なんとも、ひどい話だ。そこの二人は寝こみを襲っておいて、いまはのんびりと高見の見物ときた。逮捕したと申し立てながら、検事に電話するのは無意味だと言う。よろしい、電話はやめだ」

「やめることはない」

監督は電話の置かれている控えの間を指さした。

「どうぞ、どうぞ」

「いや、やめだ」

Kは窓に近寄った。あいかわらず向かいの連中がじっとこちらを見つめている。Kが窓のそばにきたので、少し色めき立ったらしく、年寄りが立ち上がろうとするのを、うしろの男がなだめている。

「あそこでも高見の見物だ」

Ｋは大声で監督に言うと、人差指をつき出した。

「うせろ」

向かいの窓に叫んだ。すぐさま三人はうしろに下がった。二人の年寄りは男のうしろに隠れた。男は大きなからだで守るようにした。その口の動きからすると、隔たりがあることを述べているらしかった。三人は姿を消すどころか、すぐにも窓辺ににじり寄る姿勢をみせていた。

「あつかましい、しようのないやつらだ！」

振り向いてＫが言った。横目で見てとったところでは、監督はうなずいたらしい。何も聞いていなかったようでもあって、片手を小卓にのせ、指の長さを見くらべている。二人の監視人は飾りの覆いのかけてあるトランクに腰を下ろして、膝をこすっていた。三人の若者は両手を腰にあてて、ぼんやりとあたりを見ている。忘れられたままの事務所のように部屋中がしんとしていた。

「では、諸君」

Ｋが声をかけた。その瞬間、自分がすべてを双肩に担っているような気になった。

「どうやらわたくしの一件も終わりにすべきときのようです。わたくしの思いまするに、あなたがたの処置が正当か否かについては、もはやこれ以上は不問にして、当件に対しては双方の握手をもってめでたくしめくくりたいと存じます――」

Ｋは監督の小卓に近づいて、手を差し出した。監督は顔を上げ、唇を嚙み、Ｋの手に目をやった。Ｋには、すぐにも相手が応じてくるような気がしたが、監督は立ち上がり、固そうな丸い帽子を手にとった。ビュルストナー嬢のベッドの上に置かれていたもので、まるで新しい帽子を試すときのように、両手でそっと頭にのせた。

「そんなに簡単なことなのか!」

帽子に手をそえたまま監督が言った。

「めでたくしめくくりたいのだね? どうしてガッカリしなくてはならない? とてもそうはいきませんよ。だからといってガッカリすることもない。あなたは逮捕された、ただそれだけのこと。それを報告にきて、あなたがそれをどう受けとめたかを拝見した。今日はこれで十分、お別れしますが、それはさしあたりのこと、これから銀行に行きますね?」

「銀行?」

と、Kがたずねた。

「逮捕されたのでしょう」

ある種の意地をこめて言った。握手は拒まれたが、監督が立ち上がったときから、まわりの連中から解放された気がした。ならば、いたずらをしてもいい。一同が立ち去るのなら、門のところまで追いかけていって、あらためて逮捕させるのはどうだろう。

「逮捕されているのに、どうして銀行勤めができるのです?」

「なるほど」

監督はドアのところで足をとめた。

「誤解なさっていますよ。あなたは逮捕されました。それはたしかなことだが、だからといって仕事の邪魔はしない。いつもの暮らしをなさるといい」

「それなら逮捕されたのも、さほど悪いことじゃない」

Ｋは監督に近づいた。

「そう伝えたはずだが」

と、監督が言った。

「ならば逮捕を告げにくるのも必要なかったのではありませんか」

Ｋはなおも近づいた。ほかの者たちも近よって、戸口の前の狭いところにかたまった。

「わたしの義務でしたから」

と、監督が言った。

「つまらん義務だ」

Ｋは執拗に言い返した。

「そうかもしれない」

監督が言った。

「でも、こんなことを言い合っていてもはじまらない。あなたが銀行に行きたいだろうと思ったから言ったまでで、いちいちこだわるのなら、申し添えますが、ぜひとも行くように言ったつもりはないんだね。行きたいだろうと思っただけです。そのため役立つように、また銀行に行き着いたとき、なるたけめだたないように三人の同僚をおよびしておいた」

「えっ？」

Ｋはあわてて三人をまじまじとながめた。まるで特徴のない、血の気のうすい三人の若者は、写真をながめていたので覚えているだけだったが、たしかにＫの銀行の者たちだった。同僚というのは言いすぎで、何でも知っている監督にも隙があるのを示していたが、ともかくも銀行の雇い人にちがいなかった。どうして気づかなかったのだろう？　三人を識別できないほど監督と監視人に気をとられていたのだろうか？こわばって立ち、手をブラブラさせているのはラーベンシュタイナーだ。奥目でブロンドの髪をしたのがクリヒである。口元のひきつりのせいで笑っているように見えるのがカミーナーだ。

「おはよう！」

ひと息おいてからＫは言った。そしてしゃちこばって礼をする三人に手を差し出した。

「うっかりしていて気づかなかった。さて、職場に出かけるとするか？」

三人は笑いながら、しきりにうなずいた。ずっとこのときを待っていたぐあいである。Ｋが部屋に帽子を忘れてきたことに気がつくと、三人が先を争って駆け出した。ともあれ当惑しているせいにちがいない。Ｋは佇んだまま、三人が二つのドアを通っていくのを見送った。しんがりはむろん、のんびり屋のラーベンシュタイナーで、優雅に跳びはねていく。カミーナーが帽子を手渡してくれた。銀行にいるときもしばしば同じ羽目に陥るのだが、カミーナーの笑いがわざとのものではなく、そもそもわざと笑うことができないことを自分に言いきかせなくてはならない。控えの間に出ると、グルーバッハ夫人が現われた。とりたてて変わったところもなく、一同に対して玄関のドアを開けた。Ｋはいつものように、グルーバッハ夫人の肥ったからだにエプロンの紐が食いこんでいるのに目をとめた。下に降りると、Ｋは時計を取り出し、車で行くことにした。すでに半時間の遅刻であって、それをひろげるわけにいかない。カミーナーが街角まで車の手配に走った。あとの二人はKの気晴らしを競っているようで、クリヒがやにわに向かいの玄関を指さした。例のブロンドのあご髭の男が現われ、全身をみせるのを恥じるように壁ぎわに動いて寄りかかった。年寄りはまだ階段の途中らしい。Kはクリヒに腹が立った。自分が先に目にしていたし、またも会いそうな気がしていた男を、わざわざ指で示したからだ。

「見るな、見るな!」

つい声をかけた。一人前の人間に言うセリフではないのだが、説明を加える前に車がきて、乗りこむと走り出した。うっかりしていて、監督と監視人が立ち去るのに気づかなかった。監督は三人の銀行員を隠していたが、こんどはその銀行員が監督を隠したことになる。つまりは、うっかりしていたせいだろう。この点、もっと気をつけなくてはなるまい。われ知らずKは振り返り、車のうしろから身を乗り出して監督と監視人を探したが、姿はなかった。すぐにKは向き直ると、もはやだれを探す気配も見せず、ゆったりと車の隅に寄りかかった。顔には出さないながら、いまこそ声の一つもかけてほしいところだったが、三人とも疲れているようで、ラーベンシュタイナーは右、クリヒは左をながめ、カミーナーはいつもの笑いを浮かべている。冗談のタネにぴったりだが、残念ながら人情として忍びない。

グルーバッハ夫人との対話　ついでビュルストナー嬢

この春、Kは夜をつぎのように過ごしていた。勤めのあとにまだ余裕があると──たいていは九時まで仕事があった──ひとり、あるいはなじみの者と、ちょっとした散歩をする。それからビールを飲みにいく。行きつけの店があって、おおかたは年輩の紳士たちと十一時まで飲んでいる。そんな日常に例外があって、たとえば銀行の頭取にドライブとか別荘での夕食に誘われることがあった。頭取はKの能力と人望を高く買っていた。さらにKは週に一度、エルザという名の若い女を訪ねていた。夜明けちかくまで居酒屋で給仕をしていて、昼間だけ、ベッドで男を迎えていた。

しかし、この夜は──日中はびっしりと仕事があったし、誕生日の祝いごとがつぎつぎに寄せられた──Kはまっすぐ帰宅したかった。仕事のあいまのちょっとしたひとときにも、帰宅のことばかり考えていた。どうしてだか、はっきりとはわからなかったが、今朝の出来事のせいでグルーバッハ夫人の住居全部がひどく乱れ、それを自分が元にもどす必要があるような気がしてならなかった。秩序がもどりさえすれば、出来事の痕跡はあとかたもなくなり、すべてが旧に復するだろう。三人の行員に関しては、何ら心配はなかった。いまやもともとの下っぱであって、それ以外の何者でもない。Kはひとりずつ、また三人まとめて、なんどとなく自分の部屋に呼びつけた。それとなくようすを見るためだったが、そのつど心やすらかに放免した。

夜の九時半にもどってくると、入口のところに若い男が股をひろげて突っ立っていた。パイプをふかしている。

「誰だね?」

Kはすぐさま声をかけ、相手に顔を近づけた。玄関の薄暗がりで、はっきり見えない。

「管理人の息子です」

若者はそう言ってからパイプを口からはなし、わきに寄った。

「管理人の息子?」

Kはいらいらしながらステッキで床を突いた。

「何か御用がありますか? 親父を呼んできましょうか?」

「いいんだ、いいんだ」

悪事を働いたのを許してやるような、そんな調子でKは答えた。

「いいとも」

そのまま歩いていったが、階段を上がりかけて、やおら一度振り向いた。

すぐに自分の部屋へ行ってもよかったが、グルーバッハ夫人と話がしたかったので、彼女の部屋のドアをノックした。グルーバッハ夫人はテーブルのそばで靴下をつくろっていた。テーブルには使いふるしの靴下が積み上げてあった。夜遅くの訪問をKが詫びた。グルーバッハ夫人はにこやかに、何でもないことだと言った。最良の間借人であれば、いつ何どきでも訪ねてもらいたいというのだ。Kは部屋を見まわした。まったく以前のままにもどっていた。今朝、窓ぎわの小卓にのっていた朝食の食器は、すでに片づけられていた。女手というものは、いつのまにかことをすませている、とKは思った。自分ならたぶん、あの場で打ち砕いていただろう。運び出すなど、とてもできなかった。Kは感謝の目でグルーバッハ夫人を見つめた。

「どうしてこんなに夜遅くまで仕事をなさっているのです?」

と、Kがたずねた。ともにテーブルを前にしている。Kはときおり、手を靴下に入れてみた。

「いろんな用がありましてね」

グルーバッハ夫人が答えた。

「昼間は間借人のお世話でしょう、自分の用をたすには夜しかないのですよ」

「今日はとんだ用をつくってしまった」

「どうしたんですか?」

グルーバッハ夫人は少し気おって問い返した。手を休め、膝に靴下をのせている。

「今朝、ここにいた男たちのことです」

「ああ、あのこと」

彼女は平静をとりもどした。

「なんてこともないですわ」

Kは黙ったまま、相手がふたたび、つくろい仕事をはじめるのを見つめていた。あのことを話すのを相手はけげんに思っているようで、話すのが正しいとは思っていないようなのだが、だからこそ、なおさら話しておかなくてはならない、とKは思った。年とった女となら話せるのだ。

「いや、用をつくってしまいましたよ」

と、Kは言った。

「二度とあんなことはないでしょう」

「二度とありませんとも」

グルーバッハ夫人は力づけるように言ってから、ほとんど物悲しげにほほえみかけた。

「ほんとうにそう思われますか？」

「ええ」

小声で答えた。

「いずれにしても気に病んだりなさる必要はありませんわ。ほんとに世の中には、なんてことが起こるのかしら！　こんなに親しく話してくださるのだから、わたくしも正直に申しますが、ドアのうしろで少し聞いていましたのよ。監視人からもうかがいました。あなたの幸せにかかわることですもの、気にかかります。ただ部屋をお貸ししているだけの身で、出すぎたことだとは思いますが。でもね、少し聞いていましたが、とりたてて悪いことではありませんわ。たしかに逮捕されたようですが、泥棒のようにつかまったわけではないのですもの。泥棒のように逮捕されたのならひどいことですが、そうじゃない、この逮捕は――わたくしには何か高尚なことのように思えますわ――バカなことを言ってごめんなさい、そんな気がするものですからね。わたくしにはわからないし、わかることもないんですね」

「いまおっしゃったことは、ちっともバカなことではありませんよ。少なくとも、半ば同じ意見ですからね。ただ全体として、もっと厳しく見ていますし、高尚なことなんぞじゃなくて、要するにつまらないことだと思っています。不意をつかれたんです、それだけのことでしてね。目がさめてすぐ、アンナの遅いことなど気にしないで起き上がっていればよかった。邪魔立てする人間などにはかまわず、こちらにやってきていれば、ふだんとはちがって台所でだって朝食はとれたんです。服はあなたに出向いてもらって取ってきてもらう。冷静に対処していれば、あんなことは起こらず、何ごともなかったのです。寝こみを襲われましたからね。これがたとえば銀行であれば、あんなことは起きなかった。銀行にはおつきの小使がいて、一般用の電話もあれば、内線もあって、前の机にのっています。いろんな連中がやってきます。仕事とかかわりのあるのもいれば、役人もいる。いずれにせよ、いつもは仕事と関連していて、だから頭がお留守ってことなどないのです。今朝のようなことは、むしろお慰みといったものですよ。でもまあ、もう終わったことだし、これ以上はやめましょう。ただあなたの判断ですね、ちゃんとした女性の判断を聞きたかったものですからね。意見が一致してうれしいです。握手させてください。こういう意見の一致には、固めの手打ちが入り用ってものですよ」

さて、夫人は手を出すかな、監督は手を差しのべなかった、とKは考え、ためすような目つきで相手を見つめていた。Kが立っているので、彼女も立ち上がった。少しぎこちないのは、Kが言ったことすべてがそっくり呑みこめたわけではないからだろう。ぎこちなさから、言わずもがなのことを、つい思わず口にした。

「それほど深刻にとることではありませんわ」

涙声で言って、むろん、握手のことを忘れていた。

「深刻にとってなどいないですよ」

Kは急に疲れを覚えた。相手と意見が一致しても何の意味もないことがよくわかった。

ドアのところで思い出したようにたずねた。

「ビュルストナーさんはおもどりですか？」

「いいえ」

グルーバッハ夫人がほほえんだ。こういったことなら気おくれせずに、きちんと答えられる。

「劇場ですよ、ビュルストナーさんに御用でしたら、お伝えしておきますよ」

「ちょっと話をしようと思っただけでしてね」

「いつごろのお帰りになりますやら。芝居見物のときは、いつも遅いのです」

「たいしたことではないのです」

Kはうつむいたままドアに向き直り、出ていこうとした。

「今朝、ビュルストナーさんの部屋に入ったりしたものですから、お詫びをしておきたいと思いましてね」

「それにはおよびませんよ。お考えすぎってもの、ビュルストナーさんはまるで気づいていませんとも。朝早く出かけていたし、すっかり元どおりにしておきました。ほらね」

そう言って、ビュルストナー嬢の部屋のドアを開けた。

「これはどうも。たしかめなくてもいいんです」

Kはそれでも開いたドアからのぞきこんだ。暗い部屋に月の光が射し込んでいた。目に入る範囲では、すべてが元どおりだった。もはや窓の取っ手にブラウスもかかっていない。ベッドの中の枕が、とりわけ盛り上がって見える。そのはしを月光が照らしていた。

「よくお帰りが遅いですね」

その責任があるかのようにグルーバッハ夫人を見つめた。

「若い人はみんなそうでしてね」

謝るようにグルーバッハさんが言った。

「そうでしょうとも」

と、Kが言った。

「ときには度をすごしかねない」

「そうですわ」

夫人がうなずいた。

「おっしゃるとおりでしてね。べつにビュルストナーさんの悪口を言うつもりはありません。気持のいい、可愛い娘さん、やさしくて、きちんとしていて、頼りになるし、働き者です、とてもすばらしい。でも一つだけ気になるの。もう少し気位を高くして、控え目でいてほしい。今月だって、もう二度も町はずれで、ちがった男の人といっしょのところを見かけました。目をそむけたかったものですわ。誓って言いますが、このことを話したのはあなた、Kさんだけ。でも、いずれご本人に注意しなくてはいけない羽目になるでしょう。ほかにもひっかかることがあるんですよ」

「それは邪推ってものです」

Kは怒った声で言った。腹立ちを抑えられない。

「誤解なさっていますよ。そんなつもりで言ったわけじゃない。注意するなんて、もってのほかです。あなたはまるでまちがっている。あの人をよく知っていますが、あなたのおっしゃることは見当ちがいです。でも、それもこちらの言いすぎかもしれません。ビュルストナーさんにおっしゃりたいのなら、おっしゃればいい。では、おやすみ」

「待ってくださいな」

グルーバッハ夫人はせがむように言うと、Kが開いたドアのところまで追いすがった。

「まだ話すつもりはないのです。もっとよくわかってからのこと。あなただからこそ打ち明けたまでなんです。部屋貸しをしていれば家主のつとめがありましてね、それで目を光らせることにもなるのです」

「家主のつとめね」

ドアの隙間からKが声を荒げた。

「つとめを果たしたいのなら、まずこのわたしから追い出すべきです」

勢いよくドアを閉めた。かすかにノックの音がしたが、わざと無視した。

眠りたい気がしないので、起きておくことにして、この機会にビュルストナー嬢の帰宅時間をたしかめてみようと思った。まるでそぐわない時間であるが、ほんの少しなら言葉を交わすこともできるだろう。窓のところで横になり疲れた目を閉じたとき、グルーバッハ夫人をこらしめるためにも、ビュルストナー嬢を説得して、二人して出て行くと通告するのはどうかと、ふと思いついた。しかし即座に、それはやりすぎであり、そもそも自分にしても、朝の一件のために住居を変える気になったらしいのだ。バカげているし、それ以上に無意味で、あさましい。

ひとけない通りは見飽きたので、ソファーに移った。その前に控えの間のドアを少しばかり開けておいた。建物に入ってくる者がいれば、ソファーに寝そべったままで見えるからだ。十一時ごろまではのんびりと葉巻をふかしていた。そのあと辛抱しきれず、まるでそうやっているとビュルストナー嬢の帰宅を早められるとでもいうように、控えの間に佇んでいた。どうしても会いたいというのではなかった。だいいち、ビュルストナー嬢がどんな顔つきだったかさえ思い出せない。ただ言葉を交わしたいと思った。その遅い帰宅のせいで、この日のしめくくりにも困惑と混乱が舞い込むのが気にさわった。夕食をとらなかったのも、予定していたエルザ訪問をとりやめたのも、彼女のせいだといえばいえるのだ。いまから居酒屋に行けばエルザもいるし、夕食もとれるのだが、それはビュルストナー嬢と話してからのことにした。

十一時半すぎ、階段に足音がした。Kは思いに耽ったまま、控えの間を自分の部屋のようにして歩きまわっていたのだが、あわててドアのうしろに隠れた。ビュルストナー嬢だった。玄関のドアに鍵をかけると、寒そうにショールを細い肩に巻きつけた。つぎには自分の部屋に入ってしまう。真夜中にKが押し込むわけにいかない。だから声をかけなくてはならないのだが、まの悪いことに部屋の明かりをつけ忘れていて、そのため暗い部屋からヌッと出てくることになり、まるで襲いかかるようであって、少なくともびっくりさせるにちがいない。やむなく腹を決めて、ドアの隙間から小声で言った。

「ビュルストナーさん」

呼びかけたというより、懇願するような声になった。

「どなたかいらっしゃる?」

ビュルストナー嬢が目をみひらいてまわりを見まわした。

「わたしです」

Kが歩み出た。

「まあ、Kさん！」

ビュルストナー嬢はほほえみながら挨拶をして、手を差し出した。

「少しお話ししたいのですが、いいですか？」

「いまから？」

ビュルストナー嬢がいぶかしげに言った。

「いまからだと、ちょっと遅くありません？」

「九時からお待ちしていたんです」

「そうなんですか。そんなこととは知らなかったものですから、芝居を見ていました」

「お話ししたいことは今日起きたことなんです」

「それならばイヤとは申しません。でも、とても疲れています。ちょっと部屋にお入りになって。ここで立ち話をしていると、まわりの人を起こしてしまいます。あとであらぬ噂が立ちかねませんよ。部屋の明かりをつけるまで、ここでお待ちになって、それからそこの明かりを消してくださいね」

いわれたとおりにしてKが待っていると、やがてビュルストナー嬢が部屋から小声で呼びかけた。

「どうぞ、おかけください」

背もたれのないソファーを指さした。とても疲れていると言ったばかりなのに、自分はベッドの柱のところに突っ立っている。いろいろな花飾りつきの小さな帽子をとりもしない。

「どういうことですか。話していただきましょう」

足を軽く交叉させた。

「わざわざこんな夜ふけに――」

Kは口ごもった。

「場ちがいかもしれませんね」

「前置きはいいんです」

と、彼女が言った。

「そのほうがありがたい」

Kが答えた。

「今朝のことです、あなたの部屋がわたしのせいで乱されましてね。わたしの意思に反して見ず知らずの人間が入りこんだのです。意思に反してとはいえ、つまりはわたしのせいで、その点、お詫びをしなくてはなりません」

「わたしの部屋？」

ビュルストナー嬢が問い返した。そして部屋の代わりに、さぐるようにしてKを見つめた。

「そうです」

はじめて二人が目を見合わせた。

「事柄自体はつまらないことです」

「そうなんですか?」

「言うに足りません」

と、Kが言った。

「それならば」

と、ビュルストナー嬢が言った。

「おたずねしないことにします。言うに足りないとおっしゃることに異議は申しません。お詫びの件も、部屋はちっとも変わっていないのですから、なんてこともありません」

彼女は腰に両手をそえると、部屋をゆっくりと一巡した。写真帳のところで足をとめた。

「あら、あら」

と、声をあげた。

「写真がごちゃごちゃになっている。ひどいわ。だれかが勝手に部屋に入ってきた」

Kはうなずいた。そしてひそかにカミーナーを罵った。落ち着きがなく、いつも何かしていないではいられない男なのだ。

「困ったことです」

と、ビュルストナー嬢が言った。

「あなたが十分ごぞんじのことを、改めて言わなくちゃならない。留守中にわたしの部屋に入るなんて、あってはならないことです」

「説明させてください」

Ｋは写真に近づいた。

「手をつけたのは、わたしじゃない。そう言っても信用なさらないでしょうから打ち明けますが、審理委員会が三人の銀行員を呼びつけたのです。その一人、すぐにもクビを申し渡すつもりですが、きっとその一人が写真を手にとったのです」

ビュルストナー嬢が問うような目つきをしたので、Ｋはくり返した。

「審理委員会です、それがここで開かれたのです」

「あなたのせいで？」

「ええ」

「嘘でしょう」

ビュルストナー嬢が笑った。

「いや、本当です」

と、Ｋが答えた。

「無実だと思われますか」

「無実かどうか……」

ビュルストナー嬢は口ごもった。

「うかつなことは申せませんわ。それに、あなたのことも存じあげていないのです。審理委員会が押しかけてくるなんて、なかなかの罪でしょう。でも、あなたは自由の身でいらっしゃる――落ち着いたごようすから、よもや脱獄なさったのではありますまい――とすると、無実と考えてよさそうですね」

「そんなところです」

と、Kは言った。

「審理委員会もわたしが無実だとわかったようです。あるいは、思っていたような罪ではないとね」

「きっとそうでしょう」

ビュルストナー嬢が慎重な口ぶりで言った。

「どうなのですか」

と、Kがたずねた。

「裁判のことなど、あまりごぞんじではないでしょう」

「ダメなんです」

ビュルストナー嬢が答えた。

「勉強しておけばよかったと、なんども後悔しました。いろんなことを知りたいし、裁判のことはとくに知りたいのです。裁判って、何か惹かれると思いませんか？　いずれよく知るようになるはずなんです。来月から、法律事務所で働くことになっていますから」

「それは結構」

と、Kが言った。

「いずれ、わたしの一件を助けていただこう」

「できますかしら」

ビュルストナー嬢が言った。

「きっと、できますともね。よろこんでお手伝いしますわ」

「まじめな話なんですよ」

と、Kが言った。

「半分はまじめな話です。弁護士を依頼するほどのことではないにせよ、助言してくれる人は必要になるでしょうね」

「助言者になるためには、何がかかわっているのか知らなくちゃあなりません」

「それが厄介なんですよ」

と、Kが言った。

「自分も知らない」

「冗談なんですね」

ビュルストナー嬢はひどくがっかりした口調で言った。

「こんな夜ふけに冗談ごとをなさるなんて」

写真の前から離れた。

「そうじゃないんです」

と、Kが言った。

「冗談ごとじゃない。信用なさらないのも当然ですね！　自分にわかっていることを、お話ししたのです。わかっている以上と申しますか。というのも審理委員会などではなくて、ほかに言いようがないのでそう申したまででして、審理されたのではなくて逮捕されたんです。何か委員会といったものにです」

ビュルストナー嬢はソファーにすわり、またもや笑った。

「どんなぐあいでした?」

「ひどいものです」

とKは言ったが、そのことはまるで思っていなくて、ビュルストナー嬢に見とれていた。片手で顔を支え——肘はソファーのクッションにのせ——もう一方の手でゆっくりと腰を撫でている。

「ひどいだけではわかりませんね」

と、ビュルストナー嬢が言った。

「わかりませんか?」

Kが言い返した。それから思い出して、問いかけた。

「再現してみましょうか?」

身ぶりをしようとして、そのまま立っていた。

「わたくし、疲れています」

と、ビュルストナー嬢が言った。

「もどるのが遅いからです」

と、Kが言った。

「最後はお小言をくわなくちゃならない。仕方がないわ。部屋に入れたのはわたしですもの。わざわざ再現してもらう必要はありません」

「必要ですとも。でないと、おわかりにならない」

と、Kは言った。

「そこのテーブルをベッドから離していいですか？」

「とんでもない」

と、ビュルストナー嬢が答えた。

「困ります」

「それをしないと何もできない」

侮辱を受けたように、Kがいきどおりの口調で言った。

「どうしてもとおっしゃるなら、そっと動かしてもいいです」

ひと息おいてから、ビュルストナー嬢は弱々しい声でつけたした。

「疲れていると甘くなるものね」

Kは小さなテーブルを部屋のまん中に動かして、そのうしろにすわった。

「人物を想像してくださいよ、大切なところですからね。わたしが監督で、そこのトランクに二人の監視人が腰を下ろしています。写真のところに若者が三人います。ついでに申すのですが、窓の取っ手に白いブラウスがかかっています。では、はじめます。おっと、大事なことを忘れていた。わたしはこのテーブルの前に立っていました。監督はひどくゆったりすわっていました。脚を組んで、腕をこの背もたれから垂らしていましてね。ひどい野郎です。では、ほんとうにはじめます。監督が大声を出しました。たたき起こすようにですね。どなりました。はっきりわかってもらうために、やむなくどならなくてはなりません。そいつが呼んだのは名前だけでしたがね」

ビュルストナー嬢は笑いながら聞いていたが、Ｋの叫びをやめさせるために指を口にそえた。しかし、手遅れで、Ｋは役割のままに、ゆっくりと力をこめて言った。

「ヨーゼフ・Ｋ！」

予期したほど大声ではなかったが、ひと声よばわられるやいなや、部屋中にじわじわと広がるように思われた。

とたんにドアをたたく音がした。隣室のドアを、強く、短く、一定の間をとってノックした。ビュルストナー嬢はハッとして、手を胸にそえた。Ｋも朝のことや演じてみせる相手のことに気をとられていたので、なおのことギョッとした。我に返るや、ビュルストナー嬢にとびつくようにして手を握った。

「怖がらなくていい」

小声で言った。

「すぐにはっきりさせる。誰だろう？　隣の居間に誰かが寝ているはずはないのだが」

「それが、そうじゃない」

ビュルストナー嬢がＫの耳元でささやいた。

「昨日からあちらにグルーバッハさんの甥が寝ています。大尉とかいう人、ほかに空き部屋がないからなんです。すっかり忘れていました。大声を出すからですよ。困ったわ」

「困ることなんぞないとも」

ビュルストナー嬢がクッションによりかかったので、Ｋは額にキスをした。

「帰って、帰って」

ビュルストナー嬢があわてて身を起こした。

「部屋にもどってくださいな。おねがい。ドアのところで聞かれていました。ずっと聞いていたのだわ。わたしの身にもなってくださいな！」

「もう少し落ち着かれたら失礼しますよ」

と、Kが言った。

「あちらの隅に移りましょう。あそこだと聞かれるおそれがない」

彼女は引かれるままになっていた。

「ほら、よく考えて」

と、Kが言った。

「あなたにとって不快なことでしょうが、べつに災難ってわけじゃない。なるほど、グルーバッハさんしだいであって、隣の大尉が甥ときている。でも、グルーバッハさんは、このわたしを崇めていましてね、こちらの言うことは彼女には絶対なんです。それにわたしに頭が上がらない。かなりの額を融通していますからね。われわれが一緒にいたことについて、あれこれ言われるかもしれない。それはそうかもしれない。グルーバッハさんが、それをそのまま信じるかもしれない。その際は、わたしのことなどかまうことはない。押し入ってきたとでもおっしゃるといい。グルーバッハさんはそういわれても、こちらを見捨てたりしない。なにしろ、わたしに頭が上がらない」

ビュルストナー嬢は静かに、少し気落ちしたように足元の床を見つめていた。

「わたしが悪いといえば、グルーバッハさんにはわかりますよ」

と、Kはつけ加えた。目の前に若い女の髪があった。二つにわけ、ちいさくふくらまし、きっちりと結んである。赤味がかった髪だった。顔を上げて、こちらを見るだろうと思ったが、彼女は床に目を落としたまま言った。

「すみません、ノックの音にあまり驚いたものですから。大尉がいるからではないのです。あなたがどなるまでは、しんとしていました。突然、ノックがして、それで驚いたのです。ドアの近くにいたので、すぐ耳元で音がした。お申し出はありがたいですが、それには及びません。自分の部屋で起きたことは自分で責任をとります。だれに対してでもです。善意からでしょう、それはわかっています。でも、ご提案には、わたしに対する侮辱があります。それに気がつかれないのが不思議ですね。でも、もういいのです、部屋にもどってください。わたしをひとりにしてください。さきほどよりも、もっとひとりになりたいのです。ほんのちょっとのはずが、もう三十分以上にもなりますよ」

Kはビュルストナー嬢の手をとり、つぎに手首を握りしめた。

「怒っていらっしゃる?」

ビュルストナー嬢は手をもぎはなした。

「いいえ、怒ってなどいませんとも」

Kはもういちど彼女の手首をとった。ビュルストナー嬢はそのままにさせて、Kをドアのところに導いた。Kは出ていくつもりだったが、ドアの前にくると、そこにドアがあると予期していなかったかのように立ちどまった。その一瞬を利用してビュルストナー嬢は身をもぎはなすと、ドアを開け、控えの間にすべりこみ、Kの耳にささやいた。

「こちらで、ほら、ここからのぞいてごらんなさい」

——大尉のいる部屋のドアを指さした。ドアの下から明かりが洩れていた——

「あの人が明かりをつけた。わたしたちのことをたのしんでいる」

「すぐに出ていく」

そう言うなりKはとびついてビュルストナー嬢をつかまえ、唇にキスをした。ついで顔全体に、まるで喉の渇いた獣が、やっと見つけた水を舌で舐めまわすようにしてキスをした。最後に首すじにうつり、喉の上にじっと唇をつけていた。大尉の部屋から物音がしたので顔を上げた。

「よし、行く」

と、Kは言った。ビュルストナー嬢の名をよびたかったが、知らなかった。彼女はぐったりしたままうなずいて、半ば身をそらし、手にキスをされるがままになっていた。それからうつ向いて部屋に入った。すぐあと、Kはベッドにいた。まもなく眠りこんだが、寝入る前にしばらく自分の行動を思い返していた。満ち足りていたが、十分に満ち足りているのでもないことがわかった。大尉のせいであって、ビュルストナー嬢のことがあれこれと気になった。

最初の審理

電話でＫに通告があった。つぎの日曜日に簡単な審理がはじまるという。さらにつけ加えて、同じような審理が毎週ではないにせよ、ひんぱんに継続される旨のことが伝えられた。一方では一般論として早く訴訟を終わらせなくてはならず、他方ではしかし、どの見地からも審理を徹底させる必要があり、とはいえそれにともなう労苦がいつまでも引きつづいてはならない。そんなことにかんがみ、短い審理をひんぱんにとり行なうという方法をとるというのだ。Ｋの職務に支障をきたさないように日曜日の審理になった。Ｋの承諾が前提になっており、異議があるなら、対処してくれる。たとえば夜に開くことも可能だが、Ｋは疲れているにちがいない。Ｋが異議を申し立てないかぎり、日曜日が優先する。当然のことながらＫの出席は自明のことであって、それはことさら述べるまでもない。Ｋに出向くべき建物の番号が告げられたが、町はずれの一郭で、Ｋがこれまでいちども足を運んだことのない界隈だった。

通告を聞き終えると、Ｋはひとことも答えずに受話器を置いた。日曜日に出向いていくことは、即座に決めた。むろん、そうしなくてはならない。訴訟がはじまったのであれば受けて立たねばならず、最初の審理でもってケリをつける必要がある。なおもあれこれ考えながら電話のそばに立っていた。このとき、背後で頭取代理の声がした。電話をかけにきたところ、Kが前に立っている。

「悪い知らせでも？」

頭取代理が問いかけた。たずねるというよりも、Kを電話のそばから離れさせるためだった。

「いえ、どういたしまして」

Kはわきに退いたが、そのまま突っ立っていた。頭取代理は受話器を取り上げると、線がつながるまでのあいだ、受話器ごしに声をかけてきた。

「Kさん、ひとつどうだね、日曜の朝、ヨットでパーティーをやるのだが、参加してもらえまいか？かなりやってくる。むろん、あなたの知人たちもいる。ハステラー検事もくることになっている。どうでしょう、ぜひおいでいただきたい！」

Kは頭取代理の言ったことに改めて注意を払った。彼にとって、なかなか意味のあることだったからだ。Kと頭取代理とはどうにもソリが合わず、これまでずっとぎくしゃくしてきた。その頭取代理がわざわざ招待を申し出たのは相手側からの和解作戦というものであって、銀行内におけるKの重要度を示していた。その友情をかち得ること、少なくとも敵にまわさないことが、第二の地位にある人物にとっても焦眉のことに思えたのだ。たとえ電話がつながるまでのあいだ、受話器ごしの申し出にせよ、この招待は頭取代理の降伏というものだった。のみならずKは、いやが応でも第二の屈服を与えなくてはならない。

「ありがとうございます。でも、日曜日は申しわけないのですがつまっているのです。先約がありましてね」

「残念です」

頭取代理はひとこと言って、ちょうど電話がつながったので話しはじめた。ごく短い電話だったが、Kはうっかり、その間ずっとかたわらに立っていた。頭取代理が受話器を置いた音にびっくりして、用もなくぐずぐずしていたことを弁解した。

「電話を待っているんです。出向いていく用があるのですが、相手が時間を言い忘れていましてね」

「問い直すといいですよ」

頭取代理が言った。

「たいしたことじゃあないんです」

と、Kは答えた。しどろもどろの弁解がなおのこと意味不明になった。去りがけに頭取代理がほかの話をして、Kは応じようとつとめたが、しかし、おおよそほかのことを考えていた。日曜日は九時に出向くとしよう。ふつう審理はそんな時刻にはじまるものだ。

日曜日はどんよりした天気だった。Kはひどく疲れていた。前夜に定連と酒場で遅くまで騒いだせいだ。ほとんど寝すごすところだった。じっくり考えたり、その週のあいだに思いついたいろんな作戦を組み立てるひまがなく、身支度をした。朝食もとらないままに、指定された町はずれへと向かった。奇妙なことに、あたりをうかがう余裕などないにもかかわらず、今回のことにかかわっている銀行の三人、ラーベンシュタイナー、クリヒ、カミーナーと出くわした。さきの二人は電車に乗っていて、Kの目の前を横切った。カミーナーはカフェのテラスにすわっており、Kが通りすぎたとき、わざわざ手すりから身を乗り出した。三人ともKをしげしげと見送った。自分たちの上司が急いでいるのを怪しんでいるふうだった。Kはなぜか乗物に乗る気になれなかった。何であれ、ほんのちょっとした便宜であれ、このたびは助けを借りたくない気がした。他人の世話にもなりたくない。どんな不慣れなことであれ、自分でする。定刻ぴったりに審理の場に出頭するのは屈辱的でイヤだったが、そうは思いつつ、かつまた時間が指定されてもいなかったのに、なるたけ九時に至りつこうと気がせいていた。

その建物にはきっと、遠くからでもそれとわかるようなしるしがあるだろう、とKは考えていた。しかし、それがどういったものかは想像できない。あるいは入口あたりに特有の出入りがあってわかるのではあるまいか。その建物があるはずのユーリウス通りにさしかかり、その前で立ちどまってながめたが、両側にはまるきり同じような建物が並んでいるだけだった。貧しい人々の住む賃貸アパートで、そろって灰色をしている。日曜日の朝であれば、たいていの窓辺に人の姿が見えた。下着姿の男たちがタバコをふかしている。あるいは幼い子供を窓の手すりにつかまらせて、うしろからお守りをしている。窓いっぱいにシーツを干したところもあり、チラリと寝乱れた髪の女がのぞいた。通りごしに声をかけ合っている人もいて、そのやりとりにKはつい笑い出さずにいられなかった。長い通りには一定の間隔をとって食料品の店があった。きまって通りより低いところにあって、ちょっとした階段を下りていく。女たちが出たり入ったりしていた。あるいは階段に立っておしゃべりしている。果物商人が荷車の果物を窓ごしに呼びかけていく。ぼんやりと突っ立っているKを、あやうく押し倒すところだった。少しましな界隈に入ったとたん、レコードの音がにぎやかにひびいてきた。

Kは奥へ入っていった。たっぷり余裕があるかのように、あるいは、どこかの窓から判事が見つめていて、Kの到着に気がついているのを見すかしたように、ゆっくりと小路に進んだ。その建物はかなり大きなつくりだった。ほとんど異常なほど長くのびていて、とりわけ出入口が高くて広い。あきらかにいろいろな倉庫に荷物を運びこむためのもので、只今は閉めきってあって、大きな中庭に面したところに会社の標識がつけてあった。銀行の職務上、Kにはいくつかに見覚えがあった。ふだんとはちがい、こういった外まわりのことに気をとられ、Kはしばらく中庭の入口に佇んでいた。すぐわきの箱に腰かけて、はだしの男が新聞を読んでいた。少年が二人、手押車をシーソーにして遊んでいた。パジャマ姿の、ひ弱そうな少女がポンプの前に立ち、水が缶に一杯になるまで、じっとKを見つめていた。中庭の隅の二つの窓に紐がわたしてあって、洗濯物がズラリとつるしてあった。下手に男が立って、声をかけながら作業を進めていた。

審理の場に向かうためにKは階段をのぼりかけたが、すぐにはたと足をとめた。足元の一つのほかにも、中庭にはさらに三つの階段の入口があり、のみならず奥まったところに小さな通り抜けがあって、つぎの中庭に通じているらしいのだ。部屋のありかをはっきり告げてこなかったことにKは腹立ちを覚えた。途方もないずさんさ、あるいは扱いの冷淡さというもので、それを声高に、はっきりと申し立てることにした。とにかく、最初の階段をのぼっていくことにした。ついては監視人ヴィレムの言ったことを思い返した。たしか法廷が罪にひき寄せられると言った。とすると、Kが何の気なしに選んだ階段こそ、審理の場に通じているはずではないか。

のぼっていくと、子供が邪魔をした。つれだって階段で遊んでいて、そのなかにKが入っていくと怒った目つきでにらみつけてきた。

（つぎにはアメ玉をもってきて、しゃぶらせるか）

と、Kは思った。

（あるいはステッキをもってきて、ひっぱたくかだ）

二階にのぼりつく直前、ボールがころがってきたので、しばらく足をとめていなくてはならなかった。一丁前の浮浪者のようなひねこびた顔つきの少年が二人、Kのズボンをにぎって阻止してきた。振り払うこともできたが、そうすると蹴とばしかねない。大声を上げられては大ごとだ。

二階に上がってから本腰入れて探しはじめた。審理のことに触れるわけにいかないので、指物師ランツなるものをひねりだした——例の大尉、グルーバッハ夫人の甥の名前を拝借した——ここに指物師のランツが住んでいるかどうか訊いてまわる。そのつど、部屋の中をのぞくことができるからだ。しかしまもなく、たいていはそんな手間がいらないことに気がついた。おおかたのドアが開いたままで、子供たちが走り込んだり、走り出たりしていた。たいていは窓が一つの小さな部屋で、調理室を兼ねていた。片手に赤ん坊を抱え、あいた手で料理をしている女もいた。身につけたのがエプロンきりの女の子がウロウロしている。どの部屋のベッドもまだ使用中で、病人がいたり、惰眠をむさぼっているのもいれば、服のまま寝そべっている人もいる。ドアが閉まっている住居にはノックをして、指物師ランツについてたずねた。たいていは女がドアを開け、質問を聞きとると部屋に向き直り、奥のベッドに声をかけた。

「指物師のランツがここに住んでいないかだって」

「指物師のランツだと？」

ベッドから問い返される。

「そうです」

とKは答えたが、その時点でここが審理の場でないことは明瞭であって、さしあたりの目的を達したというものだった。だが、多くの人は相手にとって大切なことにちがいないと考え、長いことあれこれ首をひねり、指物職人をあげていくのだが、ランツでないか、ほんの少し名前が似通っているだけだった。隣人にたずねたり、あるいはKをずっと離れた住居まで同道していった。ことによると、そちらには間借人としているらしいとのことで、さらにはまた自分たちよりもっとよく知っている人のところにつれていった。とどのつまり、人々はKに何も言わせないまま、あちこちの階を引きまわした。最初は名案だと思ったが、Kはこの方法を後悔した。六階の手前で心を決めて、どこまでも案内を申し出てきた親切な青年と別れ、階段を下りていった。しかし、そこであきらめると、これまでの調査がすっかり無駄になると気がついて、ふたたびとって返し、六階のいちばん手前のドアをノックした。小さな部屋にまず目についたのは大きな掛時計で、それが十時を指していた。

「指物師のランツさんのお住居ですか？」

と、Kはたずねた。

「どうぞ」

黒い、キラキラした目の若い女が答えた。ちょうど盥で子供の下着を洗濯しているところで、ぬれた手で隣室の開いたドアを指さした。

何かの集まりに入りこんだようにKは思った。窓が二つある、かなりの広さの部屋に、さまざまな人々がつめかけていた――だれひとり、Kに注意を払わない――すぐ上は天井で、そこをバルコニーがとり巻いており、バルコニーも人でいっぱいだった。バルコニーの人々は背をかがめてようやく立っているありさまで、頭や背中がすぐに天井につかえる。空気がムッとしていた。Kは外に出てきて若い女に問い直した。誤解したにちがいないのだ。

「ランツという名前の指物師なんですが」

「どうぞ」

と、彼女は言った。

女はKに近づくと、ドアの取っ手をにぎり、またもや言った。

「お入りになったらドアを閉めます。これ以上は入れません」

従わざるをえないのだ。

「これはどうも」

と、Kは言った。

「それにしても、ずいぶんの人ですね」

そう言ってから、ふたたび中へ入った。

ドアのすぐそばで二人の男が話しこんでいた——一人は両手を大きくひろげ、金を数えるしぐさをしており、もう一人は鋭い目つきで相手の目を見つめている——その二人をすり抜けたとき、Kの方に手がのびた。頰の赤い、小柄な少年だった。

「こちらです、こちらです」

引かれるままについていった。雑多にひしめき合っているようだが、そこに一筋の細い通路があって、どうやら二つのグループを分けているらしかった。左右の人が決して顔を合わせず、たがいに背を向け、もっぱら仲間うちに向かってしゃべり、身ぶり手ぶりをしていることからもあきらかだった。おおかたが黒ずくめで、ゆったりと長い、古風なフロックコートを着ていた。その出で立ちにKはとまどった。そうでなければ地区の政治的な集会とでも思っただろう。

Kが案内された奥のところは低い壇になっていて、小さな机が横向きに据えてあった。壇上にも人がひしめいている。机のうしろの壇のはしにあたるところに、小さな肥った男がハアハア息をつきながらすわっていて、背後の男と――こちらは椅子の背もたれに肘をつき、足を交叉させている――大笑いしながら話していた。おりおり腕をのばして、だれかをからかうような手つきをする。Kを案内してきた少年は用を伝えるのに苦労していた。爪先立ちして二度までも報告したのだが、男はちっとも気づかない。壇上にひしめいているうちの一人が少年に目をとめ、それでやっと男が向き直り、からだをかがめて少年の報告を聞きとった。すぐさま懐中時計を引き出すと、チラリとKを見た。

「一時間と五分遅れましたな」

Kは弁明しようとしたが、そのひまがなかった。というのは男の声と同時に、広間の半分からいっせいにざわめきが起きたからだ。

「一時間と五分前に出頭しているはずだった」

男は声を強めて述べてから、すばやく広間を見下ろした。とたんにざわめきが高まり、つづいて男が口をつぐんだのに応じて、ゆっくりとしずまっていく。Kが入ってきたときよりも、全体がずっと静かになった。バルコニーの人々だけは、あいかわらず口々に何やらしゃべっていた。上は薄暗く、埃が立ちこめており、はっきり見分けはつかないが、どうやら下の者たちよりも身なりが見すぼらしいようだった。クッションを持参していて、頭を天井にぶつけないように、あいだに嚙ませている者もいた。

Kはしゃべるよりも、まわりをよく見ておこうと思ったので、遅刻についての弁明はなしにして、ただこう言った。

「遅れたにせよ、たしかにここにやってきました」

広間の右半分から、喝采が起こった。

(軽薄な連中なんだ)

と、Kは思った。広間の左半分が静まり返っており、それが気になった。すぐうしろであって、まばらな拍手が起きただけだった。全部をわが方にというのがむずかしければ、少なくとも左側の半分をしばらく引きつけるにはどうすればいいか、Kはしばらく考えた。

「そんなわけで――」

と、男は言った。

「本日はもはや、あなたを尋問する義務がない」

またもやざわめきが起きた。このたびは早トチリのざわめきで、男は手で人々を制しながら言葉をつづけた。

「とはいえ、本日は特別に開くとしよう。今後は二度とこのような遅刻があってはならない。では、前に出てください!」

壇上から一人がとび下りたので、Kが代わって上がることができたが、机にぴったりついており、さらにうしろから押してくるので、懸命に押し返さなくてはならなかった。さもないと予審判事の机だけでなく、判事その人を壇から突き落としかねないのだ。

予審判事はそのことは気にせず、気楽そうに椅子にすわり、うしろの男にしめくくりのひとことを口にしてから、小さなノートをとりあげた。それひとつが机の上に置かれていて、学習帳のように古ぼけていて、なんどとなくめくられたせいで手ずれがしていた。

「では」

と判事は声をかけ、ノートをめくり、Kに向き直ると断定の口調で言った。

「職業はペンキ屋ですね」

「いいえ」

と、Kは答えた。

「大銀行の第一支配人です」

とたんにホールの右半分からドッと笑いが起こった。なんともおかしそうなので、Kもつられて笑い出した。人々は両手を膝につき、ひどい咳の発作のときのように全身をふるわせていた。バルコニーのあちこちからも笑いが起きた。予審判事はいきり立ったが、下の人々にはなすすべがないらしく、かわりにバルコニーの連中で埋め合わせをするように、やにわにとび上がって脅しつけた。薄い眉毛が引き寄せられて、目の上が黒い棒になった。

広間の左半分は、いぜんとして静かだった。人々はそこに列をつくり、顔を壇上に向け、そこで交わされる言葉や、右半分のグループのたてる音を、静かに聞いていた。自分たちの列のだれかが反対派に同調しても気にかけない。左半分の人々は数では劣っており、またしょせんは右半分の人々と同様に、なんてことのない連中なのかもしれないが、しかし、その物腰の落ち着きぶりのせいで意味ありげに見えた。そのためKは話しはじめたとき、左半分に訴えかけようと決めていた。

「ペンキ屋かどうかとの問いでありますが――問いというより、頭ごなしにいわれたものですが――わたしに対して起こされた当訴訟沙汰の性格を如実に示しているでありましょう。いや、訴訟ではないと申されるかもしれません。そのとおりでありまして、このわたしが訴訟だと認めてようやくそのようにいえるだけであります。只今かぎりではあれ、わたしはそれを認めましょう。いわば同情の気持からです。そもそも尊重の念をもとうとすれば、同情の気持でしかありえない。ずさんな訴訟手続きだとは申しませんが、自己認識のための名称としては、みなさんに提示したいと思います」

Kはひと息ついて、広間を見下ろした。いま述べたことは手ひどいことであって、予定していたよりもきつい言い方になった。しかし、正しいことなのだ。拍手喝采が起きていいはずだが、広間は静まり返っていた。あきらかに息をつめて、つぎのくだりを待っている。静けさのなかに爆発が用意されており、それがすべてにケリをつける。そのはずである。ただ邪魔っけなことに部屋の隅のドアが開いて、さきほどの洗濯女が入ってきた。仕事を終えたらしいのだ。足音を忍ばせていたが、何人かの目がそそがれた。うれしいことに予審判事にはKの言葉がピンときたようだった。それまで彼は立って聞いていた。バルコニーの連中を脅しつけ、そのあとKの発言にたじろいだようだった。Kがひと息ついたあいだに、気づかれないようにして腰を下ろした。自分を落ち着かせるためだろう。ふたたびノートをとりあげた。

「予審判事さん、そんなものは役に立ちませんよ」

Kが言った。

「そのノートはわたしの言ったことを裏づけするだけなのです」

落ち着き払った声が見知らぬ人々の集まりにひびくのを、Ｋはわが耳で聞きとった。満足のあまり、予審判事の手からノートをひっさらい、きたないものにさわるように、指先でまん中のページを危うげにつまんでもち上げさえしたのである。両側のページが左右に垂れさがった。黄ばんだ紙に何やらこまごましたことがびっしりと書かれていた。

「これが予審判事の調書であります」

Ｋはパタリと机にノートを落下させた。

「安心して読みつづけてください。こんなものにおびえたりいたしませんね。こちらの立ち入れない聖域であるとしてもです。なにしろわたしのできることといえば、二本の指でつまむだけですから」

大いなる屈辱というもの、少なくともそんなふうにとったにちがいない。予審判事は机に落ちてきたノートをいそいで手にとり、ちょっとページを正してから、読みふけっている姿勢をとった。

最前列の人々がかたずを呑んで見守っているので、Ｋはしばらくその人々を見返していた。かなりの年輩者ばかりで、なかには白い髭の男もまじっている。もしかすると彼らが全体を左右する力をもっているのかもしれない。予審判事の屈辱を目の前にして、人々はひたすら静まり返っていて、いかなる動きも見せないのだ。

「この身に生じたことと申しますと――」

Ｋはやや声を落として言葉をつづけた。話しながら、なんども最前列の顔に目をやったので、話が多少とも落ち着きのない調子をおびていった。

「この身に生じたことはと申しますと、個々の一つの事例でありまして、それ自体はさして重要ではありません。自分でも重要視していないからであります。だが、多くの人にもちあがる訴訟の事例として見すごしがならない。そのために受けて立ったのでありまして、私利私欲のためではないのです」

おもわず声が高くなった。どこかで一人が両手を上げて拍手をした。そして叫んだ。

「よし、そのとおり！　よしよし、よくぞ言った！」

最前列の何人かが髭に手をやった。叫び声に対して誰も振り向かない。Kもさして意に介さなかったが、元気づけられはした。全員が拍手するなどのことは、もはや期待していなかった。この一件についての関心が高まって、そのなかで何人かを説得できれば御(おん)の字というものだった。

そんな思いを声に出した。

「わたしは雄弁をふるいたいとは思いません。思ってもできないこと、予審判事さんなら、さぞかし上手にお話しになるでしょう。それがこのかたの本職なのです。わたしが願うのは、公の不正を公に引き出して話すこと。ついてはお聞き願いたい。十日ばかり前にわたしは逮捕されました。逮捕それ自体は何でもない、そのことはさておくとします。早朝、寝こみを襲われました。おそらく――予審判事のさきほどのひとことからも推測がつくのですが――このわたし同様、いわれのない罪によって、どこかのペンキ屋に逮捕命令が出たのだが、とばっちりがこちらにきた。すでに隣室に二人の屈強な見張りがいました。もしわたしが凶悪な泥棒であれば、しかるべき手配も必要であったでしょう。その見張りときたら手のつけられないゴロツキだ。のべつしゃべりまくり、あまつさえワイロを要求したのです。下着や衣服を巻き上げる気配でありまして、朝食を注文すると称して金をせびりました。わたしの朝食を厚かましくも目の前でペロリと食べたあげくのことです。それだけではない。わたしは三番目の部屋の監督の前につれていかれました。わたしがとても尊敬している女性の部屋でして、そこがわたしのせいで、とはいえわたしのあずかり知らぬことから、見張りや監督によって、いわばかき乱されていたのであります。わたしは落ち着いていられなかった。しかし、監督に対してきわめて冷静に――もし彼がここにいれば、その証人となるでしょうが――なぜ自分が逮捕されたのかを詰問しました。そやつは何と答えたでありましょうか。まざまざと覚えています。いま述べた女性の椅子に、バカまる出しにしてふんぞり返っていたのです。みなさま、その監督ときたら、つまりは何も答えなかった。実際のところ、何も知らなかったのでしょう。わたしを逮捕して、それでこと足りたというわけです。そやつはさらにふざけたことをいたしました。かの女性の部屋に、私の銀行の下っぱの職員三人をつれてきていたのです。やつらは女性の写真や持物をいじくって、ごちゃまぜにしました。そんな下っぱをつれてきたのは、むろん下心あってのことで、家主や女中に逮捕の一件をひろめて、こちらの体面を傷つけるため、さらには銀行における地位をおびやかすためにちがいありません。いかなる成功も収めなかったのでありまして、わたしの家主は単純素朴な人でありますが――敬意をこめてここに名前をご披露いたします、グルーバッハ夫人と申すかた――このグルーバッハ夫人ですら、かかる逮捕が何ものでもないことを正当にも見抜いていたのです。往来のチンピラがやらかす不意打ちにも劣る所業であるとですね。でありますから、くり返しますが、この件はひとえに不快と一時的な怒りをひき起こしただけのことでありまして、これ以上、何を云々すべきでありましょうか」

ここでKはひと息おいた。さりげなく予審判事に目をやると、判事は眼差しで下のだれかに合図をしたようだった。Kはほほえみ、ことばをつづけた。

「まさにいま、判事殿がみなさまのうちのどなたかに秘密の合図を送られたようであります。こちらの壇上から指図を受けているかたがたがおられるのでしょう。ヤジをうながしたものか、拍手を催促したものかは関知いたしませんし、さっそくにもご披露することによって、合図の意味を知ることを、われとわが手で放棄いたします。わたしにとりましてはまったくどうでもいいことでありまして、予審判事殿にあえて申し上げたいのでありますが、そちらにひそんでいるお仲間に対しては、姑息な合図などはやめにして、《そら、ヤジれ》《こんどは拍手だ》と、はっきりお命じになればよろしいのではありますまいか」

うろたえたのか、それとも苛立っているのか、予審判事は椅子の上で落ち着きがない。さきほど談笑していた背後の男が、またもや背をかがめて顔を近づけた。判事を励ましているらしい。あるいはこまかい注意をささやいているのかもしれない。下の人々も熱心にささやき交わしていた。はじめは二つのグループに分かれているかに見えたが、いまやそれがまざり合っている。Kを指さす人もいれば、判事を指している人もいた。部屋はムレたようにどんよりしていて、なんともひどいものだった。窓ぎわに立っている人を見定めることもできない。とりわけバルコニーの人は往生しているにちがいなかった。おそるおそる予審判事をうかがい見ながら、だれかれとなくまわりの者に問いかけていた。問われた人は手を口にかざして、そっとささやき返している。

「しめくくりに申しておきます」

法廷用の鈴(りん)がなかったのでKは拳でドンと机を叩いた。その音に驚いて、予審判事と背後の男の顔がすぐさまはなれた。

「わたしには事柄自体がどうでもよいのであって、だからして心やすらかに申し上げます。これが法廷といたすならば、判事側はいたって有利に尋問ができるであり ましょう。わたしの陳述に対する尋問は、いずれのちほどなさってはいかがなものか。わたしにはいま、おつき合いするひまがない。すぐにもおいとまする所存なのです」

すぐに静まった。Ｋがこの場を圧倒していた。はじまりのときのようにザワついていない。もはや拍手もなかったが、あきらかに納得している。あるいは納得寸前といった感じだった。

「当裁判をめぐっては――」

Ｋはささやくような小声で言った。全員が耳を澄まして聞いており、それがこころよかったが、その静まりのなかに、ちょっとしたザワめきが起こったからだ。それは力をこめた拍手よりも気にさわった。

「つまりわたしの場合に即して言うと、逮捕につづく本日の審理をめぐってでありますが、背後に大きな組織があることに疑問の余地はないのであります。金銭ずくの見張りや、だらしのない監督、もっとも恵まれていておとなしい予審判事にあたることもありますが、いずれにせよ、さらには高位の判事たち、すべてを取りしきる幹部たちが関与しているにちがいありません。さらに当然のことながら、数多くの職員ですね、書記官、警察、さまざまな関係者、おそらくは処刑人もそうでしょう。あえて処刑人のこともあげておきます。では、この大きな組織は何をもくろんでいるのか？　みなさん、この点はいかがです？　無実の人間を逮捕して、わたしの場合にみるように、意味のない審理をやらかすこと。全体の無意味さにあって、公務にたずさわる者たちのおそるべき腐敗が避けられましょうか？　不可能です。最高の判事といえども安全をみずからに保証できない。だからして監視人は逮捕者の衣類を盗もうとする。監督は他人の住居に押し入り、だからして無実の者が尋問を受けるかわりに、集団の前に引き出されて辱しめを受ける。監視の男は保管所のことを口にしました。逮捕者の財産を預かるというのですが、それがいかなるものなのか、この目で見たいものであります。苦労して築きあげた財産が空しく朽ちていることでしょう。その窓口の役人によって盗まれていなければの話であります」

広間の隅から金切声がしてKは話を中断した。おぼろげな光のなかに埃が白っぽく光って眩しいので、目を細めて注視した。洗濯女だった。彼女が入ってきたとき、すぐに邪魔っけだと思ったものだが、女のせいかどうかはわからないにせよ、Kが見たところ、一人の男が彼女をドアに近い隅につれていって、抱きしめたのだ。しかし、金切声を上げたのは女ではなく、男のほうで、男は口を大きくゆがめ、天井をながめていた。二人のまわりに小さな円ができていた。近くのバルコニーの連中は、Kがもたらした厳粛な雰囲気が、いいぐあいに破れたのをよろこんでいた。Kはひと目見てすぐにも駆け出そうとした。さぞかしほかの人々も同じ思いであって、元どおり静かにさせるか、少なくとも二人を広間から追い出すかすると思ったが、しかしながら前の人々はじっと立ったまま一歩も動かず、Kから目を離さない。それどころか駆け出しそうなKの邪魔立てをした。年とった男たちが腕をひろげ、うしろの誰かが――Kは振り返るひまがなかった――Kのカラーをつかんだ。Kはもはや戸口の二人のことを忘れていた。身柄を拘束された感じで、逮捕が現実のものとなったような気がして、おもわず壇からとび下りた。いまや顔と顔をつき合わせて人々と向かい合っていた。思いちがいをしていたのではあるまいか？　自分の話の効果を過信していたのではなかろうか？　Kが話しているあいだ、人々はとぼけていて、いまや話が終わったので、正体を現わしたのか。まわりに何という顔がひしめいていることだ！　小さな黒い目がキョトキョトしている。頰は酔っぱらいのそれのように垂れ下がり、長い髭がまばらに突っ立っていた。そこに手をやると、髭ではなく鉤をのばしているように見えた。その髭の下――Kはやっと気がついた――上着の襟に、大きさ、色合さまざまなバッジがついている。目のとどくかぎり、だれもがバッジをつけていた。右と左のグループは見せかけであって、全員が同じ所属にほかならず、さらにKがふと振り向いたとき、予審判事の襟にも同じバッジを見てとった。両手を膝に置いて、ゆったりと見下ろしている。

「そうだったのか！」

Kは叫んで両腕を上にのばした。やにわにひらめいて、じっとしていられない。

「君たちはみんな役人なんだ。まちがいない。となると腐敗した当事者たちに向かって弁明していたことになる。君たちはここに何くわぬ顔でやってきた。聴き役であって、鼻の嗅ぎ役というわけだ。わざと二手にわかれ、一方がためしに拍手してみる。どうやれば無実の者をたぶらかせるか、やってみたのだ。無駄ではなかった、そうではありませんか。無実の弁護を期待する者のことを、あれこれおしゃべりできたでしょうし、それに――前をあけろ、さもないとぶちのめすぞ」

目の前に押し出されてきた老人に向かってKが叫んだ。老人はワナワナとふるえあがった。

「それにたしかに何がしかの収穫があったでしょう。御商売の発展を祈っておりますよ」

Kは机のはしの帽子をつかみとると、静まり返ったなかをドアに向かった。驚きのあまりの静けさだった。予審判事はKよりも足早だったにちがいない。ドアのところに待機していた。

「ちょっとお待ちを」

と、声をかけてきた。Kは立ちどまったが、予審判事ではなく、手に握ったドアの取っ手を見つめていた。

「ひとこと、ご注意しておく」

と、予審判事が言った。

「あなたは本日――ご自分では気づいておられないようだが――逮捕された者にとって、いずれにせよ意味のある尋問を、みずから放棄したのですぞ」

Ｋはドアに向かって笑いかけた。

「ルンペンどもめ」

と、Ｋは叫んだ。

「尋問とやらは、そっくりそちらにくれてやる」

ドアを開け、階段を駆け下りた。背後でまたもやざわめきが高まった。いまの出来事につき、どうやら研究者のようにして討議しはじめたらしいのだ。

つぎの一週間、Ｋは毎日、新しい通知を待っていた。尋問を拒否したことを、人が文字どおりにとったとは思えなかった。予期した通知が土曜日の夜を待ってもこなかったので、同じ時刻に同じ建物へ出頭する次第が、言わず語らずのうちに定まっていると考えた。それで日曜日に、ふたたび出かけていった。このたびは階段から通路を迷うことなく進んでいった。Ｋの顔を覚えていた何人かが、戸口のところから挨拶してきた。もはや問う必要もなく、まもなく目あてのドアの前にきた。ノックをすると、すぐに開いた。ドアのところに見覚えのある女が佇んでいたが、Ｋは目もくれず隣の部屋に向かおうとした。

「今日はお休みです」

と、女が言った。

「お休みって、どうしてだ?」

Ｋがけげんそうに言うと、納得させるためにも、女はつぎの間のドアを開けてみせた。からっぽで、そのため先だっての日曜よりも、なおのこと寒々しい。壇上にはあいかわらず机があって、数冊の本が見えた。

「あの本を手にとっていいかな」

と、Kがたずねた。とりたてて見たいというのではなく、まるきり意味もなく帰りたくはなかったからだ。

「いけません」

女はドアを閉めた。

「禁じられています。あれは予審判事さんの本です」

「なるほど」

Kはうなずいた。

「きっと法律書なんだろう。無実だけではなく、何も知らさずに判決を下すのが、この法廷のやり方らしい」

「そうなんでしょうね」

言われた意味がよくわかっていないようだ。

「では、もどるとするか」

「予審判事さんに何かお伝えしておきましょうか」

と、女がたずねた。

「あの人を知っているの？」

Kが問い返した。

「もちろんですとも」

女が言った。

「夫が法廷に雇われています」

やっとKは気がついたが、このまえ洗濯盥があっただけの部屋が、家具のある居間に変わっていた。Kの驚きぶりに女が言った。

「出来合いの住居なんです。法廷が開かれる日は部屋を空け渡さなくてはならないんです。下っぱだと、いろんな不便がありましてね」

「驚いたのは部屋のことではありませんよ」

と、Kは言った。そして意地の悪い目で女をながめた。

「むしろあなたが結婚しているってことですね」

「このまえの出来事をおっしゃりたいのでしょう。あなたのお話を邪魔しましたか?」

「もちろんです」

と、Kが言った。

「もうすんだことで、おおかた忘れましたが、あのときはほんとに腹が立った。夫ある身だとおっしゃいましたね」

「お話が中断したのは悪いことではなかったのです。あとでみんな、しきりに悪口を言っていました」

「そうかもしれない」

Kは受け流した。

「だからといって謝ったことにならない」

「わたしを知っている人は大目にみています」

と、女が言った。

「あのとき、わたしを抱きすくめたのは、ずっと前から追いかけてくる人なんです。わたしはちっとも魅力のない女なのに、あの人にはべつのようで、どうしようもありません。主人もあきらめています。この勤め口をなくしたくないのなら、我慢しなくてはならない。あの人は学生で、いずれずっと上の地位につくでしょう。いつもつきまとっていて、あなたが現われるすぐ前に立ち去ったばかりなんです」

「よくあることだ」

と、Kは言った。

「驚くようなことではない」

「あなたは、ここの何かをよくしたいと思ってらっしゃる、そうでしょう?」

自分にとっても、またKにとっても危険なことを口にするかのように、女はゆっくりと、うかがうような口調で言った。

「お話からわかりました。わたしには、とても気に入ったのです。でも、ほんの少ししか聞いてなくて、はじめのところは聞きのがしたし、おしまいのところでは、学生に抱かれて床にころがっていました」

ひと息おいてから、女は言った。

「ほんとにここって、ひどいところです」

Kの手をとった。

「よくすることができるとお思いなんですか?」

Kはほほえんだ。そして女のやわらかい手のなかで自分の手をそっと動かした。

「もともと、そうじゃないんです」

と、Kは言った。

「あなたがおっしゃるように、よくするためにここにきたわけじゃない。もしあなたが、そのことを予審判事におっしゃったら、笑いとばされるか、罰をくらうかしますよ。実際のところ、みずから好んでこんな事柄にまぎれこんだのではもちろんないし、法廷ってものを改善しようなどとは夢にも思っていなかった。しかし、どうやら逮捕された身であってみれば——つまり、逮捕されたのですよ——いやが応でも何かをしなくてはならない。それというのも自分を守るためなんですね。でも、その際にお役に立つことがあれば、むろん、よろこんでいたします。親切心からというよりも、もちつもたれつで、あなただって、わたしの手助けをしてくださるでしょう」

「何ができるかしら」

と、女が言った。

「たとえばいま、あそこの机の上の本を見せてくださるとか」

「もちろんですとも」

女はひと声あげるなり、いそいそとKを引っぱっていった。どれも古い、オンボロの本で、一冊は表紙のまん中が破れて、糸かがりがむき出しになっていた。

「ここは何もかもが汚ならしい」

Kが首を振った。その手が本にのびるより早く、女はエプロンで表紙の埃をそそくさと拭いとった。Kはいちばん上の本を開いた。いかがわしい絵が現われた。男と女が裸でソファーにすわっていた。画家の卑猥な意図はすぐさま見てとれたが、あまりに腕がないせいで、とどのつまり一組の男と女がむやみに露骨に出しゃばったぐあいになり、それもしゃちこばって腰を下ろしている。構図がズレているので、うまくからみ合うことができない。それ以上めくるのをやめて、二冊目の表紙をひらくと、小説のタイトルが目にとまった。『グレーテとハンス、凌辱の日々』とあった。

「これがここで熟読されている法律書というわけだ」

と、Kが言った。

「こんな連中に裁かれるんだ」

「お手伝いします」

と、女が言った。

「何なりといってください」

「危険なことになりませんか。ご主人は上司の意向しだいだと、先ほどおっしゃったじゃありませんか」

「でも、お役に立ちたいんです」

と、女が言った。

「どうか、相談させてください。わたしの危険のことは、おっしゃらなくて結構です。わたしがそう思えば怖いだけで、そう思わなければ大丈夫。こちらにどうぞ」

女は壇上を指さし、階段に腰を下ろすようにすすめた。

「きれいな黒い目」

並んですわると、女はKの顔を見上げるようにして言った。

「わたしも目がきれいだといわれるけど、あなたの目のほうがうんときれいだ。あなたがはじめてここに現われたとき、すぐに気がつきました。わたしが集まりの最中に入りこんだのも、このせいなんです。これまでそんなことはしたことがなかった。してはいけないと言われていました」

（つまり、そういうことか）

と、Kは思った。

（言い寄ってくる。ここの連中と同じで、あられもない。裁判所の連中にはうんざりしている。当然だ。新顔ならだれだっていい、黒い目にお世辞を言って、たらしこもうというわけだ）

Kはそっと立ち上がった。いまの思いを口にして、それでもって女にすべてを告げたかのように腰を上げた。

「役に立っていただけるとは思いませんね」

と、Kは言った。

「役に立っていただくためには、高官とつながりがなくてはならない。あなたはたしかに、ここらあたりにたむろしている役人はごぞんじだが、みんな下っぱの連中です。よく通じた仲であれば、いろんな手がまわせるでしょう。そのことは疑っちゃあいませんよ。でも、そこでできるとびきりのことですら、裁判の最終的ななりゆきには、まるで無力なんですね。その結果、あなたは大切な友だちを失うことになりかねない。わたしの望むところではありません。その人々と、これまでどおりのおつき合いをつづけることです。それは大切なことなんですよ。お気持に応えられなくて、こちらだって辛いのです。わたしにも、あなたが気に入りました。とりわけいまのように悲しそうに見つめられるとですね。でも、あなたには悲しむ理由などない。あなたは、このわたしが戦わなくてはならない側の一人であって、そこで安楽でいられる。学生を愛してさえいられる。愛していないまでも、少なくともあなたのご主人よりましでしょう。あなたの口ぶりからすぐにわかりますよ」

「とんでもない」

と女は叫び、すわったまま、Kが避けるより早く彼の手を握りしめた。

「行かないでください。わたしのことを誤解したまま、どうか行かないで。ほんとうに行ってしまうのですか？　ほんのしばらく、ここにいてほしいとお願いしてもいいのでしょう、それもできないほど、つまらない女なのでしょうか」

「あなたこそ誤解なさっていますよ」

とKは言って、腰を下ろした。

「ここにいてほしいとおっしゃるなら、よろこんでここにいましょう。時間ならあるのです。今日、審理があると思ってきたのですから。さきほど申したことは、わたしの裁判に対してわたしのために何もならないようにおたのみしたわけです。訴訟の行く末がどうなろうとまるで関心がなく、どんな判決が出ようと、ただお笑いなんですよ。そう言っても気を悪くすることはありませんね。そもそも訴訟が終結にいたるかどうかも、大いに疑っているのですよ。役人たちの怠惰のせいか、忘れっぽさか、あるいは役人根性の臆病さから中断するか、つぎにはもう中断のやむなきにいたるのではありませんか。何かワリのいい賄賂なんぞあてにして、訴訟を引きのばすなんてことはあるかもしれませんが、いまから言っておきますが甲斐のない期待であって、私は賄賂は使いません。そういえば、お手伝いいただけるとありがたいのですが、予審判事なり、あるいは大事な情報を受けもっているような誰かに伝えてほしいのですがね、私は決して贈賄などしないし、これまでさんざん私腹をこやしてきた人を、さらに豊かにしようなどとは思わないってことをですね。その点、まるで見込みがないことを、はっきりとおっしゃっていただいていいのです。あるいはもうとっくに気づいたかもしれず、たとえまだそこまでは気づいていないとしても、遠からずわかることです。それがわかれば、お歴々にもよけいな手間が省けるでしょうし、こちらだって多少の不愉快なしにいられる。もし、まあ、めいめいが当てこすりを言い合うような状態をつくるとわかっていれば、不愉快はしのんでもいいのです。そんなふうになるようにやってみたいじゃないですか。それはそうと、ほんとうに予審判事をごぞんじなんですね」

「もちろんですとも」

と、女は言った。

「お手伝いを申し出たとき、いちばんはじめに思い出した人です。あのかたが低い地位の役人だとは知りませんでした。あなたがおっしゃるからには、そのとおりなんでしょう。でも、あの人が上へ送る報告は、それなりに影響があるようですよ。どっさり報告を書いています。役人はみんな怠け者だとおっしゃいましたが、全部が全部そうじゃなくて、とくにあの予審判事はそうじゃありません。とてもたくさん書いています。この前の日曜日も、裁判は夜までつづきました。みんな帰ってしまってからも、予審判事さんは広間にのこっていました。ランプをたのまれたのですが、小さな台所ランプしかなくて、でもそれでいいとおっしゃった。すぐにそのランプの下で書きはじめました。そのうち主人が帰ってきました。日曜はいつも仕事がないのです。家具を運びこんで、元どおりの部屋にして、それから隣の人がきたのでローソクのそばで話していました。判事さんのことなどすっかり忘れていて、寝てしまったんです。真夜中すぎだったと思いますが、急に目が覚めたんです。ベッドのそばに予審判事が立っていて、片手でランプを覆っていました。夫の上に明かりがこないようにしたのですが、よけいな心配で、夫はいつもぐっすり眠っていて、ランプの明かりぐらいでは目を覚ましたりしないのですよ。わたしはびっくりして、あやうく声を上げるところでした。判事さんはとても親切で、静かにと言ってから、いままでずっと書いていて、やっと終わったからランプを返しにきた、わたしの寝姿を目に焼きつけた、といったことを耳元でささやきました。つまり、わたしの言いたいのは、予審判事さんがとてもたくさんの報告を書いていて、とりわけあなたについてのものが多いってことなのです。日曜日の法廷の主だったことは、あなたの尋問でしたからね。あんなに長い報告が、まるきり役立たずなはずはありません。それはそれとして、先だっての出来事からもおわかりのように、あの判事さん、わたしに色目をつかっているんです。目にとまった矢先ってところなので、だからこそわたしの意向でなんとかできると思うのです。わたしに気があるってことについては、ほかにも証拠があるんです。予審判事さんは例の学生を信頼していて、助手がわりにしているのですが、学生を使いに立てて絹の靴下を届けてきました。法廷の間をきれいにしたからというのですが、口実なんです。掃除するのは当然で、そのために夫に俸給が出ています。すてきな靴下なんですよ、ほらね」

女は脚をのばし、スカートを膝まで引き上げ、自分で靴下をじっと見つめた。

「すてきな靴下だけど、わたしには上等すぎて似合わない」

突然、女は話をやめた。それからKを落ち着かせるように、その手に自分の手をのせて、ささやいた。

「じっとしていて。ベルトルトがわたしたちを見ている！」

Kはそっと目を上げた。法廷の間のドアのところに、若い男が立っていた。小柄で、脚が少し曲がっている。短い、まばらな、赤味がかった頬髭にしきりに手をやって、威厳をつけようとしていた。Kはじっと彼を見つめた。はじめて実物で出くわした法科などというなじみのない世界の学生というわけで、いずれは高い地位につこうという人物である。学生のほうは、どうやらKに関心がないらしく、指を髭からチラリと見せて女に合図をすると、窓のところへ歩いていった。女はKに身をかがめ、小声で言った。

「悪くとらないでくださいね。おねがいです、わたしのことで気を悪くしないで。あの人のところに行かなくてはならない。イヤな男、あの曲がった脚をごらんなさい。でも、すぐにもどります。そのあとは、連れていってくださるなら、どこへでも行きます。どこまでもついていきます。わたしをどういうふうにしてもいい。なるたけ長くここを離れていられたら幸せなんです。なろうことなら帰ってこないのが、いちばんうれしい」

Kの手を撫でさすると、急いで立ち上がり、窓ぎわに走り寄った。Kはおもわず手をのばしたが虚空をつかんだ。女は実際、Kを惹きつけた。あれこれ考えたが、誘いに乗ってはいけないはっきりとした理由などないのである。女は法廷のためにKを誘うのではあるまいか。そんな思いがかすめたが、すぐに打ち消した。どんなふうにして自分をとらえたのか？　法廷全体を、少なくとも自分にかかわる範囲で、すぐにも粉砕できるというのか？　自分に対してそれに足る信頼がもてるのか？　女は助力を申し出たが、心からのようだし、価値がないわけではないだろう。女を横取りするのは予審判事とその一統への何よりの仕返しだ。その愛着を笑いものにできる。そのうち、こんなことが生じるわけだ。つまり真夜中までかかってKについてのウソっぱちを書きあげ、判事がようやく女のベッドを訪れると、からっぽときている。それというのも、すでにKのものであるからだ。窓ぎわのその女、安物の厚ぼったい、黒っぽい服を着た、あの豊満で、しなやかで、あたたかいからだが、すでにKのものであるからだ。

このように考えて女への気持をまぎらわしていたが、窓ぎわの声をひそめたやりとりが我慢ならなくなってきた。Kはまず手の甲でコツコツと壇を叩いた。つぎには拳で叩いた。学生は女の肩ごしにチラリとKをながめたが、いさいかまわず、さらにぴったり女に寄りそい、抱きしめた。彼女は注意深く聞いているかのように顔を伏せている。ついでうつ向いたとき学生は音高く首すじにキスをした。そのあいだにも話すのをやめない。女が訴えたとおりのひとりよがりが実証されるのを見て、Kは立ち上がり、部屋中を行ったり来たりしはじめた。そして横目で学生を見やりながら、どうすればすみやかに学生を追い出せるものか思案した。だから学生が、おそらくKの行きつ戻りつに苛立って地団駄を踏み、思わず声を上げたのは、これ幸いというものだった。

「イライラするのなら、出て行ったらどうですか。もっと早く立ち去ってよかったのだ。誰も引きとめはしません。さっさと出ていくべきで、それもぼくが来たとき、消えるべきだった」

その言葉には、いまにも破裂しそうな怒りとともに、法曹界の出世組が、哀れな被告に対していだく高慢さがのぞいていた。Kは学生のすぐわきに近づいて、ニヤニヤしながら言った。

「イライラしているのは事実です。あなたがここから立ち去れば、すぐにもこのイラつきは消えるのですがね。聞くところによると、あなたは学生だそうで、お勉強のためにここにお出でになったのでしょう。であれば、よろこんで席をおゆずりして、わたしはそのご婦人とともにここを出るとしましょう。ついではひとこと申しておきますが、あなたは判事になるためには、もっといろいろ勉強をなさらないといけませんね。わたしはたしかにまだ、ここの法廷のことはよく知りませんが、いまあなたがわめき立てた口調のぶざまさからして、まるきり修行が足りませんね」

「こんなふうに野放しにしてはいけないんだ」

Kの侮蔑的な言葉を女に説明するかのように、学生が言った。

「まちがっている。ぼくは予審判事に言ったんだ。尋問のあいだ、少なくとも住居から出すべきではないのに、判事ときたら、おりおりわけのわからんことをする」

「ムダなおしゃべりはよすことだ」

とKは言って、女に手を差しのべた。

「行きましょう」

「そうきたか」

学生が言った。

「ダメだ、ダメだ、そうはさせない」

思いもよらぬ力を出して、片腕で女を抱き上げ、いとしげに目をやりながら、背中を丸めて戸口へと駆け出した。Kを恐れていることはあきらかだったが、それでもわざといやがらせをして、あいた手で女の腕を撫でては引き寄せた。Kは何歩かいっしょに走りながら腕をのばした。いざとなれば相手の首をしめ上げる。とたんに女が言った。

「どうにもならない。判事が連れにこさせた。あなたとは行けない。このイヤなやつ」

そう言いながら手を学生の顔にやった。

「このイヤなやつがはなさない」

「自分だってはなされたくないのだ」

と、Kは叫んで学生の肩に手をかけた。学生は歯をむき出して嚙みつこうとした。

「やめて」

女は声を上げ、両手で押しとどめるしぐさをした。

「どうか、どうか、そんなことはしないで。とんでもない！　わたしが大変なことになる。手をはなして。この人をはなして。判事の命令なの、わたしを連れにきた」

「ならば行くがいい。もう二度と見たくない」

失望のあまりの怒りにまかせて、Kは学生の背中を突きとばした。学生はよろめいたが、倒れなかったことを見せつけるように、女をかかえたままわざとらしく跳躍した。Kはゆっくりとうしろからついていった。ここの連中にこうむった、最初の敗北であることに気がついた。むろん、だからといって不安がる理由などない。敗北をこうむったのは、戦いを求めたからだ。家にいて、いつもの生活をやっていれば、ここの者たちよりもはるかに世間的な力をもち、こちらの連中など足で蹴ちらしていける。ついてはKは滑稽きわまる情景を想像した。たとえばこのみすぼらしい学生だ。そっくり返った悪ガキ、脚の曲がった髭づら野郎がエルザのベッドの前にひざまずき、手をもんで哀願している。Kにはこの想像が気に入った。それでいつか機会ができたら、いちど学生をエルザのところにつれていこうと腹を決めた。

好奇心から、Kはドアに急いだ。女がどこに運ばれるのか見ておきたかった。学生はまさか女を抱きかかえたまま通りを行かないだろう。すぐにわかったが、道のりはずっと短い。住居のドアと真向かいに細い木製の階段があって、屋根裏へと通じているらしい。階段は曲がっていて、その先は見えなかった。学生はその階段を通って女を運び上げていた。足どりが重そうで、あえいでいた。それまで走ったので疲れはてているのだ。女はKに向かい手を振ったり、肩を上げ下げして、運ばれていくのが自分のせいでないことを示そうとしていたが、その身ぶりには、さして心がこもっていないようだった。Kはまるきり見知らぬ女であるかのように、とりとめなくながめていた。ガッカリしていること、それがしょせんは何でもないことも気どられたくないのだった。

二人が見えなくなったが、Kはなおもドアのところに立っていた。女はウソをついただけでなく、予審判事のところに運ばれていくといった申し立てでも騙したのだ、と考えないではいられなかった。予審判事が屋根裏にすわって待っているはずがない。木の階段をいくら見つめていても、それは何も教えてくれない。そのときKはのぼり口のかたわらに小さな標識があるのに気がついた。近づいて見上げると、子供のような拙い字で書いてあった。

《裁判所事務局入口》

この賃貸アパートの屋根裏に裁判所の事務局があるのだろうか? 敬意を払わせるような設備ではなく、裁判所に対して、どれほど費用が切りつめられているか、想像するだけで被告には不安がきざしてくるというしろものだ。もっとも貧しい層が住み、その人々が不用の品を投げこむようなところに事務局があるというのだ。もっとも、金は十分あるのだが、それが裁判目的に使われるより先に役人どもにかっさらわれる、といったこともないではない。Kのこれまでの経験に照らしてみると、大いにあり得ること。被告からすると、こんなに零落した裁判所を見るのは侮蔑を受けるようだが、とどのつまりは裁判所そのものの貧しさよりは心やすまることなのだ。こうわかってみると、最初の尋問のとき、被告を屋根裏に召喚するのを恥じて、当の被告の住居で間に合わせたことにも納得がいく。屋根裏を執務室とする判事に対して、Ｋは銀行では控えの間つきの大きな部屋をもっており、大きな窓ごしに活気にあふれた広場を見下ろすことができるのだ。地位のちがいが歴然としていないか。たしかに収賄や押収品による副収入ってものはないし、雇い人の女房を執務室にひっかついでこさせることもできないが、それについては少なくともいまのところ、よろこんで御免こうむりたい。

Ｋはなおしばらく標識の前に立っていた。そのとき、一人の男が階段を下りてきた。開いたドアから居間をのぞきこみ、さらにその奥の審理の間をうかがってから、やおらＫに、いまここで女を見かけなかったか、とたずねた。

「法廷の下働きをしているかたでしょう、ちがいますか？」

と、Ｋがたずねた。

「そうです」

と、男は言った。

「そうだ、あなたが被告のＫさんだ。いま気がつきました。いらっしゃい」

まるでＫの予期していなかったことだが、相手は握手してきた。Ｋが黙っていると、男が言った。

「本日は法廷は開かれません」

「知っています」

と、Ｋは言った。そして相手の衣服をじろじろながめた。私服ながら、それでも役職のしるしのように、ふつうのボタンにまじって二つの金ボタンが光っていた。古い将校マントから失敬してきたように見えた。

「少し前、奥さんと話していました。もうここにはいらっしゃらない。学生が予審判事のところに運んでいきました」

「そうなんです」

と、男は言った。

「いつも引き離すんです。今日は日曜日で、ほんとうは仕事がないはずなのに、ここから遠ざけていたいためだけに、無用の使いを言いつける。それもあまり遠くないところ、急いですませれば間に合う頃合にもどってこられると、つい思いたくなるようなところですね。大いそぎで駆け出して、相手先のドアの隙間から息を切らしながら用向きを叫ぶんですね。向こうはたまったものじゃないでしょう。それから走りもどるんですが、学生はいつもひと足先に動いている。なにしろすぐ近くにいます。やつは屋根裏の階段を走り下りるだけでいいんです。ここのお世話になっていなければ、とっくの昔に壁で押しつぶしていたでしょう。そこの標識のある壁ですね。いつもそのことを夢みていますよ。ここの床で羽がいじめにして、腕をねじり上げ、指をひっこ抜き、あの曲がった脚を十文字だ。まわりは血の海ときた。これまではただ夢でしかできない」

「ほかに手はないのですか？」

ほほえみながらKがたずねた。

「わからないですね」

と、男は言った。

「まえよりずっと悪くなりました。これまでは自分のところに連れていくだけだったのに、このごろは、まあ、前からわかっていたことですが、予審判事のところにも運んでいくのです」

「奥さんにも、それなりのスキがあるのじゃありませんか?」

と、Kがたずねた。このときKもまた嫉妬を感じて、気持をしずめなくてはならなかった。

「そのとおり」

と、男は言った。

「妻がもっとも悪いのです。気を許していますからね。あの学生ときたら、どんな女でも追いかける。この建物にしても勝手に入りこんだりして、もう五軒からたたき出されたんですよ。妻はここでいちばんの美人なので、どうにも防ぎようがない」

「そういう事情なら、やむをえないですね」

と、Kが言った。

「なくもないんです」

と、相手は言った。

「あの学生は卑劣なやつです、人の女房に手を出しかけたら、ぶちのめすといいんです。骨身にしみたら、やめるでしょう。しかし、自分にはそれができないし、ほかの人もこちらの立場を考えて控えています。みんな、あいつの力を恐れていますからね。あなたのような人だけができるのです」

「どうしてわたしが?」

Kが驚いてたずねた。

「告訴されているじゃないですか」

と、男が言った。

「そうですよ」

と、Kが答えた。

「だからこそ弱味がある。あの学生は訴訟の結末までどうかできるわけではないにせよ、予審の段階で多少は何かをやりかねない」

「ごもっとも、ごもっとも」

Kの見方が自分の考えそのものであるかのように相手はうなずいた。

「ここでは通常、見通しの立たない訴訟はやりません」

「同意できませんね」

と、Kが言った。

「だからといって、おりおり学生をこらしめないのでもないですよ」

「ありがたいことです」

相手は改まった口調で言った。自分のとっておきの望みが叶うのを信じていないようだった。

「上の連中だって同じようにしてやらなくちゃあ」

と、Kが言葉をつづけた。

「ええ、そうですね」

まるでわが意を得たように言った。それからKを信頼した目つきでじっと見つめた。これまでの親しみのなかでも、ついぞ見せなかった目つきである。それからつけ加えた。

「反抗を忘れてはならない」

こんなやりとりが少し不快になったらしく、しり切れとんぼのまま、話を変えた。

「これから事務局に出向くのですが、いっしょにどうですか?」

「べつに何も用がない」

と、Kが言った。

「事務局を見物できますよ。だれも気にしたりしません」

「見物するほどのものがあるのかな」

口ごもりながらKがたずねた。ぜひとも見てみたいと思った。

「さあ、どうですか」

と、相手が答えた。

「興味がおありだろうと思ったものですから」

「よし」

Kが声をかけた。

「同行させていただこう」

言うなり、男よりも速く階段を駆け上がった。

戸口を一歩入って、あやうく倒れかけた。ドアのうしろに、もう一段あったからだ。

「一般の人のことを、あまり考えていないな」

と、Kは言った。

「全然考えていません」

と、男が答えた。

「ここが待合室です」

長い廊下になっており、むき出しのドアがつづいていて、それぞれの部局の屋根裏部屋に通じている。直接に光が入るわけがないのに廊下がまっ暗でないのは、部屋のつくりのせいだった。あちこちの部局は通路に面して、ぴったり壁でふさがれているのではなく、天井まで届く木の格子になっていて、その格子から光が洩れてくるし、なかの役人を一人ひとり見ることができた。机で書き物をしたり、格子のところに佇んで、隙間ごしに廊下の人々をながめていた。おそらく日曜日のせいだろうが、廊下にはわずかな人しかいなかった。なんとも影のうすい存在だった。廊下の両側に長い木製のベンチがあり、ほぼ一定の間隔をおいて左右にすわっていた。顔の表情、物腰、髭のスタイル、その他あれこれのはっきりはしないが小さな特徴からして、おおかたはしっかりした階層の人たちと思われるのに、なんともぞんざいな出で立ちをしていた。衣服掛けがないので帽子などは、めいめいが他人をまねてベンチの下に置いている。戸口近くにすわっていた人がKと連れの男を目にとめ、立ち上がって挨拶をした。ほかの者たちもこれを見て、挨拶しなくてはならないと思いこみ、二人が歩いていくにつれ、つぎつぎに立ち上がった。とはいえきちんと立つ者はいなくて、背中をまるめ、膝を折って、往来の乞食さながらである。少し遅れてやってくる連れの男を待ち受けてから、Kが言った。

「なんてみじめな姿なんだ」

「そうですとも」

と、相手が言った。

「被告ですよ。ここにいるのは、みんな被告です」

「おやおや」

と、Kが言った。

「すると、わが仲間じゃないか」

そしてすぐ近くの、痩せ形で背の高い、髪がほとんど灰色がかった男に向き直った。

「何をここでお待ちなんですか?」

丁寧な口調で声をかけた。

だしぬけに声をかけられ、相手は見苦しいほどうろたえた。ごく世慣れた人物であって、ふだんならゆったりと落ち着いており、他人に対してもっている優越感を簡単になくしたりはしないにちがいない。ところがここでは、こんな何でもない問いにも答えられず、しきりにほかの者を見やっている。まるで助けてもらえるのが当然であって、そうでなければ、とうてい答えられなどしないといったふぜいである。Kの連れが近づいて声をかけた。

「あなたが何を待っているのかとおたずねなのですよ。さあ、お答えしなさい」

その声に聞き覚えがあるのか、少し生気をとりもどした。

「わたくしの待っておりますのは——」

言いかけて、口ごもった。問いに正確に答えるためこんな切り出し方をしたのだが、ところがあとがつづかない。近くの何人かが寄ってきて、まわりをとり巻いた。Kの連れが声をかけた。

「どいた、どいた。前をあけてもらおう」

いっせいに退いたが、しかし、はじめの席にはもどらない。この間に先ほど問われた人が落ち着きをとりもどしたらしく、小さな笑みを浮かべて言った。

「ひと月前に証拠申請をしました。それで決定を待っているのです」

「いろいろご苦労なさっているようですね」

と、Kが言った。

「まったくです」

その人が答えた。

「自分のことですからね」

「だれもがそんなふうではありませんよ」

と、Kが言った。

「たとえば、わたしも告訴されていますが、正直に申しまして、証拠など一つとして提出していませんし、そんなつもりもありませんね。それが必要だとお考えなんですか?」

「よくわかりません」

またもや、なんとも頼りない口ぶりで言った。あきらかに彼はKにからかわれていると思っていた。何かべつの失敗をしないかと恐れて、さきの返答をくり返すのがもっとも無難だと判断したらしい。Kの苛立たしげな眼差しにあって、ただこう言った。

「わがことに関していえば、証拠申請をしたのです」

「わたしが告訴されていると言ったのは、ウソだと思っているのでしょう」

Kがたずねた。

「とんでもない」

相手はそう言って少しわきに寄った。口では打ち消したが、本心からではなく不安のせいであることがありありと見てとれた。

「信用ならないんですね？」

相手の卑屈な物腰にさそわれて、Kはおもわずその腕をつかんだ。べつに痛みを与えるつもりはなく、ほんの軽く指をそえただけであるが、彼はそれが指ではなく灼熱したやっとこであるかのように、けたたましい声をあげた。滑稽な悲鳴を聞いてKはすっかりいや気がさした。こちらも告訴されているのを信じないのなら、それまた結構。もしかするとこちらを判事と思っているのだろう。別れぎわに、こんどは実際に力をこめてつかみ、ベンチに突きもどして、ふたたび歩きだした。

「たいていの被告はあんなふうに感じやすいのです」

と、下働きの男が言った。二人が離れると、待合室にいたおおかたが悲鳴をあげた男をとり囲み、察するところ、あれこれいまのことを問いただしているらしい。このとき、監視人がやってきた。そのサーベルで役職がわかったのだが、鞘の色ぐあいからみると、アルミニウム製らしい。Kは目を丸くして、あまつさえ手で触れてみた。さっきの悲鳴のせいでやってきたのだ。その問いに対し、Kの連れが簡単に説明して収めようとしたのだが、監視人は自分で確かめると言い張り、敬礼ひとつして歩いていった。急ぎ足だがおぼつかない足どりで、痛風を患っているらしい。

Kは監視人や廊下の連中を、それ以上気にとめなかった。中ほどまできたとき、右手にドアのない通路があって、もっぱらそちらに関心があった。下働きの男がうなずいたので、そのまま折れて入った。たえず一、二歩うしろからついてこられるのが煩わしかった。まるで自分が逮捕され、連行されているようではないか。だからKはなんども足をとめた。そのつど相手も立ちどまって、うしろにいる。とうとうKは自分の不快感にケリをつけるようにして言った。

「たいがいのところはわかりました。そろそろ、もどるとしますか」

「まだ全部ごらんになっていませんよ」

男はこともなげに言った。

「全部は見なくていい」

と、Kは答えた。実際、ひどく疲れた気がしていた。

「もどるとしよう、出口はどちらですか?」

「もう通路がわからないというのではないでしょうね」

驚いた顔で相手が言った。

「突き当たりまで行って、それから廊下を右へ折れると、目の前に出口のドアがあります」

「同行ねがいたい」

と、Kが言った。

「まちがいそうだ。ここにはやたらと通路がある」

「まちがいっこないですよ」

相手が非難めいた口ぶりで言った。

「いっしょにもどるわけに参りません。報告に行かなくてはならないのです。あなたのせいで遅くなりました」

「同行ねがおう」

Kは相手の不正の現場をつかんだように、声を高めて言った。

「大声を出さないで」

下働きの男は小声で言った。

「まわりは全部、事務室なんです。ひとりでもどりたくないのなら、報告をすませるまでここで待っていてください。それからなら、よろこんで同行します」

「ダメだ、ダメだ」

と、Kは言った。

「待ちたくない。いますぐ同行してもらいたい」

Kはあたりをよく見ていなかったのだが、このとき、まわりに並んでいる木製のドアの一つが開いた。おそらくKの大声を聞きつけてのことだろうが、若い女が出てきた。

「何か御用ですか？」

女のうしろは仄暗く、そのなかを一人の男がやおらこちらに近づいてくる。Kは連れを見やった。彼はたしか、だれもKに注意を払わないと言ったはずだ。ところがすでに二人までもがやってきた。ほんのちょっとしたことで役人衆が耳をそば立て、説明を求めてくるではないか。唯一言いわけができるのは、自分は告訴されていて、つぎの尋問の日どりを知りたいということだが、まさにこのことをKは口にしたくないのだった。とりわけ、それは真実に即さないことであり、ここにきたのは、ひとえに野次馬根性からであって、これは説明できないことである。外部がすでにいいかげんなところだから、内部もきっとそうだと確かめにきたわけなのだ。推定していたとおりであることが、ほぼわかった。もうこれで十分、これまで目にしたものだけでも気がめいる。奥からやってくるかもしれない上の者と対面するのはまっぴらだ。出ていこう。連れがいっしょがいいが、やむをえないとなれば、ひとりでも出ていく。

だが、Kがここにいること自体がめだつらしく、若い女と連れの男はともに、いまにもKがやにわに変身しそうで、それを見逃してはならないとでもいうふうに、じっと見守っていた。先ほどKが仄暗がりに見た男が戸口に現われた。低いドアの上のワクに手をそえ、待ちきれないでいる見物人のように、爪先立ちして少しからだを揺らしている。Kが気分が悪そうにしているのを見てとって、若い女が椅子を運んできた。

「お掛けになりませんか？」

Kは腰を下ろし、姿勢を保つため、背もたれに肘をついた。

「めまいがしたのではありませんか？」

と、女がたずねた。はじめてKはまぢかに顔を見た。若さのさなかの女におなじみのきつい表情をしていた。

「心配はご無用」

と、彼女が言った

「なんてことないんです。ここにくると、ほとんどみんながそんなふうになります。はじめてなんでしょう？　ならば当然です。太陽が屋根に照りつけて、木組みが熱くなるんです。それで空気がムッとしてよどんでいるのですよ。いいこともいくつかありますが、この点ではここは事務局に向いていませんね。空気といえば、大きな裁判のある日、まあ、だいたい毎日そうですが、ほとんど息がつけないくらいなんです。ここにいろんな洗濯物が吊されたりもしますからね――間借人に全部が全部、禁じるわけにもいきません――だから気分が悪くなっても、ちっともおかしくないのです。そのうち慣れるものですよ。二度目、三度目となると、ちっとも重苦しくは思わないものです。気分はどうですか？」

Kは返事をしなかった。急にへばった姿を人目にさらしたのは、やりきれない気がした。さらに気分が悪くなった理由を知ったとたん、よくなるどころか、なお少し悪くなった感じだった。女はすぐに見てとって、壁に立てかけてあった鉤つきの棒をとると、Kの頭上にある小さな天窓を突いて、外に押しあけた。ところが新鮮な空気のかわりに煤が舞いこんできたので、あわてて天窓を閉じ、Kの両手に落ちた煤をハンカチで拭いとった。Kはグッタリしていて、何をする気にもならない。気分がよくなるまで、そこにそのままじっとすわっていたかった。自分にかまってくれなければ、それだけ早く気分が回復するはずだ。ところが若い女が言うのだった。

「ここにいられるのは困ります。通行の邪魔になります」

いったい、どんな通行があって邪魔になるというのか、Kは目つきで問い返した。

「おいやでなければ、病院へ行かれてはどうですか」

女は戸口のところの男に声をかけた。

「すみません、手伝ってください」

男はすぐさま近づいてきた。だが、Kは病院などお断わりだった。とりわけ行きたくないところで、そんなところへ運ばれたら、なおのこと悪くなる。

「もう歩けます」

そう言って立ち上がったが、すわり慣れをした足腰がたよりない。まっすぐ立とうとしても立てない。

「へんだな」

首をかしげて、またもや腰を下ろした。下働きの男を思い出した。彼なら何はともあれ簡単につれ出してくれるはずだが、いなくなっていた。目の前には若い女と、戸口にいた男がいるだけだった。

「そうなんだなあ」

戸口にいた男が口をひらいた。品のいい身だしなみで、とくに灰色のチョッキが目をひいた。裾のところが長く尖った奇抜なスタイルをしている。

「このかたが気分が悪くなったのは、ここの空気のせいなんだ。だから病院に行くよりも、外へ案内するほうがいいし、このかたもそうしてほしいのではないのかな」

「そのとおり」

と、Kが言った。勢いこんだあまり、相手をさえぎって口をはさんだ。

「すぐに治りますとも。もともと弱いたちじゃないんです。わきをちょっと支えてもらえさえすればいい。たいしてお手間はかけません。長くかかるわけじゃない。ドアのところまでつれてってください。階段のところで少し休んでいます。するとすぐに回復するでしょう。ふだん、こんなことはないのです。自分でもびっくりしています。勤め先の空気に慣れっこなのですが、ここはどうもひどいようですね。あなた自身がおっしゃいましたよ。おそれいりますが、少し手を貸していただけますか。目まいがして、ひとりで立つのはこころもとないのです」

Kは両肩を上げて、二人が左右から腕を貸しやすいようにした。しかし、その男はKの求めに応えず、両手をズボンのポケットにつっこんだまま、声をたてて笑っていた。

「ほら、ごらん」

若い女に言った。

「いったとおりだろう、このかたは、ここと合わないだけなんだ。からだのせいじゃない」

若い女も笑った。それから、その男がKに対してひどいいたずらをしたかのように、指先で軽く男の腕をつついた。

「どういうつもりだ」

男はなおも笑いながら言った。

「この人を本心から外へ案内したいと思っている」

「それならいいわ」

若い女はそう言って、愛らしい顔をチラリと傾けた。

「この人が笑ったからといって、べつに意味はないのです」

と、Kに向かって言った。Kはまたも気分が悪くなって、前を注視していた。弁明など聞きたくないのだった。

「この人は――紹介してもいいですか？」

（男が手つきで許可を与えた）

「ここの広報係なんです。待機している人たちが必要としている情報をおわたしする役目ですね。わたしたちの裁判機関は、あまり一般には知られていないので、いろんなおたずねがくる。この人はどんな問いにも答えられます。なんなら試してみるといいですよ。それと、もう一つ得意ワザがありましてね、品のいい服がそうなんです。わたしたち、つまり職員のあいだで意見が出ましてね、広報係はいつも、まっ先に訴訟の当事者とかかわり合わなくてはならないから、威厳をもっていなくてはならず、だから品のいい身だしなみをすべきだって。あなたもすぐに気がつかれたでしょうが、わたしたちの衣服ときたらヤボったくて、流行遅れなんですよ。ほとんどずっと事務局につめていて、ここで寝泊まりしていますからね。でも、いま申しましたように、広報係にはいい身だしなみが必要だと思っています。当局はこの点、どうもわからないのですが、援助をしてくれない、だからわたしたちで出し合って――訴訟の当事者も支援をしてくれました――そのお金でこの人の服やそのほかのものを買ったのです。いい印象を与えるために、こんなに手をつくしているので、笑ったりなんかして、ダメな人なんです」

「そのとおり」

と、男は皮肉っぽく言った。

「しかし、あなたはどうしてこのかたに、内輪のことまで話すのです？　押しつけているようじゃありませんか。このかたは、べつに知りたがってなどいないのですよ。ほら、ごらん、自分のことでいっぱいで、それでこんなに静かにすわっている」

Kは言い返す気にならなかった。若い女はKの気をまぎらわせようとしたのか、あるいは気持をもち直させるつもりだったのか、善意はともかく、やり方がまずかった。

「先ほど笑ったわけを、このかたに説明しておかなくてはならないと思ったのです」

と、女が言った。

「傷つけたでしょうから」

Kは何も言わなかった。顔さえ上げなかった。二人が彼について、一つの事例のようにやりとりするのを我慢していた。Kにはこころよくさえあるのだった。つぎの瞬間、一方の腕に広報係の手が、もう一方の腕に若い女の手がそえられた。

「外に案内しさえすれば、もっとひどいことでも許してくれますよ」

「では参りましょう、か弱い人ですね」

と、広報係が言った。

「お手数をかけます」

驚くやら、うれしいやら、Kはそう言ってゆっくりと立ち上がり、支えてもらうのにぴったりのように、みずから二人の手を持ち直した。

「わざとらしく見えるでしょうね」

廊下に近づいてきたとき、若い女がKの耳にささやいた。

「広報係をよく見せるためにしているみたい。でも、信じてほしいのですが、この人、冷たい人じゃない。体調の悪い方々を外に運び出す義務はないのですが、ごらんのように手伝ってくれます。ここにはひとりも冷たい人などいないと思います。なろうことなら、どなたも助けたい。ところが裁判所の職員という立場から、ついきつい人間に見え、助けたがってはいないように思われるのです。ほんとに辛いんです」

「いちど休まなくていいですか?」

広報係が声をかけてきた。廊下を進んでいるところで、Kが先ほど話しかけた被告の前にさしかかっていた。Kはバツが悪かった。先刻は彼の前にスックと立っていた。ところがいまは二人に支えてもらわなくてはならず、帽子は広報係の指の上でゆれており、頭髪は乱れ、髪の毛が汗まみれの額に垂れ下がっていた。しかし、相手は何も気づかないようで、広報係の視線を受けながら、うやうやしく前に立ち、くどくどとお邪魔していることを詫びていた。

「承知しております」

と、彼は言った。

「証拠申請はまだ処理されていないのでしょう。でも、やってきました。ここで待たせていただくほうがよかろうと思いましてね。日曜ですから時間があります。ここならお邪魔にはならないのではありますまいか」

「そんなに詫びることはありませんよ」

と、広報係が言った。

「気を使っていただいて恐縮です。たしかにここにおられてもムダですが、人に迷惑をかけないかぎりはかまいません。ご自分で経過を見ていたいのですね。するべきこともさっぱりしない人が多いなかで、あなたのようなかたと出くわすとホッとします。どうぞお掛けになってください」

「ね、上手でしょう、訴訟の当事者と話すのが」

若い女がささやいたので、Kはうなずいた。

「ひと休みしたいのではありませんか？」

広報係にいわれて、またもやムカッとした。

「結構です」

と、Kは言った。

「休みたくありません」

きっぱりと断わったが、ほんとうはひと休みしたかった。船酔いをしたかのようで、大きく揺れている船に乗り合わせているような気がした。波が側壁にぶつかり、海底から海鳴りがして水が巻き上がり、廊下が斜めに揺れて、左右に待っている訴訟当事者たちが沈んだり、浮き上がったりしている。それだけに若い女と広報係とが落ち着き払っているのが不可解だった。Kはまったく身をゆだねており、二人が手を離せば、棒のように倒れるだろう。二人は小さな目で鋭く目くばりをしていた。きちんと定まった歩調が感じとれた。Kはそれに合わすことができない。ほとんど一歩ずつ運ばれているようなものなのだ。そのうち二人が自分に話しているのがわかったが、意味がわからない。音声だけが聞きとれて、それがサイレンのように一定の高い音をつくってひびいている。

「もっと大きな声でおねがいします」

Kは顔を沈めてささやいた。いたたまれない思いだった。二人が大きな声で話しているのがわかっていたからだ。にもかかわらず聞きとれない。このときやっと、目の前で壁が裂けたようで、気持のいい空気に接した。すると耳のそばのやりとりがわかった。

「はじめは出たがるが、そのうち、いくら出口だと言っても一歩も動こうとしなくなるもんだ」

若い女がドアを開けたのに気がついた。急に力がよみがえったようで、解放されたよろこびを味わった。すぐさま戸口の階段に移り、お辞儀をしている二人に別れをつげた。

「お世話さま。ありがとう」

礼をくり返し、念入りに握手をした。事務局の空気に慣れた二人には、階段から吹きこんでくるわりと新鮮な空気が苦手らしいと見てとったので手を離した。二人ともほとんど口がきけず、Kがすぐにドアを閉じなかったら、若い女は倒れていたかもしれない。Kはなおしばらくそこに立っていた。手鏡を取り出して乱れた髪をととのえ、踊り場にころがっていた自分の帽子をとりあげ——広報係が投げ落としたらしい——走るように階段を下りていった。自分でも不思議に思うほど全身に力がみなぎったぐあいで、段をとばして跳んでみせた。いつもは申し分のない健康状態で、さきほどのようなことは、ついぞなかったことなのだ。からだが反乱を起こして、これまでこともなくすごしてきた代償に、新しい審判をはじめたのか。つぎのときにでも医者にただしてみるのはどうだろう。いずれにせよ今後——この点は、はっきりしていた——日曜日の午前中を今日のような使い方をしてはなるまい。

数日後の夜のことだが、Kが執務室を出て、正面階段につづく廊下を歩いていると――ほとんど最後の一人だったようで、ただ発送係が二人、小さな明かりの下で仕事をしていた――ドアごしに大きな吐息が聞こえた。みずから確かめたわけではないが、たしかガラクタを放りこんでいる小部屋であって、そこから吐息が洩れてくる。驚いて足をとめ、聞きまちがいではないかと思って耳をそば立てた――しばらく静まり返っていたが、またもや吐息がした。――何かのときには証人がいたほうがいいので、小使をつれてこようかと考えたが、とたんに好奇心が頭をもたげ、すぐさま勢いよくドアを開けた。思っていたとおりのガラクタ部屋で、古い印刷物や空になった陶製のインク瓶が、敷居の向こうに積んであった。だが、そこにはまた三人の男がいて、天井の低い小部屋にかがむようにして立っていた。棚にローソクが一本、ロウで固定してあった。

「こんなところで何をしている?」

興奮のあまりせきこんで、しかし声は抑えてKが言った。三人のうち、あきらかに一人がほかの二人とちがっていた。黒っぽい革服を着ていて、首から胸のところ、また両腕がむき出しになっている。目を下に落としたまま、ものを言わない。かわって二人が大声をあげた。

「あなたのせいです！　予審判事にわれわれのことを告げ口した。これから鞭でひっぱたかれる」

そういわれてKは気がついたが、監視人のフランツとヴィレムだった。第三の男は手に鞭をもって身がまえている。

「告げ口じゃない」

Kはそう言って、二人をじっと見つめた。

「あのとき部屋で誰がどうしたかを言っただけだ。やましいところがあるんだろう」

「そうはおっしゃいますがね」

と、ヴィレムが言った。フランツは三人目の男から逃れるように、ヴィレムの背中に隠れている。

「われわれの報酬がどんなにひどいか、ごぞんじですかね。もしごぞんじなら、もっとちがった目で見てもらえる。私は家族をやしなわなくてはならず、フランツはこれから世帯をもつところでして、なんとか稼ぎを上げなくちゃあならない。決められたとおりをしているだけでは稼ぎは上がらない。それだって、なかなかきつい仕事なんです。結構な下着をおもちでしたから、つい目がいったわけでして、むろん、監視人がそれをどうこうしちゃあならない。禁じられていて、悪いことだが、でも、これまでの習わしで下着は監視役の役得なんです。これまでずっとそうだった。ほんとうですぜ。むりもないところでして、逮捕されて沈みこんでいる人間に、下着などはどうってこともないですからね。実際にそうなんだが、それがあからさまに口にされると、罰をくらうのが出てくる」

「そんなことは知ったことじゃない。それに罰しろと要求したわけでもない。ありのままを言ったまでだ」

「おい、フランツ」

ヴィレムが相棒に声をかけた。

「おれが言ったとおりだ、こちらの旦那は、いじめるつもりじゃなかったんだ。おれたちが罰をくらうってことも、まるで知らなかったそうじゃないか」

「こんなおしゃべりを、まともに聞いちゃダメですよ」

三人目がKに言った。

「罰は当然だし、正しい」

「出たらめだ」

と、ヴィレムが言った。とたんに手にピシリと鞭をくらったので、あわててその手を口にやった。

「あなたが訴えたから罰がきたんだ。さもないと、こんなことにはならなかった。たとえおれたちのやりようをみんなが知ってても、訴えさえなければ、だれも何もいわなかった。それが正しいといえますかね。おれたち両名、とりわけこの自分はながらく監視人をしてきた――おまえだって見てきただろう、同じ役人の目からして、しっかり働いてきたはずだ――出世の芽が出ていた。いずれ、こちらさまのような鞭打役になる。こちらさまは、だれにも訴えなどされなかった幸せ者だ。まあ、訴えなんぞめったにあるもんじゃないのだがね。ところがそれが起きて、何もかも水の泡だ。出世はフイになった。見張りよりもっと下っぱの仕事にこき使われる。さんざっぱらひっぱたかれたあげくのことだ」

「鞭は痛いのか」

と、Kがたずねた。そして鞭打人がKの目の前で鞭を振りまわすのを目で追っていた。

「まっ裸にならなくちゃならない」

と、ヴィレムが言った。

「おやおや」

とKは言って、鞭打人を注意深くながめた。水夫のようによく陽焼けしていて、精気のみなぎった顔をしている。

「鞭を勘弁してやれないものかね」

「ムリですね」

鞭打人は笑みを浮かべて首を振った。

「服をぬげ」

二人に命令した。それからKに言った。

「こいつらの言うことを信用してはダメですよ。鞭が怖いので、頭が少々おかしくなっていましてね。たとえば、こいつはいましがた——」

ヴィレムを指さした。

「出世のことをあれこれ言いましたが、お笑い草です。ごらんのとおりのデブっちょだ——鞭はとても骨までとどきますまい——どうしてこうも肥ったのか、ごぞんじですか。こいつはいつも逮捕者の朝食を食っちまう男でして、あなたも朝食を失敬されたでしょう。失敬されたにちがいない。こんなにつき出た腹の持主は鞭打人にはなれない。金輪際ダメなんです」

「いや、こんなのもいる」

ヴィレムがズボンのバンドをゆるめて見せた。

「バカいうな！」

激しく鞭が首すじをかすめた。ヴィレムがからだをすくませた。

「よけいなことをいうな。おまえは服をぬげばいい」

「二人を見逃してやってくれませんか」

とKは言って、財布を取り出した。

「それなりのお礼はします」

鞭打人から目をそらした。こういったことは双方とも、目を伏せてやりとりすると効率よく進行するものである。

「これをタネにして、つぎにはこちらを槍玉にあげるつもりだな」

と、鞭打人が言った。

「ついては鞭がこの身にとんでくる。お断わりだね！」

「よく考えるんだ」

と、Kが言った。

「もしこの二人をこらしめたいのなら、いまさら放免させようなどと言いだしたりしない。ドアを閉め、何も見ず、何も聞かずに帰宅したいだけなんだ。ところがそうはいかず、この二人のこととかかわっている。罰をくらうことになるとか、鞭打たれるとか知っていたら、名前をあげたりしなかった。べつにこの二人に罪があるなどとは、まるきり思っていなかった。罪があるのは組織であって、上の者たちが罪深いのだ」

「そのとおり」

監視人両名が大声で言った。すでに裸になっていて、背中にピシリと鞭がとんだ。

「この鞭が厳しい裁きだというなら、それもいい」

Kはそう言いながら、相手がまたもや振り上げようとした鞭を抑えた。

「それなら裁きの邪魔はしない。反対に金を渡して励ましたいくらいのものだ」

「おっしゃることは、もっともですがね」

と、鞭打人が言った。

「でも袖の下はいただかない。鞭打人の口にありついた、だから鞭打つまでだ」

監視人フランツは、Kが介入した結果、ことのなりゆきを期待してうしろに隠れていたのだが、このときズボンだけの姿でドアのところへ出てきた。やおらひざまずくと、Kの腕にとりすがり、ささやいた。

「われら二人におなさけをかけていただくのがムリとなると、せめて私を放免してやってくれませんか。ヴィレムは年上でして、いろんな点でずぶといです。何年前だったか、いちど軽い鞭打ちをくらったことがあるんです。私はまったくはじめてでして、ヴィレムのとばっちりをくっただけなんです。よきにつけあしきにつけ、わが師匠にあたるものですからね。銀行の前で、かわいそうな許嫁が気をもんでいます。どの面さげて、出ていけるやら」

涙にぬれた顔をKの上着で拭いとった。

「もう猶予できない」

鞭打人は両手で鞭を握り直すと、フランツめがけて振り下ろした。ヴィレムは隅にうずくまって、首をすくませたまま、そっと見守っている。フランツの口から叫びが起きた。高い声で、ながながとつづく叫び。人間の口からではなく、痛めつけられた楽器から出たかのようで、廊下に流れ、建物全体にひびいたはずだ。

「声を出すな」

Kが叫んだ。ギョッとして人がくるはずの方向に目をやってから、おもわずフランツを突きとばした。強く突いたつもりはないが、フランツは気を失ったように倒れ、両手をワナワナふるわして床をかきむしった。その上にまた鞭がとんだ。床をころげまわると、鞭の先がテンポよくピシリ、ピシリと打ちのめした。すでに廊下の向こうに小使の姿が見えた。数歩うしろに、もう一人がやってくる。Kはいそいで外からドアを閉め、すぐそばの中庭に面した窓を開けた。部屋の叫びはやんでいた。小使を寄せつけないためにKが叫んだ。

「わたしだ」

「支配人さんですか。こんばんは」

大声が返ってきた。

「何かありましたか?」

「なんでもない。なんでもない」

Kが答えた。

「中庭の犬が吠えたんだ」

小使が立ちどまっているので、Kはつけ加えた。

「仕事にもどるんだ」

よけいな会話をはしょるために、窓から中庭をのぞきこんだ。しばらくして廊下を見やると、二人はすでに立ち去っていた。Kは窓のところに佇んでいた。ガラクタ部屋にもどるのは気がひるんだ。帰宅する気にもなれない。目の下に小さな四角い中庭が口をあけていた。四方とも事務室に囲まれている。どの窓もすでに暗かった。最上階だけに月光が射しかかっていた。

Kは目をこらして中庭の隅を見つめた。手押車が何台か引きこんである。鞭打ちをやめさせられなかったのは残念だが、それはKのせいではなかった。フランツが叫んだりしなければ——むろん、痛かったにちがいないが、ここぞのときには我慢すべきなのだ——もし、あんなに大声を出しさえしなければ、鞭打人を言いくるめる何らかの手が見つかったかもしれないのだ。下っぱはのこらずゴロツキ連中であって、となれば鞭打ちなんぞを受けもっている男だって例外ではないのである。さきほど財布をとり出したとき、鞭打人の目がキラリと光ったのを、Kはちゃんと見てとっていた。ことさら職務に精出したのも、袖の下を多少ともつり上げるためではなかったか。Kは金を惜しみはしなかった。たしかに二人を放免させてやりたいと思ったのだ。裁判組織の腐敗と戦うのをはじめたからには、この面を改めるのは当然のことだろう。しかしながらフランツが叫び声を出した瞬間に、おのずとすべてが水泡に帰した。小使や、さらにほかの者までがやってきて、ガラクタ部屋でのやりとりに気がつくなんてことは許せない。そんな犠牲はまっぴらだ。もし犠牲というなら、身代わりになるほうがずっと簡単だ。自分が裸になって、フランツの代わりを申し出る。むろん、鞭打人はそんな代理を認めまい。なんのうま味もないばかりか、自分の義務を傷つけることになる。それも二重に傷つける。というのはこちらが訴訟中の身であれば、裁判所の者たちにとっては損なってはならない相手であるからだ。ともあれ、ここにはまた特別の規則も通用するのではあるまいか。いずれにしてもKにはドアを閉じるしか、すべがなかった。それにより、いまやKは危険をすっかり免れたわけである。最後にフランツを突きとばしたのは悔やまれるが、興奮していたのだからやむをえない。

遠くで小使の足音がした。気づかれたくないので、Kは窓を閉め、正面階段のほうへ向かいかけた。ガラクタ部屋の前で足をとめ、耳をすました。静まり返っていた。死ぬほど打ちのめしたのか、それとも双方が疲れはてたのか。Kはドアの取っ手に手をのばしかけたが、すぐにひっこめた。もはやだれを助けるなんてこともできない。小使がなんとかするだろう。Kはしかし、この一件はきっと公表しようと心に決めた。罪深いのは上の連中であり、高官たちだ。まだ誰ひとりKの前に姿を現わさないが、自分の力の及ぶかぎり、しかるべき罰をくらわしてやらなくては。

銀行の正面階段を下りてから、Kは通行人を注意してながめたが、若い女など見当たらず、人待ち顔な者もいなかった。許嫁が待っているとフランツが言ったのは嘘っぱちにちがいないが、同情はかきたてる。大目にみていい嘘というものだ。

翌日もKには監視人のことが頭から去らなかった。気がちって仕事がはかどらず、前の日よりもさらに遅くまで執務室にいた。もどりがけにガラクタ部屋の前を通りかかった際、何げないそぶりでドアを開けた。予想した暗闇のかわりに目にしたものを前にして、しばらくぼんやりしていた。すべてが前夜、ドアを開けたときに見たのと同じだった。戸口のところの印刷物とインクの瓶、鞭をもった鞭打人と、裸になる前の監視人、棚の上のローソク。監視人が哀願口調で「あなたのせいですよ！」と声をかけてきた。K

はすぐさまドアを閉め、さらに念入りに押しこめるように拳で叩いた。ほとんど泣かんばかりにしてKは小使のところに駆けつけた。小使たちはのんびりと謄写版の仕事をしており、驚いて手を休めた。

「いつガラクタ部屋を掃除するんだ」

Kがどなった。

「ゴミの山に埋もれてしまうぞ」

小使が明日にもすませると言ったので、Kはうなずいた。はじめはいますぐのつもりだったが、こんな遅い時刻に仕事を言いつけるわけにいかない。しばらく小使のそばにいたかったので、Kは腰を下ろし、謄写版の書類を検分するように二、三枚めくってみた。帰りの道をともにするのが小使たちには大儀そうなのを見てとって、Kはのろのろと、とりとめのない気持で帰途についた。

叔父　レニ

ある日の午後——郵便物締切りの時刻が迫っていて、Kが忙しくしていたときだ——書類を運んできた小使の二人を押し分けるようにして、田舎の小地主であるカール叔父がKの部屋にとびこんできた。すでにしばらく前から、叔父の出現を想像しては肝を冷やしていたせいか、その姿を見てもさして驚かなかった。すでにひと月ばかり前から、叔父が来るにちがいないとKは思っていた。その間ずっと、やや背中を丸めた叔父を目の前に見るかのようだった。左手には中折れのパナマ帽をもち、右手をはやくも突き出している。書類机であれ何であれ、前にあるものを払いのけて突進してくる。叔父はいつも急いでいた。気の毒なことながら、一つの思いにこり固まっているからだ。一日きりの首都滞在で、予定していることごとくをやってのける。しかもその際、会話であれ商売であれ娯楽であれ、とびこんできたものは逃さない。カール叔父はかつてのKの後見人であってみれば、何であれKは手助けするものときめてかかっており、当然のことながら一夜の宿も提供する。Kはつねづね、この叔父を「田舎のお化け」と称していた。

挨拶もそこそこに——安楽椅子をすすめたが、叔父はゆっくりすわっているヒマがないという——ちょっとの間でいいから、二人きりで話したいと叔父が言った。

「どうしてもだ」

気ぜわしそうに喘ぎながら叔父が言った。

「これをすまさないと気持がやすらがない」

Ｋはすぐに小使を部屋から出して、だれも入れてはならないと指示した。

二人きりになるやいなや叔父が大声で言った。

「おい、ヨーゼフ、何てことを耳にしたと思うね？」

テーブルに腰かけた。書類に頓着なく、さらに改めて腰を据え直した。Ｋは黙っていた。つぎにどうなるか、わかっていた。ともあれ緊張した仕事をすませた直後のせいで、やにわにここちよい疲労につつまれた感じで、窓ごしに向かいの通りの歩道側をながめていた。彼の椅子からだと、小さな三角形が見えるだけだ。三軒の商店にはさまれた空き家の壁の一部である。

「のんきに外などながめている」

叔父は両腕を上げると叫ぶように言った。

「とんでもない。ヨーゼフ、答えてくれ。ほんとうなのか、出たらめなんだろう！」

「叔父さん」

Ｋはボンヤリした気持を引き立てた。

「何をおっしゃっているのです？」

「いいか、ヨーゼフ」

叔父が警告するように言った。

「わしの知るかぎり、おまえはウソはいわなかった。いまの言葉は、どうとればいい」

「どうやら、わかってきました」

おとなしくKは認めた。

「裁判のことを耳にされたのでしょう」

「そのとおり」

「裁判にかけられているそうじゃないか」

叔父はゆっくりとうなずいた。

「だれから聞きました?」

「エルナが手紙に書いてきた」

と、叔父が言った。

「エルナはおまえとつき合いがない。おまえはちっともかまってやらない。それでもエルナは知っていた。手紙が今日、届いた。それでさっそくやってきた。ほかに理由はない。これ一つでも大変だ。いいな、おまえにかかわっているところを読み上げる」

叔父はポケットから手紙を取り出した。

「ここだがね、エルナが書いている。《ヨーゼフとは、ずいぶん長らく会っていません。先週、いちど銀行に行ったのですが、ヨーゼフはとても忙しくて、会ってくれませんでした。およそ一時間ほど待っていたのです。それから帰りました。ピアノのレッスンがあるんです。ヨーゼフと話をしたいのです。もしかすると来週は会えるかもしれません。わたしの誕生日にヨーゼフはチョコレートの詰め合わせを送ってくれました。ほんとにやさしくて、よく気のつく人なんです。このことはこの前の手紙に書くはずだったのに忘れていました。いまふと思い出したのです。寄宿舎ではチョコレートがあっというまになくなってしまうのをごぞんじですか。チョコレートが届いたなんて知れると、たちどころになくなってしまいます。そうそう、ヨーゼフのことでした。お伝えしておこうと思ったことがあるのです。いまも言いましたが、銀行では会えなかったのです。ちょうど、ひとりのかたと取引の話をしていました。しばらくじっと待っていましたが、係の人に取引の話はもっとつづきそうかどうかたずねたんです。その人が言うには、長くなりそうだ、それというのも支配人さんに起こされている訴訟のことらしいから、とのことでした。それは何かのまちがいではないかとたずねますと、まちがいではなく、たしかに裁判になっていて、しかもむつかしい裁判だというのです。それ以上のことは係の人は知らないそうでした。その人は、できるものなら支配人さんの手助けをしたいと言いました。とてもやさしい、公正な上司なんだそうです。でも、どうやって手助けしてよいかわからないし、もっと力のある人が手助けしたほうがいいのだそうです。いずれそうなるにちがいないし、結局はそうなると思うが、いまのところは支配人さんの機嫌が悪いところをみると、いいようには進んでいないのだろうというのです。わたしはむろん、わけのわからないおしゃべりだと思いましたから、係の人をたしなめました。そんなことは、うかつに人に言うものではないと口どめしました。でも、叔父さんがこのつぎヨーゼフを訪ねたときは、このことをたしかめてほしいのです。むつかしいことではないでしょうし、とても顔が広いから、必要となれば何だってできるでしょう。でも、きっと必要になどならないでしょう。そのときには、よろこんでお祝いをしましょうね》。なんてやさしい娘じゃないか」

読み終わると、叔父は目から涙を拭った。Kはうなずいた。最近のいろんなことに気をとられて、すっかりエルナのことを忘れていた。誕生日のことも忘れたままだった。チョコレートの贈り物のことは、きっと叔父と叔母をよろこばすためにエルナが考え出したことにちがいない。うるわしい話であって、恩返しにも、これからは毎月、劇場の切符を送ってやろうと考えた。それでは足りないにせよ、寄宿舎に訪ねて、十七歳のお茶っぴいな女学生とおしゃべりするのは、いまのところ気が進まない。

「このことはどうなのだ?」

と、叔父が言った。手紙のおかげで、ほかの用事も忙しいことも忘れ、もういちど読み返しているようだった。

「ほんとうです」

「ほんとうだ?」

叔父が大声を出した。

「それはどういうことだ? どんな裁判なんだ? まさか刑事訴訟ではあるまいな」

「刑事訴訟です」

と、Kは答えた。

「刑事訴訟をくらっているのに、ここで悠然とすわっているのか?」

叔父の声はますます大きくなった。

「悠然としているほうが、いい結果になる」

Kは疲れた声で言った。

「怖がることなどないのですから」

「だからといって安心はできない」

叔父が声をはりあげた。

「ヨーゼフ、いいな、ヨーゼフ、考えてみろ、おまえのこと、おまえの親戚のこと、家柄ってものをだ。これまでおまえは、われらの誉れだった。世間からうしろ指を差されるようなことがあってはならん。それにしても、おまえの振舞いぶりだ」

叔父は首をかしげてジロリとKを見た。

「気に入らん、気に入らないね。いわれもなしに訴えられたとしても、まだ失脚してなければ、そんなふうにはしないものだ。かいつまんで言ってみろ、いったい、どういうことなんだ。それが呑みこめなくては手助けもできない。むろん、仕事のことでなんだろう？」

「ちがいます」

そう言ってKは立ち上がった。

「叔父さん、声が大きすぎます。小使がドアのところに立って耳をすましていますよ。不愉快じゃありませんか。ここを出ましょう。外でなら何だってお答えします。家の誉れに泥をぬるようなことはしません」

「そのとおりだ」

叔父が叫んだ。

「そのとおり。では、さっそく出かけるとしよう。ヨーゼフ、すぐにも出よう」

「少し言いつけておくことがあります」

Kは電話をとって支配人代理を呼んだ。すぐに彼はやってきた。叔父は興奮のあまり、支配人から用向きのあることをわざわざ手つきで示してみせたが、むろん、まるで無用のことだった。Kは事務机の前に立ち、小声で書類を示していって、自分の留守中、今日のうちにも処理しておくようにと伝えた。若い代理はそっけなく返事をしながらも注意深く聞いていた。叔父は目をむき、唇を嚙みながら突っ立っていた。ことさら邪魔はしなかったが、こんな人物がこの場にいること自体がすでに邪魔というものだった。つづいて叔父は部屋の中を行ったり来たりして、窓際や絵の前で立ちどまった。そのつど、「まったくわけがわからん」とか、「いったい、どうなるというんだ」とか、ひとりで息まいていた。若い代理はまるでそんな人物に気づかないかのふりをして、Kの伝言をじっと聞きとり、いくつかはメモをとった。それからKに一礼し、叔父に向かっても頭を下げたのだが、叔父は背を向けており、窓から外をながめながら、両手をのばしてカーテンをいじっていた。若い代理がドアを閉めるやいなや、叔父が叫んだ。

「やっとあやつり人形が退散したぞ。ヨーゼフ、では、出かけるとしよう！」

正面ホールには行員や小使が何人かたむろしており、しかも頭取代理が通りかかったときに、とどめようもなく叔父が裁判のことを言いだした。

「そもそも、どういうことだ」

まわりの者たちが会釈するのに、軽く手を上げて応じながら叔父が言った。

「どんな訴訟なんだ」

Kはとりとめのないことを答え、さらに少し笑ってみせた。階段のところでようやく、他人の前で大っぴらに言いたくないと説明した。

「そのとおりだ」

と、叔父が言った。

「しかし、もういいだろう。話してみろ」

首をかしげ、葉巻をせわしなくスパスパやりながら聞いている。

「先に言っときます」

と、Kは口を開いた。

「ふつうの裁判所での訴訟ではないのです」

「そいつはよくない」

と、叔父が言った。

「どうしてですか？」

Kはじっと叔父を見つめた。

「つまり、よくない」

叔父はくり返した。正面玄関を出ると、石段づたいに通りへ下りていく。門衛が耳をそば立てているような気がしたので、Kは叔父を引っぱるようにして石段を下りていった。通りには賑やかな往来がある。Kによりかかったふうの叔父は、せきこんでたずねたりしなかった。しばらくは黙々と歩きさえした。

「で、どういうことなんだ？」

叔父が足をとめた。不意に立ちどまったものだから、うしろを歩いていた人があわててわきをすり抜けた。

「こういうことは急に起こるもんじゃない。ずっと前からきっと、何かがあったはずだ。どうして言ってこなかったんだ。おまえも知ってのとおり、いまもおまえの後見人のつもりでいるし、それを誇りにしている。むろん、いまだって力になれる。ただ裁判がもう進行中となると、むつかしいかもしれない。たぶん、いま一番いいのは、おまえが少し休みをとって、叔父さんのいる田舎にくることだ。少し痩せたじゃないか。いや、たしかに痩せた。田舎でのんびりして元気をとりもどすんだ。それがいい。これから先も気が休まるまい。それに田舎にくれば、つまり裁判所から身を引いていられる。こちらだと、やつらにいろんな手があって、むろん、そいつを使ってくるし、自動的におまえに向かってくる。離れていると、やつらは使いをよこさなくちゃあならないし、手紙でいってきたり、電報を打ったり、電話してこなければならない。手間をかけさせれば、それで終わるというわけじゃないが、おまえのほうがひと息つけられる」

「ここを離れてはいけないと言いだすかもしれませんよ」

叔父のひとり合点を遮るためにKが口をはさんだ。

「そうはせんだろう」

叔父が重々しく言った。

「おまえがここを離れたからといって、やつらにはそれほど痛手になるわけじゃない」

「どうもそんな気がするのですが——」

叔父に突っ立っていられるのはかなわないので、Kは叔父の腕をつかんだ。

「叔父さんはずっと大したことはないと言いながら、いまになって急に大層に考えておられますね」

「ヨーゼフ」

叔父が大声をあげた。Kの腕からもがき出て、あくまでも立っていようとするのを、そうはさせないとばかりにKは力を入れた。

「おまえは変わったな。いつもはしっかり考えられる男なのに、まさにいま、きちんと考えられないのか？ 裁判に負けたいのか？ それがどういうことかわかっているのか？ それはつまり、おまえが消されてしまうということだ。血筋の者全員が巻きぞえを食うし、少なくとも名誉を失墜すること請け合いだ。ヨーゼフ、しっかりするんだ。おまえがぼんやりしているのを見ると頭にくる。《こんな訴訟を受けるようでは、もう負けたも同然だ》、そんなことわざがあるじゃないか」

「叔父さん、叔父さん」

と、Kが言った。

「興奮したって何にもなりませんよ。叔父さんが興奮すると、こちらもつられて頭に血がのぼります。頭に血をのぼらせていては、訴訟に勝てっこありませんね。叔父さんは世間をよく知っている。これまでなんども兜をぬいだし、このたびもあてにしています。たとえそうだとしても、ここはこちらにおまかせください。血筋の者もひどいめにあうとおっしゃったじゃないですか。その点は同意できませんが、でも、これはわきに置くとして、いつもはおっしゃるとおりにするのですが、田舎に行くのだけはうなずけませんね。おっしゃるように有利になるどころか、逃げたと思われますし、身に覚えがあるからのようにとられます。たしかにここにいると、いつもつけ狙われますが、こちらにだってやり返す手があるというものです」

「そのとおり」

やっと話がかみ合ったというふうに叔父が言った。

「さっき、あんな話をもち出したのは、ほかでもない、このままだとおまえがうっかりして窮地に陥りかねないと案じたからだ。まともに取り組むというなら、きっとうまくいくとも」

「おっしゃるとおりです」

Kはうなずいた。

「さしあたりどうすればいいのか、何か考えをおもちですか?」

「じっくり考えなくてはな」

と、叔父が言った。

「なにしろ、もう二十年も、ほとんどずっと田舎に引きこもってきた。勘が鈍ってくる。顔のきく相手もいたんだが、自分のほうからごぶさたをしてきた。島流しになったようなものだ。そのことは、おまえも知っているだろう。こういう事態になると、やっとそれが身にしみてくる。それに今度のことは、不意打ちをくらったようなものだからな。いつもはないことだが、エルナの手紙のあとに思い立って、おまえと会ってやっとわかったというしだいだ。しかし、そんなことを言い合ってもいられない、のんびりしているヒマはない」

すぐにも叔父は背のびするようにして車をとめ、Kを引っぱりこみながら運転手に行き先を告げた。

「弁護士のフルトを訪ねる」

と、叔父が言った。

「学校仲間だ。フルトのことは知っているだろう。え、知らないって? へんだな。いまだってなかなか元気で、貧しい人たちの弁護を買って出て人気がある。そのことよりも人間的に信頼のおける人物だ」

「何であれ、おまかせします」

とKは言ったが、叔父の気ぜわしさと押しつけがましさが不快だった。貧しい者の味方にすがるのは、被告としてあまりうれしいことではない。

「弁護士に相談できるとは思いませんでした」

「あたりまえだ」

と、叔父が言った。

「理の当然じゃないか。いうまでもない。それはそうと、くわしく知っておきたいから、これまでのことを話してもらおうか」

Kはすぐさま話をした。何も隠さなかった。叔父によると裁判沙汰は大きな恥辱とのことだが、一切をつつみ隠さず話すことが、そんな見方への抗議になる。ビュルストナー嬢のことは一度だけ、ごくさりげなく述べただけだが、べつに隠しているわけではなかった。ビュルストナー嬢は裁判とかかわりがないのである。話しているあいだ、Kは窓から外をながめていたのだが、気がつくと裁判所の事務局のある町外れに近づいていた。その旨をつたえると、そんな偶然は珍しいことではないと叔父は言った。陰気な建物の前で車を降りた。中二階の最初のドアの呼鈴を鳴らした。待っているあいだ、叔父は笑いながら大きな歯をむき出しにして、Kにささやいた。

「八時か。訴訟の当事者として人を訪ねるにはへんな時刻だが、フルトは悪くはとらんだろう」

ドアの覗き穴に二つの大きな黒い目が現われ、しばらく二人をじっと見つめていた。その目が消えてからもドアは開かない。叔父とKは二つの目がたしかに自分たちを見たことを確認し合った。

「新しい女中だろう。見知らぬ人間が怖いのだ」

と叔父は言って、もういちどノックした。またもや黒い目がこちらを見つめた。むしろ悲しげな目といえた。事実、そうなのだろう。頭上で大きくゆらいでいるわりに明かりが乏しいが、見まちがえでもなさそうだった。

「開けていただこう」

叔父は声をかけ、拳でドアを叩いた。

「弁護士さんの友人です」

「そこの弁護士さんは病気ですよ」

うしろで声がした。小さな通路の反対側のドアの前にナイトガウンを着た男が立っており、極端に声を落としてささやいた。叔父は長らく待たされて苛立っており、勢いよく振り返ると、大声で答えた。

「病気？　やつは病気だとおっしゃる？」

相手の男が当の病いであって、それを威嚇するかのように近づいていった。

「ドアが開きましたよ」

その男は弁護士のドアを指さすと、ナイトガウンの前を合わせ、姿を消した。たしかにドアは開いていた。若い女が――黒い目が少しとび出しぎみなのにKは気がついた――長くて白いエプロンをつけ、ローソクを手に立っていた。

「このつぎはもっと早く開けるんだ」

叔父は挨拶のかわりに苦情を言った。娘は小さく膝を折って二人を迎えた。Kはにじるようにゆっくりと娘のわきを通った。

「ヨーゼフ、こちらだ」

と、叔父が言った。そのままずかずかと部屋に向かいかけるのに、娘が言った。

「弁護士さんは病気なんです」

Kはまたもや娘を見返した。戸口のドアを閉めようとして、そのままこちらを振り返っている。人形のように丸い顔で、血の気のない頬だけでなく顎もまん丸く、こめかみも、額も丸い。

「ヨーゼフ、こちらだ」

またもや叔父が言った。それから娘にたずねた。

「心臓か?」

「そう思います」

と娘は答え、のろのろとローソクを掲げて先に進み、部屋のドアを開けた。

ローソクの光が届かない部屋の隅のベッドで、長い髭をはやした顔がもち上がった。

「レニ、いったい、だれが来たのだ」

明かりが眩しくて客の識別がつかないらしい。

「アルベルトだ、古い友人を忘れたか」

叔父が言った。

「なんだ、アルベルトか」

この客には体裁をととのえるまでもないというかのように、弁護士は枕の上で仰向けになった。

「そんなに悪いのか?」

叔父は声をかけて、ベッドのはしに腰かけた。

「それほどでもないんだろう。きみの持病の心臓発作であって、以前と同じように何てこともないのだろう」

「まあね」

弁護士は小声で言った。

「しかし、以前よりはずっとひどくなった。息が苦しいし、眠れない。毎日、力がなくなっていく」

「そうか」

叔父は大きな手でパナマ帽を膝に押しつけた。

「悪い知らせだな。それにしても、ちゃんと手当ては受けているのか。ここは殺風景で、暗いじゃないか。この前に来たときからずいぶんになるが、あのころはもっと明るかった。それに女中の小娘もあまり愉快なやつではなさそうだ。それとも、おとなしいふりをしているのかな」

自分の悪口がいわれているのに、娘はローソクをもったまま、じっとドアのそばに佇んでいる。そのぼんやりした眼差しからわかるかぎりでは、叔父よりもKを見ていた。叔父が娘の近くに椅子を押しやったので、Kはそれによりかかった。

「こんな身だから安静が必要だ」

と、弁護士が言った。

「悲しいことなどないね」

少し間をおいて、つけ加えた。

「それにレニが面倒をみてくれる。とてもいい娘だ」

叔父は納得しなかったようだ。娘に先入観をもっているのはあきらかで、病人には言い返さなかったが、厳しい目つきで娘をねめつけていた。娘はベッドに近よると、ローソクを小卓の上に置き、病人の上にうつ向いて、クッションをととのえながら何やらささやいた。叔父は病人への配慮を忘れて立ち上がり、娘のうしろを行きつ戻りつしはじめた。叔父が娘のスカートをつかんで病人から引きはなしても、不思議とはKは思わなかっただろう。Kはまわりをこともなげにながめていた。弁護士が病んでいるとしても、さして困ったことではなかった。叔父はやたらに意気ごんでいるが、そうさせておけばいいのである。Kが手をそえたわけではないが、熱意に水がさされたわけで、それも悪いことではない。このとき叔父が声をかけた。看護の娘に意地悪をしたかったからにちがいない。

「お嬢さん、しばらくわれわれだけにしてくれませんか。友人と内輪のことを話したいものですからね」

娘はなおも病人の上にうつ向き、ちょうど壁ぎわの敷布のしわをのばしていたところだったが、顔だけをこちらに向け、腹立ちのあまり舌をもつらせ、つぎには、むやみと早口でまくし立てる叔父とは正反対に、ごく落ち着いた口調で言った。

「ごらんのとおり、ご主人様はご病気です。内輪の話はとてもむりでしょう」

叔父の言葉をそのまま使ったのは、言いやすかっただけだったはずだが、そばで聞いている者にもからかいのように聞こえかねない。叔父はむろんのこと、いきり立った。

「ちくしょうめ」

興奮でのどをつまらせ、言葉にならない。予期はしていてもKはハッとして叔父のもとへすっとんだ。両手で叔父の口をおさえるつもりだった。幸いにも娘のうしろで病人が起き上がった。叔父はイヤなものを呑みこんだような渋い顔をし、やや冷静になって言った。

「思慮までなくしたわけじゃない。無理だとなれば、無理強いはしない。とにかく出ていってもらおう」

娘は叔父に向き直り、ベッドのそばにすっくと立った。Kは気がついたが、片手で弁護士の手をさすっていた。

「レニがいてもかまうことはないよ」

あきらかに哀願口調で病人が言った。

「わたしはいいんだ」

と、叔父が言った。

「わたしのことじゃないんだ」

うしろを向いて、もはや妥協の余地はないが、考えるだけの時間は与えるといったしぐさをした。

「では誰のことだ？」

弱々しい声で弁護士がたずね、またもや枕によりかかった。

「甥なんだ」

と、叔父は言った。

「つれてきた」

そして紹介した。

「支配人のヨーゼフ・K」

「これは、これは」

弁護士は急に元気な口調になって、Kに手を差し出した。

「失礼した。気がつかなかった」

ついで娘に言った。

「レニ、出ておゆき」

うなずいた娘の手を、長い別れであるかのように握った。

「つまり、なんだな」

弁護士はやっと叔父に向かって声をかけた。叔父も気持がなごんだようでベッドに近寄った。

「病気見舞いではなくて、用向きがあってきたんだね」

病気見舞いと思っていたので気持がなえていたところ、いまや元気づき、肘をついて背すじをのばしている。それはかなり力のいることで、髭のなかの房になったところをなんども引っぱった。

「ずっと顔色がよくなったぞ」

と、叔父が言った。

「あのイヤな女が出ていったからだ」

口をつぐんで、ささやいた。

「きっと盗み聞きしているんだ」

ひとっとびしてドアを開けたが、だれもいなかった。叔父はもどってきた。案に相違したというより、不快そうな顔をしていた。盗み聞きをしていないのは叔父にとって、手ひどい悪意に思えたからだ。

「そんな女じゃないよ」

と弁護士は言ったが、それ以上はかばい立てをしなかった。たぶん、娘がとりたててかばい立てを必要としていないと言いたかったようだった。むしろずっと親しみをこめて言葉をつづけた。

「甥御さんのことだが、むつかしい仕事にせよ、なんとかやってみたいじゃないか。もう十分な力がないかもしれないが、できることはしてみよう。こちらの力不足となれば、助力をたのめるあてもある。正直なところ、興味深いケースなので、なろうことなら助力なしにやってみたいものだね。この心臓がもたなくても、少なくとも、それだけの苦労のしがいがあるというものだ」

弁護士の話が呑みこめない気がしたので、Kは説明を求めるように叔父を見やった。しかし、叔父はローソクをもったまま小卓の前にすわっていた。ちょうどこのとき、小卓から薬瓶が絨毯にころがり落ちたが、いさいかまわず弁護士の言うことにいちいちうなずき、すべて了解ずみのような顔つきでKを見やって同意のしるしを見せるようにうながしてきた。叔父が先立って弁護士に訴訟のことを話していたのかと思ったが、そんなわけはなく、ことの経過からして、そんなことはありえない。

「どういうことだろう」

Kは呟いた。

「誤解していたかな」

弁護士は驚いた顔で、Kと同じくとまどいながらたずねた。

「早トチリをしたのかな。どういうことで相談にきたのだ。このかたの訴訟だとばかり思っていた」

「むろん、そうだ」

と、叔父は言った。そしてKに問いかけた。

「おまえの意見はどうなんだ？」

「それはともかく、どうしてわたしのことや、わたしの訴訟のことをごぞんじなのです？」

と、Kがたずねた。

「なるほど、ごもっとも」

弁護士がほほえんだ。

「ともかくも弁護士ですから、裁判所の者たちとつき合いがあります。いろんな訴訟のことが話題になりますから、めだったのは覚えています。とりわけ友人の甥にかかわることとなればです。忘れませんよ。ふだんのことでしてね」

「おまえの意見はどうなんだ？」

ふたたび叔父がたずねた。

「腰が据わっておらんな」

「この裁判の関係者をごぞんじなんですか」

と、Kはたずねた。

「ええ」

と、弁護士が答えた。

「子供みたいなことを聞くな」

と、叔父が言った。

「仕事柄、つき合いの範囲がきまっておりましてね」

と、弁護士はつけ加えた。

はっきりとした意志がこもっていて、Kはおもわず口をつぐんだ。

(あなたはつまり、ちゃんとした法廷の人であって、屋根裏のほうではないんでしょう?)

そんなふうに言いたかったのだが、口にするのは、はばかられた。

「お考えいただきたいのですね」

弁護士は言葉をつづけた。ごく当然のこと、いわずもがなのこと、なんてことのないことを言うような口ぶりだった。

「つき合いの範囲がきまっているからこそ、依頼人のために大きな利点が得られるわけです。いろいろな意味で役立っておりまして、その点は申すまでもないことです。たしかにわたしはいま病気のせいで思うにまかせないところがありますが、しかし、いい友人が裁判所にいまして訪ねてきますからね、あれこれ伝えてくれるのです。元気ざかりで法廷に出かけっぱなしの者たちよりも情報が多いかもしれません。今日もありがたいことに訪ねてきてくれたのですよ」

弁護士は暗い隅を指さした。

「そんなところに?」

驚いたあまり乱暴な口調でたずね、Kはこわごわとあたりを見まわした。小さなローソクの光は向かいの壁ぎわまでは届かない。なるほど、隅になにやら動く気配がある。叔父がローソクをもち上げたので、その隅に小さなテーブルがあって、かなり年輩の男がすわっているのが見えた。これまで、まるで息をしていなかったので、それで気づかれずにいたかのようだ。大儀そうに立ち上がった。あきらかに注目をあびたのが不愉快そうだった。小さな翼のように両手をひろげ、それでもって改まった挨拶や何かをいっさい拒否したいかのようで、自分がこの場にいることで他人の邪魔をしたくない、すぐにも暗闇にもどるから自分のことは忘れてもらいたい、とでも言いたげだった。だが、いまとなっては、それはもう許されない。

「お二人が前ぶれなしにこられましたからね」

弁護士は釈明するように言うと、隅の男を励ますように手招きした。男はおずおずとあたりに目をやりながら、それでもある種の威厳をもって近づいた。

「事務局長さんです――おっと、紹介を忘れていた。こちらは友人のアルベルト・Kで、こちらは支配人ヨーゼフ・K、こちらの甥御さんでね――こちらが事務局長さんです――事務局長さんは親切にも足を運んでくださった。事務局長というのは山のような仕事をかかえた人で、かかわりのある者にしかわからないことですが、なかなかできないことなんですよ。にもかかわらずおいでくださった。病気にさわらない範囲ですが、じっくり話を交わしました。人が来ても入れないように、レニに言ったわけではなかったのは、ほかにだれが来る予定もなかったからであって、それでもこちらとしては、二人きりのほうがいいと思っていたところに、アルベルト、きみが乗りこんできたというわけだ。事務局長さんはテーブルと椅子をかかえて隅に退却したのだが、でも、ことがこうなったというのも、事態の打開をはかれるということで、いい機会ができたともいえそうだ。どうでしょう、事務局長さん、おかけになってはいかがです」

弁護士はへつらうような笑みをうかべて、ベッドのわきの肘掛椅子を指し示した。

「でも、すぐにおいとましなくちゃあならないのですよ」

事務局長は愛想よく言うと、ゆっくりと肘掛椅子にすわり、時計に目をやった。

「仕事に追われています。とはいえ、わが友の友人とお近づきになる機会を逃すわけにもいかないですね」

叔父に向かって、ちょっと頭をかしげた。叔父は事務局長との近づきを得て大満足のようだったが、性格からして気持を表わすすべがわからず、とまどったような大笑いで応えた。なんともみっともない光景である！ Kは平静にながめていられた。だれも彼に注意を払わなかったからだ。事務局長はその立場からしていつものことなのだろうが、話をひとり占めしていた。弁護士は病気のはずだが、それは新しい闖入者を断わるための口実だったのか。手を耳にそえて熱心に聞いている。叔父はローソクをもっていたが――肩でバランスをとるように捧げもち、弁護士がなんどか心配げに目をやった――そのうち、とまどいから解放され、事務局長の話しぶりのみならず、話にそえて手をクネクネとさせるのにうっとりしていた。Kはベッドのはしにもたれていた。事務局長からわざと無視されたのかもしれないが、老いた三人の聞き手という役柄だった。それに何が話題になっているのかよくわからず、叔父に手ひどく扱われた娘のことを思ったり、また事務局長に会ったことがあるのではないか、といったことを考えていた。ことによると、最初の審判のとき、人の群れにまじっていたのではあるまいか。まちがいでなければ、最前列は髭をゆらめかした老人たちに占められていたが、そのなかの一人だったのではなかろうか。

このとき控えの間で陶器が壊れたような音がして、みながいっせいに聞き耳をたてた。

「何があったのか見てきましょう」

Kは立ち上がり、あとの三人に引きとめる余裕を与えるかのように、わざとゆっくり部屋を出た。控えの間に入り、暗闇のなかでドアをつかんだままごまごしていると、手の上にべつの手がのびてきた。Kの手よりもずっと小さい。その手がそっとドアを閉じた。看護の娘が待ち受けていた。

「何でもありません」

彼女がささやいた。

「あなたをこちらに呼びよせるために、皿を壁にぶつけただけです」

ぎこちなくKが言った。

「あなたのことを思っていました」

「ならば、よけいにいいわ」

と、娘は言った。

「どうぞ、こちらに」

何歩かすすむと、すりガラスのドアがあって、そのドアを開けた。

「どうぞ、お入りになってください」

弁護士の仕事部屋らしく、二つの大きな窓があり、そこに月光が射して、床に小さな四角を描いていた。その明かりでわかるところでは、部屋には重々しい古風な家具が並んでいる。

「こちらに」

と、娘は木彫りの手すりのついた黒っぽい長持を指さした。そこに腰を下ろしてから、Kはあたりを見まわした。天井の高い大きな部屋で、貧者の味方をあてにしてやってきた貧しい依頼人は、ここに入って途方にくれるのではあるまいか。巨大な書き物机に向かうときのおずおずとした足音が聞こえるような気がした。だが、Kはそんなことはすぐに忘れ、看護の娘をじっと見つめた。Kにぴったり寄りそってすわり、わきの手すりに押しつけるかげんだった。

「わたし、思ったのです」

と、娘は言った。

「お呼びするまでもなく、ひとりで出てこられるだろうと。でも、へんだわ。入ってきたときは、じっとわたしをごらんになったのに、それからはまるきり知らんぷりだもの」

それから、ひと息の間もおきたくないかのように、いそいでつけ加えた。

「レニと呼んでくださいね」

「いいとも」

と、Kは言った。

「へんでも何でもない。いいかい、レニ、まず第一に年寄りのおしゃべりを聞いていて、理由もなしにいなくなるわけにいかない。第二に自分は押しの強い男じゃないからね。むしろ臆病だ。それにレニにしても、強引に押していけば手に入るような顔つきはしていなかった」

「そうじゃない」

とレニは言って、片腕を手すりに置き、Kを凝視した。

「あなたにはわたしが気に入らない。いまだってきっと気に入っていないのだわ」

「気に入るなんて、たいしたことじゃない」

はぐらかすようにKが言った。

「そうかしら？」

レニはほほえんだ。Kの言葉と、自分のひとことで自信をもったかのようだ。そのためKはしばらく黙っていた。部屋の暗さに慣れてきたせいで、家具類をこまかいところまで見分けることができる。とりわけ戸口の右にかかっている大きな絵が目についた。もっとよく見ようとしてKは身をかがめた。裁判官の法衣を着た男を描いていた。背の高い玉座のような椅子にすわっている。椅子にほどこされた黄色が目を射るように光っていた。ふつうでないのは、この裁判官が泰然自若としてすわっているのではなく、左腕を背もたれと肘掛けに強く押しつけ、右腕は自由にして肘掛けを軽くつかんでいることだった。いまにもサッと立ち上がり、重要なことを述べるか、あるいは判決を言い渡す。被告はきっと足元の段のところにいるのだろう。黄色い絨毯を敷いた段の一部が描きそえてあった。

「ひょっとすると、あの判事かな」

Kは絵を指さした。

「知っているわ」

レニも絵を見上げた。

「よくお出でになる。若いころの姿だそうだけど、でも、ちっとも似ていない。ほんとうに小さな人なのね。だのに絵では、こんなに大きく描かせた。とても虚栄心が強いの。ここの人はみんなそう。わたしもそうだわ。だからあなたに気に入られないのがたまらない」

おしまいのひとことに応えるかわりに、Kはレニをつつむように抱き寄せた。レニはそっとKの肩に顔をのせた。

何でもなさそうにKがたずねた。

「彼はどんな地位にいるの？」

「予審判事」

とレニは答え、自分を抱きしめているKの手をとって、指をいじくった。

「また予審判事か」

がっかりした声でKが言った。

「上の連中はいつもおもてに出てこない。予審判事にしては立派な椅子にすわっている」

「みんなつくりもの」

レニはKの手に顔をこすりつけてきた。

「ほんとうは台所の椅子にすわっていて、古い馬の毛皮が敷いてあるだけ」

彼女はゆっくりとつけ加えた。

「あなたはいつも訴訟のことを考えていなくてはならないの？」

「いや、そんなことはない」

と、Kは言った。

「ほとんど考えてはいないと思うよ」

「あなたの犯しているまちがいはそのことじゃない」

と、レニが言った。

「あなたはとても頑固だって聞いたわ」

「だれがそんなことを言った？」

Kがたずねた。胸に相手がのしかかってくるような気がした。目の下に髪があった。ゆたかで、黒っぽく、それをしっかり束ねている。

「それを言うと、いってはならないことまで言うことになる」

レニが答えた。

「お願いだから名前は聞かないでくださいな。それより、まちがいをつづけてはならないわ。頑固でいちゃあダメ。それではこの裁判をやっていけない。まず認めるの。このつぎ、きっと認めるの。するとはじめて道がひらける。まず認めて、それからのこと。それも手助けがないとうまくいかない。そのことは心配しなくていい。わたし、あなたのために手伝うわ」

「裁判所のことや、裁判に必要な手くだのこともよく知っているんだね」

と、Kは言った。レニがからだを激しく押しつけてきたので、膝にかかえあげた。

「ここがいい」

レニは上着のしわをのばし、ブラウスを引っぱってからKの膝にすわり直した。それから相手の首にぶら下がるようにして、Kをじっと見つめていた。

「自白しないと、きみは手助けができないの？」

Kはためしにたずねてみた。いつも手助けの女を手に入れている。自分でもいぶかしがりながらそんなことを考えた。最初はビュルストナー嬢で、二番目が裁判所の下働きの妻、ついでこの小柄な看護の娘だ。

この自分に対して、なぜだか欲求をもっているらしい。まるでここが申し分のない場所のようにして、男の膝にすわっている！

「そうなの」

レニはゆっくり首を振った。

「自白がなくては助けられない。ほんとうはわたしの助けなど願っていないのでしょう。ちっともそんなことは考えていないんだわ。わがままで、認めないのだ」

ひと息おいてからレニが言った。

「恋人はいる？」

「いない」

と、Kは答えた。

「うそ」

と、レニが言った。

「ほんとうだ」

と、Kが答えた。

「たしかにもういないのだが、写真はもっている」

レニにせがまれて、Kはエルザの写真を渡した。背を丸めて、娘は念入りに写真を見つめていた。いつものようにエルザが居酒屋で、からだをねじって踊っているところを撮った写真だった。からだといっしょにスカートが大きくひろがっており、エルザは両手を腰にあて、首をのばし、わきを見て笑っていた。

だれに笑いかけたのか、写真からはわからない。

「ずいぶんコルセットでしめつけている」

レニはここがそうだというふうに指さした。

「わたしには気に入らない。どうしようもないわ、粗野な人。きっとあなたにはやさしくて親切でしょう。写真からもわかる。こんなにたくましく強い女は、やさしくて親切にするすべを知っている。でも、あなたのために犠牲になるかしら？」

「ならないね」

と、Kは言った。

「やさしくもないし親切でもないし、犠牲を買って出たりもしない。やさしくしてくれと言ったこともないし、犠牲を求めたこともない。いま、きみが見たように、ちゃんと写真をながめたこともない」

「全然この人に気がないのね」

と、レニが言った。

「あなたの恋人じゃない」

「いやいや」

と、Kは言った。

「取り消さないよ」

「すると、いまのところはあなたの恋人かもしれない」

と、レニが言った。

「でもこの人はあなたを失っても、たとえばわたしが取り代わっても、べつにさびしく思わないわ」

「むろん、そうだ」

Kはほほえんだ。

「そのとおりだと思うよ。でも、一つ大きな強みをもっている。裁判についてはまるで知らない。たとえ知っても、何とも思わないだろう。自白するように説得したりしないよ」

「なんてことないわ」

と、レニが言った。

「ほかに強みがないなら、わたし、勇気がわいてくる。この人、からだの欠陥はないのかしら？」

「からだの欠陥？」

Kが問い返した。

「ええ」

と、レニが言った。

「わたし、ひとつ、小さいけどあるの、ほら」

右手の中指と薬指をひらいてみせた。短い指の第一関節のところまで、皮膜が伸びている。暗いのでKにはよく見分けられない。レニがKの手をとって指のあいだをさわらせた。

「なんという自然のいたずらだ」

と、Kは言った。その手をまじまじと見てからつけ加えた。

「なんと可愛い鉤（かぎ）の爪だ！」

Kがしきりにその指を伸ばしたり、曲げたりしているのを、レニが誇らかに見守っていた。最後にKはすばやくキスをして、手をはなした。

「あら！」

レニがすぐさま声を上げた。

「わたしにキスをした！」

身をよじり、口を開いたまま、膝がしらでKの膝に這い上がってきた。まぢかに迫ってきて、そのからだから胡椒(こしょう)のような強い匂いがした。レニはKの顔を両手に抱くと、上からかぶさるようにして首すじを噛み、キスをした。さらにKの髪に噛みついた。

「わたしと取り換えた」

なんども声を出した。

「ほらね、わたしと取り換えた！」

両股をひらき、小さな叫びとともに、あやうく絨毯に落ちかけた。あわててKが両手を差し出すと、強く引き寄せてきた。

「あなたはもう、わたしのもの」

と、彼女が言った。

「これが家の鍵、来たくなったら、いつでも来るといい」

そう言うなり、立ち去りがけに、ところかまわずKの背中にキスをした。

Kが戸口を出たとき、こまかい雨が降っていた。通りのまん中に出れば、もしかすると窓ぎわにレニの姿が見えるかもしれない。そう思って歩きかけたとたん、家の前に待たせてあって、Kがうっかり見落としていた車から叔父がとび出してきた。Kの腕をつかみ、まるで釘づけにするように戸口に押しつけた。

「バカ野郎」

叔父が叫んだ。

「なんてことをしでかした！　いいぐあいにすすんでいたものを、めちゃめちゃにした。あの小娘が弁護士のお手つきだってことがわからないのか。そんなうす汚ない女のところにしけこんで、いつまでももどってこない。言いわけをしても、お見通しだ。わかっているとも、あの女のところにいた。そのあいだ、こちらはどうしていたか。だれがいたか。おまえのために血まなこになっている叔父がいて、おまえのために取り込みたい弁護士がいて、それになんと、事務局長がいた。いちばんの大物だ。ことのすべてを掌中にしている人物だ。いかにしておまえの手助けができるか、相談するはずだった。弁護士をどうしたものか、わしはあれこれ思案していた。弁護士は弁護士で、事務局長をどうしたものか考えていた。そんななかにあって、おまえは少なくともわしを応援しなくてはならん。その肝心のおまえがもどってこず、何をしているか隠しようがない。いずれも世なれた人であってみれば、ことさら口に出しはしない。このわしを気にかけてのことだ。しかし、いつまでもかばい立てができるものか。口に出さないとなれば、黙るしかない。三人が押し黙ってすわっていた。ひたすら、おまえの足音を待っていた。無駄だった。とうとう事務局長が腰を上げる。予定よりずっと長くいた。別れの挨拶をして、手助けできないことを残念がった。思いもかけない気のもちようじゃないか。ドアのところでしばらく待ってから、やおら出ていった。むろん、こちらはホッとした。いたたまれない思いでいたからだ。病気の弁護士には、もっときついことだった。わしが別れを告げたとき、あの善良な男はかわいそうに、口もきけなかった。これでガクッときたら、おまえのせいだ。おまえが死神を引っぱり寄せたんだ。しかもこの雨のなかに叔父を待たせていた。見ろ、このとおり、濡れねずみになって待っていたんだ」

弁護士　工場主　画家

冬のある日の午前のこと――外はおぼろげな光のなかに雪が降っていた――まだ早い時刻だのにKは執務室で疲れはてていた。少なくとも雑務をもちこまれないように、下っぱの連中はだれひとり通してはならないと小使に申しつけていた。大きな仕事があるからという理由だったが、仕事をするかわりに椅子の上で輾転反側していた。すぐ前のあれこれをゆっくりと押しやり、自分でも気づかないうちに腕をまっすぐテーブルにのばして、その上に顔をのせたまま、じっと動かない。

裁判のことが頭についてはなれない。弁明書を作成して法廷に提出したほうがいいのではないかと、すでになんども考えた。ついてはこれまでの経歴を簡単に書きしるし、そのなかで大切だと思われる出来事を説明して、どのような理由から自分がかくかくしかじかの行動をとったのか、それが当今の判断において非とすべきであるか是とすべきであるか、非とするならいかなる理由によるものか、また是と考える場合、どのような根拠にもとづいてのことなのか、それを書きしるしてはどうだろう。弁護士のたんなる弁護とくらべ、このような弁明書がいかに有効であるかは疑問の余地がない。そもそも弁護士に問題がないわけではないのだ。弁護士が何をとり行なったのか、Kはまるで知らなかった。大したことはしていないはずなのだ。もうひと月も会っていないし、これまでの話し合いのなかでも、この男が自分に多くを取りはからってくれるとは思えなかった。何にしても、弁護士はKにほとんどなにも問わなかった。問うべきことが多くあるはずだ。問うことが肝要だ。自分自身で、ここに必要な問いをすべて作成できるような気がしたものだ。問いをするかわりに弁護士は話をするだけで、ときには黙って向かい合っていた。耳が遠いせいだろうが、書き物机ごしに少しうつ向いて、髭をつまんで引っぱりながら絨毯を見下ろしている。Kがレニと抱き合っていたあたりなのだ。ときおりKを、まるで子供にするように、空疎なセリフで励ました。役に立たない退屈なおしゃべりであって、結審のあかつきにはビタ一文だって払いたくないというものだ。なんとも空しい思いにさせたあげく、弁護士は通常、とってつけたように元気づけるようなことを言うのだった。当人の言うところによると、これまですでに似たような訴訟で全面勝訴をかちとったし、そうでないときも有利に終えた。今回のものほど厄介な裁判ではなかったにせよ、まるで見通しの立たないケースもあったなかでの結果なのだ。そういった裁判の一覧表を引出しに——と言って弁護士は書き物机の引出しを叩いた——もっているのだが、守秘義務により書類を見せるわけにいかない。このような訴訟で得た体験がKの場合に生きないはずはないという。むろん、とっくに仕事にかかっており、最初の請願書の書類がもうほとんどできている。弁護側の最初の印象が全体の方向をきめかねないので慎重を要するわけだ。とはいえKに注意を喚起しておきたいといって弁護士が話したところによると、最初の請願書にさっぱり目を通されないといったことが、残念ながら、しばしば起こる。一応、書類は受理されるが、さしあたりは書類よりも尋問と観察の重要さを伝えてくる。それでも強く請願書の審査を要求すると、決定にあたってはすべての書類の整っていることが重要であって、いうまでもないことながら、すべての書類との関連において最初の請願書を検討するというのだ。ところがたいてい、そのとおりとはいかず、最初の請願書は棚ざらしにされるか、そっくりなくなってしまい、たとえ終わりまで保存されていたとしても、弁護士が噂で聞いたところでは、ほとんど目を通されることがない。困ったことではあるが、やむをえない面もあって、Kが忘れてはならないとされたことの一つが、こういった手続きが公開されないという点である。法廷が必要と考えれば公開されることもあるが、しかし、法律は公開を義務づけていないのである。そのため法廷の書類、とりわけ告発書類は被告ならびにその弁護側の手の届かないところにあって、そのため最初の請願書をどこに向けて作成すればいいのかがわからない。少なくとも正確にはわからない。その結果、ごく一般的に重要と思われることを、あてもなく並べるしかない。実際に正当で証明できることがらは、ずっとあとにとっておく。尋問が進行して、告発の要点と根拠がはっきりするか、あるいは推測できたときのことだ。このような事情にあっては当然のことながら、弁護はきわめて不利でもあれば困難な状況を強いられる。しかし、それとても意図されてのこと。つまり弁護は法的に認められていることではなく、ただ我慢されているだけであって、少なくとも法的に我慢が認められている個所についての議論があるところなのだ。だからして厳密にいうと、法的に認められた弁護士というのはいないわけで、法廷に弁護士として登場するのは、基本的にはヤミの弁護士ということになる。それはむろん、弁護士の地位をいたくおとしめるはずであって、すでにいちど見たかもしれないが、このつぎ裁判所に出かけたとき、弁護士の控え室をのぞいてみるといい。そこに集まっている連中に、おそらくは仰天するだろう。弁護士用に天井の低い小部屋がわりあててあるが、それだけでも法廷がどれほど弁護士を軽んじているかを示している。明かりは小さな穴から射しこむだけ。その小穴もずっと高いところにあって、外を見たいと思えば、同業者に肩車してもらわなくてはならない。さらに明かりとりの小穴のすぐ前に暖炉があって煙でむせ返り、顔が煤で黒ずんでくる。さらに床ときたら――小部屋の状態を具体的にいうための一例だが――一年以上も前から穴があいたままで、人が落ちこむほど大きくはないが、うっかりすると片足をつっこむ。弁護士の控え室は屋根裏の二階にあり、だから誰かが足を落とすと、一階に足がぶらさがることになる。しかも訴訟当事者が待っている通路の天井にあたる。片足を天井からぶらさげるのは、弁護士の名誉にならないことはいうまでもない。当局に苦情を申し立てても、まるで効果がない。みずからの費用で何か改善を図ろうにも、その種のことはきつく禁じられている。この冷遇にも根拠があって、なるたけ弁護士をしめ出して、すべてが被告の肩にかかるように仕向けてある。それ自体は悪い考え方ともいえないのだが、だからといって弁護士は不要であると結論づけるのは大まちがいで、まるで反対なのだ。どの裁判所にもまして、ここでは弁護士が必要である。訴訟手続きが一般に知らされていないだけでなく、被告にも秘密にされているからだ。むろん、秘密が可能なかぎりの話だが、かなりの程度まで可能なのだ。被告もまたつまるところ、法廷書類を見ることができないし、尋問から、そのもとになった文書を推測するのはむずかしい。とりわけ被告は心がとらわれていて、そのためにも気持を晴らす必要がある、だから弁護士が必要だ。尋問の際、一般には弁護士は立ち会いを許されていない。そのため尋問のあと、なろうことなら尋問室を出たところでただちに、尋問内容について被告から聞き出したい。すぐに曖昧になりがちな報告のなかから弁護に役立つことを聞き出したいのだ。しかし、もっとも重要なのは、そのことではない。何ごとでもそうだが、要領のいい人間がそうでない人間よりもいい成果をあげるとはいえ、この方法で聞き出せることはたかが知れている。もっとも重要なことはやはり、弁護士がもっている人間的なつながりというものであって、それにこそ弁護の意味のおおかたがある。K自身が体験で知ったことだが、法廷の組織のうちの最下層にあたるところからして、職務は忘れる、袖の下は欲しがるといったぐあいに欠陥だらけである。そのため、厳しく締めつけても穴だらけなのだ。弁護士たちのおおかたはここにつけ込むわけで、鼻薬をきかせて聞き出したりする。以前には文書を盗み出す者もいた。当座かぎりではあれ、そのやり方で被告にとって驚くほど有利な展開をかちとったケースもあり、ちょこまかした弁護士のなかには、この手の成果を言いたてて新しい顧客をつかもうとするのもいた。しかし、審問の進行にあっては、しょせんは無意味であるか、無意味に近いのだ。実際に価値があるのは、良質の人間関係であって、高位の者たちと——高位とはいえ、下の等級のなかの比較的上位にある者といった程度なのだが——人的つながりをもっていること。それによってようやく、はじめはそれとわからないにせよ、あとになってみると大きく裁判に影響のあったことがわかるのだ。それができるのは、むろん、ごく限られた弁護士であって、この点、Kの選択は非常によかった。この点ではドクター・フルトがずば抜けていて、肩を並べられるのは、ほんのわずかに絞られる。この者たちは弁護士控え室の仲間に気をつかうこともなく、またかかわりをもとうともしない。そのかわり法廷の職員とは緊密なかかわりをもっている。ドクター・フルトは裁判所に出かけることすらしない。予審判事の控えの間で彼らの来るのを待っていて、その気分にのせられヌカよろこびしたり、成功を錯覚したりするものだ。K自身がすでに目にしたとおり、役人たちは高位の者も含めて情報を与えたがるのだ。はっきりと言ったり、すぐそれとわかる言い方をして、訴訟の進みぐあいを告げることもあり、ときには確信をもって述べる、ちがった見方をわざわざ披露したりもする。とはいえ、むしろだからこそ信用がならないのだ。たしかにはっきりと弁護に有利な新しい見解を述べるのだが、その足でまっすぐ法廷に出かけたとしても、翌日には、まるきり反対の見解にもとづく結論を出しており、これ以外はありえないと言明していたにもかかわらず、はるかに厳しい決定を押しつけてくる。これにはまったく、どうしようもない。というのは前に語られたことは当事者間だけでのことであって、当事者間だけでのこととなれば、いくら弁護にあたって人的つながりを頼みにしても、先立っての言明をあてにして迫ることもできない。その一方で裁判所の連中が人間愛とか友情といったことから弁護側と結びついているわけではないことも事実であって、事情に通じた弁護士は、そのことをこころえており、むしろ彼らは弁護側を頼りにしているのだ。ここに裁判組織の欠点がもろにあらわれている。役人たちは民衆とのつながりが欠けている。ふつうの訴訟の場合は十分なそなえがあって、順調にすすんで問題はない。ときおり、ちょいとつつけばいいぐらいのものである。しかしながら、いたって単純な裁判や、逆に並外れて厄介な訴訟となると、彼らにはお手上げなのだ。明けても暮れても法律にひたりきりの日常なので、人間関係に対する正しいセンスを欠いており、それで問題のケースにあたっては立往生してしまう。そんなときは弁護士のところにお知恵拝借とくる。いつもは門外不出の文書を、係の者に持たせてくる。予想もしなかった人の執務室の窓ごしに、そんな風景を見ることがあって、当人たちは途方に暮れたふうでボンヤリと外の通りをながめていて、その当人の机で弁護士がせっせと文書をひもといている。しかるべき知恵をさずけるためだ。まさにこうした機会に判明するのだが、いかに裁判所が職務をまじめに考えており、その本性からして手に負えなくなったとき、いかにひどい絶望に陥るかということだ。その職分は容易ではない。彼らに不当をなしてはならず、たやすい職分だなどと見てはならない。こまかく身分が分かれていて、等級は複雑であり、内部の人間にすら全貌がわからない。法廷にかかわる手続きは、ふつう下級職員には秘密にされており、個々のケースの進展を追っていくことができない。法廷事項は彼らにとって、どこから来てどこへ行くのか、さっぱりわからないままに現われる。裁判の過程、最終の結論とその根拠を検討すれば、いろいろ得られることがあるのだが、彼らにはそれができない。下っぱの者は裁判の経過のうち、法律が彼らのために定めている部分しか関与できず、そのため自分たちの仕事の結果については、たいていの場合、弁護士ほどにも承知していないのである。弁護士は通常、裁判のしめくくりまで被告とつながりを保っている。だから下っぱの者たちは弁護方から大事な情報を得ることになる。彼らがいかに傷つきやすいか、K自身が目のあたりにして驚いたはずなのだ。訴訟当事者間にあって――だれもが同じ体験をしているところだが――たがいに傷つけ合ってはいなかったか、たとえごく平静のように見えても、役人はいたって傷つきやすい。しがない弁護士は、とりわけこの点で苦しめられる。巷間につたわっている話の一つだが、きわめて真実に近いと思われるものがある。年輩の判事で、善良な、物静かな人物がむずかしい法廷を受けもった。弁護士の提出した請願によってなおさら厄介なことになり、彼はまる一日かけて熱心に書類を検討した。これはふつう、まったくといっていいほど例のないことなのだ。おそらくほとんど成果がなかったのだろうが、翌朝、彼は出勤すると、入口のドアのところで待ちかまえていて、入ろうとする弁護士をつぎつぎに階段から突き落とした。弁護士たちは下の階段の端に集まって、どうすべきかを協議した。基本的には入る権利を認められていないので、法的にいかなる手段もとれないわけだし、すでに述べたとおり、彼らを敵にしてはならないのだ。さりながら法廷に入らなければムダな一日というしかなく、となれば押し入ることもやぶさかではない。最終的には意見がまとまって、とにかく老判事を疲れさせることにした。弁護士が一人ずつ役目をおびて階段を駆け上がり、上手に受身をこころえて落ちてくる。それを仲間が受けとめる。ほぼ一時間つづいた。老判事は前夜からの疲労困憊したらしく、執務室に退いた。とはいえ確証がないので、一人が代表になってドアのうしろがほんとうに空っぽなのか見にいった。しかるのち、そろって入っていった。たぶん、ひとりとして苦情など口にしなかった。それというのも弁護士は――ほんのしがない末席の者でも、少なくとも部分的には事情を見通すことができる――裁判所に改善を申し立てたり、ましてやそれを実行しようなどとは思わない。いっぽう被告は――これが非常にめだったことだが――ほとんどひとりのこらず、いたって単純な人ですら、訴訟にかかわり合うと、ただちに改善策を考えはじめ、本来もっと有効に使われるべき時間と力を浪費してしまう。現状と折り合うのがいちばんであって、たとえ部分的に改善が可能だとしても――それこそとんでもない思い違いなのだが――せいぜい将来の何かに少々の効用はあれ、自分にとっては計りしれない害をなしてしまう。たえず仕返しをねらっている相手方の注意をかき立ててしまうからだ。注意をかき立ててはならないのである！　たとえ意に添わないことが目白押しでも、ごく平静にふるまうこと！　この大いなる裁判組織は、いわば永遠の漂いにあり、足元をみずからで多少変化させたとしても、とたんに足が地面から離れ、落下しかねないことに気づかなくてはならない。いっぽう巨大な組織はささやかな障害など、いとも簡単に他の部分で埋め合わせをして――すべてが関係し合っているからだ――なんら変化しないのだ。むしろ、大いにあり得ることだが、さらに閉鎖的で、さらに目ざとく、さらに厳しく、さらに邪悪になりかねない。だから邪魔立てをするかわりに、弁護士にゆだねるとしよう。非難してもはじまらない。とりわけ、根拠を十分に意味づけしてわからせられないときはそうである。ともあれKが事務局長に対してとった行動が、この一件のなかでどれほど害をなしたかは言っておかなくてはならない。影響力のある人物だが、Kのために役立ってくれそうな人物リストから、もうほとんど消えたというものだ。ほんの軽くKの一件に触れても、事務局長はわざと聞きのがす。多くの点で役人たちは子供と似ていて、何てこともない事柄に傷ついて――ただし、Kのとった行動は残念ながら、何てこともない行動というのではないのである――その結果、友人とも口をきかなくなり、出くわすと顔をそむけ、何かにつけて逆らってみたりする。ところがまた何かのことで、これといった理由もなく、たとえばまるで見通しが立たない気がして、わざと冗談を言って笑わしてみたところが、それで不意に和解したりするのだ。彼らとつき合うのは、厄介で同時に簡単であって、原則といったものはほとんど望めない。この世界でそれなりの成功をあげるため、必要なことを習得するには、一つの人生では足りないのではないかと思いたくなる。だれでもそうだろうが、気のめいるときがあるものだ。さっぱり成果をあげていない気がして、はじめからよい結果に定まった裁判だけがよき成果をみるのであって、とりたてて手をつくすまでもないように思え、逆にちょっとした成功でよろこんでいても、そしてたとえあれこれ手をつくしたとしても、ダメなものはダメなのではないか。するともはや何ひとつとしてはっきりしていることはなく、もともと順調に進むはずだった裁判が、あれこれ手出しをしたばかりにへんなことになってしまったのではあるまいか、といった気持になってくる。それすらも一種の自信といったものだが、わずかにしがみついているしろものだ。むろん、発作といったものであって、発作に襲われたようなものなのだが、十分に満足のいくかたちで進めていた訴訟を急に取り上げられたりすると、この種の発作が見舞ってくる。それは弁護士にとって最悪の事態だ。被告を通して訴訟が取り下げられるといったことは決してない。いちど弁護士を定めたからには、何が起ころうとも被告はその弁護士にすがらなくてはならない。ひとたび助力が必要となれば、どうしてひとりで持ちこたえられようか。つまりそんなわけで被告を通してそうなったりはしないのだが、しかしながら、とても弁護士がついていけない方向に訴訟が進行することがときおりあって、裁判から被告から何もかもをひっさらわれたぐあいなのだ。そんなときは役人たちといいつながりをもっていてもどうにもならない。彼ら自身がどうしようもない。訴訟が一つの段階に入ったということで、いかなる助力もできず、もはや縁のない法廷というもので、弁護士には被告ですらもう手が届かない。そんなある日、帰宅するとテーブルの上に書類がのっている。これまで八方に手をつくしてととのえ、心からの期待をこめて提出したものが、そっくり送り返されてきた。新しい段階に入ると引き継がれないのだ。いまや価値のない紙屑にすぎない。だからといって敗訴ときまったわけではない。そんなことはない。少なくとも、そんなふうに考える理由は少しもない。ただもはやどうなっているのかがわからず、わかる手段もないということだ。さいわいながら、こういったケースは例外であって、たとえKの裁判がこのようなケースに該当するとしても、さしあたりはべつの段階にまでは至っていない。つまりはまだまだ弁護士が働く余地があり、この点、Kは信頼していていいのである。すでに述べたように請願書はまだ届いていないが、急ぐ必要はない。力のある役人たちと手はじめの口をきいているほうがもっと大事で、それはもうすましてある。正直いって、成果のぐあいはまちまちであり、いまのところはこまかく打ち明けることは適当でないと思われる。Kに対し過分によろこばせたり、また必要以上に不安がらせたりするだけだからだ。ただ、つぎのことは伝えておいていいだろう。ずいぶん好意的で、いい感触を与えてくれた人もいるし、さほどでもない人もいるが、さほどでない人にしても、助力までは拒んだわけではないのである。全体として結果はすこぶるよろこばしいのだが、しかし、そこからただちに結論を導き出してはならない。というのは手はじめはたいてい、こんなふうに進行するもので、その後の進展をまたないと成果のほどはわからない。とはいえ、いまのところは何が失敗というのでもなく、なんとか事務局長を取りこむことができれば――そのための手はもう打ってある――すべては外科医のいう《きれいな傷》というやつで、安心してつぎの進展を待っていればいい。

このような、またこれに類したことが倦むことなく話された。弁護士を訪れるつど、くり返される。いつも進展はあったが、どのような進展であるかは決して語られなかった。いぜんとして最初の提出書類にかかずらっていて、仕上がりには至らない。さてというときになって提出には不向きなことが判明したそうで、つぎに訪ねたとき、仕上げていなかったのがよかったしだいが報告された。Kがおりおり、弁護士の話に疲れはてて、むずかしい条件があるにせよ、どうも進行がはかばかしくないのではないか、とたずねると、いや、そうではなく、むしろKがもっと早く弁護士に相談していれば、さぞかしずっと迅速に進んでいただろうといわれるのだった。無念にもKはその時期を失した。この手抜かりがいろいろと尾を引いているというのだ。それは進展の遅さだけにとどまらない。

ただ一つありがたいのは、レニが現われて話が中断することだ。Kがいるのを正確に見すましてお茶をもってくる。そのあと、Kのうしろに立っている。弁護士がとびつくようにうつ向いて、勢いよくお茶を飲むのをながめているかのようだが、ひそかにKの手がのびてくるままになっている。だれもひとこともしゃべらない。弁護士はお茶を飲み、Kはレニの手を握りしめ、レニはおりおりKの髪をやさしく撫でさえした。

「まだいたのか?」

お茶を飲み終えて弁護士が言った。

「食器をいただいていきます」

レニが答える。ひそかに手がもういちど握り合わされる。弁護士は口を拭い、またあらためてKに説き立てるのだ。

はたして弁護士は慰めたいのか、それとも絶望させたいのだろうか。Kにはわからなかったが、しかし、まもなく、自分の弁護があまりいい手にゆだねられていないのはたしかなような気がしてきた。弁護士が縷々として説き立てるところは正しいことかもしれないが、そうすることによって自分をめだたせようとしていることもまた疑いをいれないのだ。弁護士の意見によると、Kの場合はなかなか大がかりな訴訟であって、どうやらこれまで、こんなに大きな訴訟にたずさわったことがないらしい。それにつけてもたえず役人との親しい関係を強調するのが不審である。それはひとえにKの弁護のために活用されているのだろうか？ 弁護士はその際いつも、相手がいずれも下っぱの役人であることをつけたすのだが、つまりははなはだ微妙な地位というもので、裁判がある種の方向をおびると、それが昇進にかかわってくるといったことが大いにあり得るだろう。となると、ひょっとして、被告にはおのずから不都合な展開になるよう弁護士に働きかけたりしないだろうか。どの裁判にもそうするわけではない。むろん、そんなことは考えられない。つぎつぎにいろんな訴訟がある。弁護士の便宜をはかるケースだってあるだろう。弁護士にも体面というものがあり、面子を損なってはならないのだ。ともあれ実際のところ、なんらかの方法でKの訴訟に関与している。弁護士が説くように厄介でもあれば重要な訴訟でもあって、だからこそ最初の法廷ですでに人目をそば立てたのではなかったか。彼らがどのように対処しているか、見当がつかないでもないだろう。それが証拠に最初の書類が、いぜんとして受理されていないのだ。裁判がはじまってからすでに数か月にもなるというのに、弁護士の釈明によると、いまだはじめの段階を一歩も出ていない。それは被告をウンザリさせ、途方にくれさせるには便利だし、つぎにはやみくもに決定を下すにも打ってつけである。少なくとも被告の不利なかたちで予審が終結し、上のほうにまわされた旨を通告するにも好都合というものだ。

Kみずから乗り出すのがなんとしても必要だった。冬の日の午前であって、いろんなことがわけもなく頭を駆けめぐって疲労困憊といった状態のさなかに、その気持がみるみる高まってきた。以前、訴訟に対して抱いていた軽蔑はもはやなかった。もしこの世に自分ひとりがいるだけなら、訴訟などは歯牙にもかけなかっただろう。もっとも、そのときにはそもそも訴訟などが起こらなかったことも、たしかな話。叔父の手引きで弁護士とかかわりができた。親族のことも考えなくてはならない。銀行における地位にしても、裁判の経過とまるきり無関係ではないのである。K自身がうかつにも知人たちの前で、多少とも得意げに訴訟のことを口にしたことがあるし、出所は不明ながら耳の早い情報通もいる。ビュルストナー嬢との関係も訴訟しだいでどうなるかわからない——すなわち、もはや訴訟を受け入れるとか拒否するとかの選択の余地などないのである。審問のただなかにあって、みずからを守らなくてはならない。疲れてなどいられない。

さしあたり過大な心配をする必要はない。銀行にあって、ごく短期間にいまの地位にまで出世したし、それをみんなに当然のことと思わせるだけの力量をそなえている。いまはその力を少しばかり訴訟に振り向ければいいだけのこと。何てこともないはずだし、必ずや打開の道が見つかるだろう。そのためにわけても重要なことは、何らかの罪を思う気持を、前もってきれいさっぱり拭い去ることだろう。罪などないのだ。訴訟沙汰はいわば大きな取引にほかならない。Kはすでにこれまでもなんどか大きな取引をまとめて、銀行に利益をもたらした。取引には当然のことながらさまざまな危険がひそんでおり、それに対して防御を講じなくてはならぬ。そのためには何らかの罪があるなどと考えるような悠長なことは許されない。はっきりと自分の利益を確保する。この見方よりすれば避けようのないことだが、弁護士にまかしてはならず、なるたけ早く、なろうことなら今夜にも依頼のすべてを引き上げよう。彼がこれまで語ってきた事情よりすれば、それは前代未聞のことであって、はなはだ侮蔑的なしだいながら、しかしKには、どんなに努めても障害があり、しかも当の弁護士がきっかけになっているとすれば、我慢がならないことなのだ。弁護士をふるい落とせば、書類はすぐにも受理され、ただちに検討の段階に入るのではあるまいか。そのためにはほかの被告たちのように、ただ廊下で待っていて、ベンチの下に帽子を置いているようなことではダメなのだ。Kみずから、または女たち、あるいはほかの使いの者が日々毎日、役人のところをまわり、廊下の格子ごしにながめているだけでなく、すぐにも執務についてKの書類を検討するようにせっつかなくてはならない。その努力を怠ってはならないだろう。対抗措置をきっちりと立て、経過を見張っている。裁判所ははじめて、自分の権利を守るすべを承知した被告と出くわすわけだ。

　たとえKがこういったすべてをやりとげるとしても、請願書をつくるのがおそろしくむずかしい。ほんの一週間前、そういったものまで自分でしなくてはならなくなることを、恥じらいの気持で思ったものだが、それがいかに手のかかるものであるか、少しも考えなかった。忘れもしない、以前、ある日の午前中に、おりしも仕事が山積していたのだが、やおらすべてをわきに押しやりメモ帳をとりあげた。ためしにその種の請願書の要点を書きとめ、それを腰の重い弁護士に渡してせき立てるのはどうか。ちょうどこのときドアが開いて、頭取代理が大笑いをしながら入ってきた。請願書のことを笑ったのではなかった。そもそもそんな書類のことなど少しも知っていなかった。そうではなくて、取引所をめぐる軽口をちょうど耳にしたところで、それで大笑いをしていたわけだが、Kにはなんとも胸にこたえる笑いだった。その軽口がわかるには図解が必要で、頭取代理はKの机にかがみこみ、請願書用のメモをしていたところにわざわざ図を描きこんだものである。

いまやKは恥じらいなど覚えない。請願書は作成されなくてはならぬ。昼間にそのための時間をこしらえるのは、ほとんど不可能であれば、帰宅してからの夜の時間をあてなくてはなるまい。それでもとても足りないとなれば、休暇をとるしかないだろう。中途半端のままにしておけないのだ。中途半端は仕事においてのことだけではなく、何ごとであれバカげている。請願書はむろん、ほとんどきりのない作業というものだ。悲観的な性格でなくても、それを仕上げるのは不可能にちかいことは容易に推測がつく。弁護士のみを責められない。仕上がりをさまたげているのは、怠慢な悪意ではないのだ。訴えの実体がわからず、それがどれほどひろがるものかも不明。にもかかわらず、これまでの生活をこまかいことまで思い返し、出来事をことごとくとりまとめ、あらゆる面から検討しなくてはならない。なんと物悲しい作業ではないか。それはおそらく年金生活入りをして、身心ともに幼児化したようなころ、長い一日を過ごすのにはぴったりの仕事であろう。現在のKは、すべてを勤務にそそぎこまねばならぬ。まだ昇進の途上にあって、すでに頭取代理に脅かされている。あっというまに時間が過ぎていく。まだ若い身であって、短い夜を楽しみたいというのに、いまや請願書ごときの作成にあてなくてはならない。またもやつい嘆きたくなった。そんな気持にケリをつけるため、思わず控えの間への呼び鈴を手さぐりした。ボタンを押しながら時計を見上げた。十一時を指していた。二時間もの貴重な時間をむだづかいした。当然、そのためにいっそう疲れている。ともあれ手遅れというわけではなく、いいときに決断した。小使がいろんな郵便物とともに二枚の名刺をもってきた。すでにかなり待たせている。銀行の大切な顧客であって、そもそも待たせるなどのことがあってはならないケースなのだ。どうしてこんなに間の悪いときにやってくるのだ。ドアの向こうの顧客たちは、あの働き者のKが、どうして仕事中に私事などにかかわっているのか、いぶかしく思っているのではなかろうか。無為に過ごした時間に疲れ、さらにこれからのことに疲れを覚えながら、最初の客を迎えるためにKは立ち上がった。

小柄な、活気あふれた紳士で、Kがよく知っている工場主だった。大事な仕事中に邪魔をして、と相手が詫びたので、Kもまた長らく待たせたことに詫びを言った。そのセリフ自体がごくおざなりで、心ここにあらずといったふうだったので、相手の工場主が商談に気をとられていなければ、すぐに気づかれたにちがいない。彼は手ばやくいくつもの鞄から計算書や図表にしたのをとり出して、Kの前にひろげ、いくつかの個所を説明し、ざっと見ただけでもすぐに気がつく小さな計算上のまちがいを訂正した。そして一年ばかり前に同様の業務で契約を結んだことをKに思い出させた。ついては、このたびはべつの銀行が、かなりの犠牲を払ってでも契約したがっていることに触れ、Kの意見を求めるように間をおいた。Kもはじめはじっと工場主の申し出を聞いていたし、大きな仕事であることを身にしみて承知していた。ただそれがつづかない。そのうちうわの空になり、それでもしばらくは勢いこんだ工場主の話に対してうなずいてはいたが、やがてそれもしなくなり、書類の上にかぶさっているハゲ頭をながめているだけ。そのおしゃべりがまるでムダごとであることに相手がいつになって気づくものかと自問していた。相手が口をつぐんだとき、その時がきたと思った。とても拝聴する力がないと打ち明けてもいいのである。相手の緊張した目つきは、Ｋがいかなる意見を述べようとも応じる用意があることを告げていた。それに対してＫは、仕事のはなしをつづけたい旨のことをつぶやいただけだった。そして命令を受けたように頭を下げ、紙の上に意味もなくゆっくりと鉛筆を走らせはじめた。ときおり手をとめて、数字をじっと見つめた。工場主は弁明したり、数字の不確かさを言ったり、それが最終的なものでないことを述べたりした。書類を両手で覆うようにしてＫに向かって身をのり出し、あらためてまた業務のおおよそを説きはじめた。

「むずかしいですね」

Ｋはつぶやいて、唇をゆがめ、テーブルが書類でいっぱいなので、ぐったりと肘掛けによりかかった。ものうげに目を上げると、役員室のドアが開き、そこにぼんやりと、まるでガーゼごしのように頭取代理の姿が現われた。Ｋはあれこれ考えず、ただ経過をぼんやりと見つめていた。それは彼にとってよろこばしいことだった。工場主は椅子からとび上がると、いそいで頭取代理の方へ向かった。Ｋは十倍もせき立てたい気持だった。頭取代理の姿がすぐにも消え失せかねないからだ。無用の心配で、両者は顔を合わせるやいなや握手して、そろってＫの机にやってきた。工場主はこの一件が支配人の興味を惹かなかったのを残念がって、Ｋを指さした。頭取代理に見つめられて、Ｋはふたたび書類にかがみこんだ。それから二人が机によりかかり、工場主が熱意をこめて頭取代理に説き立てているあいだ、Ｋには頭上にグンと大きな人物がいて、自分のことで取引をしているような気がした。そっと上目づかいに視線をやって、頭上で進行していることをつかもうとするかたわら、あてずっぽうに机の上の書類の一つをとり上げて、てのひらにのせ、自分も椅子から立ち上がりつつ、ゆっくりと差し上げた。その際、Kはとくに何も考えていなかった。いずれ気にかかっている請願書を仕上げたなら、きっとこうやって差し出せるにちがいない気がしてそうしたまでだった。頭取代理は注意深く商談をつづけるかたわら、チラッと書類に目をやっただけで読もうとはせず、支配人にとって重要なことでも自分にはどうでもよいこと、とでもいうようにKの手からとり上げた。

「どうも。もういい」

そう言うなり書類を机に置いた。Kはわきから顔をしかめて見つめていた。頭取代理は気づかないのか、それとも気づいていてもカラ元気を装っているのか、なんども声をたてて笑い、いちどは鋭い返答で工場主をあわてさせたが、すぐさま反対意見をまじえて助け船を出した。ついては自分の部屋でくわしく話し合おうともちかけた。

「重要なことですからね」

と、工場主に顔を向けたまま言った。

「その点はよくわかりました。こちらにいただくとしても支配人はイヤとはおっしゃるまい」

いぜんとして工場主を見つめたまま頭取代理は言葉をつづけた。

「じっくり検討しなくちゃなりますまい。支配人は今日、どっさり仕事があるようだし、控え室でも何人かがずっと待たされていますからね」

Kは頭取代理から顔を転じて、工場主にほほえみかけるだけの思慮をとりもどしていたが、こわばった笑顔だった。それ以上は応対せず、帳場の店員のようにうつ向きかげんになって両手に顎をのせ、二人がなおも話しながら机上の書類をたばねると役員室に入っていくのをながめていた。ドアのところで工場主は振り返ると、別れの挨拶は口にせず、代わりに、結果はむろん支配人に報告するし、ほかにも少々伝えたいことがあると言った。

やっとKはひとりになった。つぎの人を通そうとはまるで考えていなかった。ぼんやりとではあれ、控え室の者たちは、こちらがまだ工場主と商談中と思っており、だからだれひとり、小使も入ってくる気づかいがなく、それがとてもうれしいことに気がついた。Kは窓に近づいた。窓枠に腰を下ろすと、片手で窓の取っ手をしっかり握り、広場を見下ろした。あいかわらず雪が降っていた。少しも明るくなっていないのだ。

じっとそのままそこにすわっていた。何が気がかりなのか、自分にもわからない。ときおりハッとして控え室の方を見やった。音がしたように思ったからだが、気のせいだった。誰も来ないとわかって気持が落ち着き、洗面台に向かった。冷たい水で顔を洗い、ずっとすっきりした頭で窓ぎわの席にもどってきた。弁護をわれとわが手でやると決めたが、もともと考えついたときよりもはるかに厄介なことがわかってきた。弁護士にゆだねっぱなしにしているかぎり、当人はいわば裁判から逸れていられるのだ。遠くからながめているだけでいい。ほとんど直接関与しなくてもかまわない。気が向けばどんな進みぐあいかたしかめられる。気分しだいで離れていてもいい。いっぽう、自分でやるとなると、少なくともここぞのときには裁判にかかりきりにならなくてはならない。成功のあかつきには完全に、最終的に解放されるはずながら、その解放をかちとるために、これまでよりも大きな危険に出くわさずにはいないのだ。それは疑問の余地がない。頭取代理と工場主とのさきほどの一件が如実に示している。自分で自分の弁護をしようと思い至っただけで、気持がすっかり捉われていなかったか。このあと、どうなるだろう。どんな日々が待ち受けているのだろう。すべてを通り抜けて、いい結果にたどりつく道がはたして見つかるのか？　いきとどいた弁護は――いきとどかないものは無意味なのだ――同時に、ほかのすべてから身を閉ざすことにあたらないか。首尾よく耐えられるだろうか。それに銀行に勤めながら、どうやって実行しろというのだ。請願書なら休暇をあてると十分だろうが、それだけではすまない。また、いまこの時期に休暇願を出すのは、無謀にすら思えるが仕方がない。訴訟の行く末がかかわっていて、それがいつまでつづくのか見きわめがつかないときている。自分の人生に、なんという邪魔がとびこんできたことだろう！

　このいま、銀行のために働けというのか？――Ｋは書き物机に目をやった――人を通し、商談に入るのか？　自分の訴訟が進行中で、あの屋根裏部屋で裁判所の面々が訴訟の書類をひろげているというのに、自分はらちもない業務に忙殺される。拷問のように見えないか。裁判所に認知され、訴訟と関係してつきそっている拷問というものだ。銀行内ではＫの仕事ぶりを判断するにあたり、特別の考慮をするだろうか？誰もそれをしないし、どこも顧慮してくれないのだ。訴訟の一件はまるきり知られていないわけではない。誰が、どの程度まで知っているかは不明としてもである。希望的観測ながら、頭取代理までは噂が届いていないのではあるまいか。そうでなければ、頭取代理は同僚のよしみなどはうっちゃらかして、Ｋの弱味を利用しようとしているはずだ。頭取はどうだろう！　たしかにＫに好意をもっており、裁判のことを聞けば、Ｋのためによかれと思うことをしようとするだろう。しかし、それは実現しまい。というのはＫがつちかってきた勢力が落ち目になりかかっていて、頭取代理がのしてきており、頭取の弱点をついて自分の勢力の拡大をはかっている。Ｋには何が期待できるのか？　そんなことをあれこれ考えるのは闘志を弱めるだけだが、自分を欺かず、現在のところ可能なものをはっきりと見定めていなくてはならない。

べつに理由はなかったが、さしあたり机にもどりたくなかったので、Kは窓を開けてみた。なかなか開かなくて、両手で取っ手を回さなくてはならなかった。やがて窓わくいっぱいに煙とまじり合って霧が部屋に流れこみ、少し焦げたような臭いで満たした。雪片も少し舞いこんできた。

「いやな秋ですね」

背後に工場主の声がした。頭取代理のところからもどってきて、断わりなしに部屋に入っていた。Kはうなずいて、落ち着きなく相手の書類鞄に目をやった。そこから書類を取り出して、頭取代理との話し合いの結果をKに報告するはずなのだ。工場主はKの視線を見やってから自分の書類鞄を叩いただけで開かなかった。

「結果をお知りになりたいのでしょう。まあまあといったところです。でも、ほとんど契約寸前までにはこぎつけました。頭取代理はなんとも魅力のある人物ですね。とはいえ、危険がないわけではないおひとだ」

そう言って笑った。Kの手をとって、いっしょに笑いに誘いたいようだった。しかしKは工場主が書類を出そうとはしないのが不審だったし、いまさら笑う気にもならない。

「支配人さん」

工場主が声をかけてきた。

「こんな天気が苦手なんですね。今日はとても辛そうに見えますよ」

「ええ」

Kは手をこめかみにやった。

「頭痛です。内輪の心配事もありましてね」

「いかにも」

工場主は気ぜわしい人間で、相手をゆっくり聞こうとしない。

「誰にも悩みがあるものです」

工場主を送って出るかのように、Kは一歩戸口の方に進んだ。このとき相手が言った。

「支配人さん、ちょっとしたことをお耳に入れておきたいのです。今日のこんな日にどうかとも思うのですが、このところ二度もお邪魔したのに、そのつど言い忘れていました。先にのばすと役に立たなくなります。そうはしたくない。というのは、お耳に入れておいて無意味なことでもないのです」

Kが口を開く前に工場主は身近に寄ってきて、指の関節で軽くKの胸を叩いてから小声で言った。

「訴訟を起こされていますね?」

Kはあとずさりして、すぐさま言った。

「頭取代理から聞きましたね」

「どういたしまして」

と、工場主が言った。

「頭取代理は知りっこありませんよ」

「それでどうしてあなたが?」

Kは落ち着きをとりもどした。

「ときおり、裁判のことが耳にとびこんできましてね」

と、工場主が言った。

「お耳に入れたいのも、そのことです」

「なんていろんな人が法廷とかかわり合っているこどです！」

Kはうなだれて言った。工場主を机のところへ案内した。二人は先ほどと同じように腰を下ろした。工場主が口をきった。

「残念ながら、お耳に入れられるのは、それほど多くありません。でも、ほんのちょっとしたことでも、ないがしろにしてはならないですからね。それに大したことはできないにしても、なんとかお力になりたいと思っていましてね。これまでももちつもたれつ、いっしょに仕事をしてきた仲です、そうじゃありませんか」

Kはさきほどの話し合いの際の自分の振舞いを詫びようとした。だが、工場主は押しとどめ、こわきにした書類鞄をもち上げて、急いでいることを示してから言葉をつづけた。

「あなたの訴訟のことは、ティトレリという男が教えてくれました。画家でしてね。ティトレリは絵描きとしての名前で、本名があるんですが、それは知りません。何年か前からときおりうちの事務所に出入りしていまして、ちょっとした絵をもってくるんですね。そのたびに——やつはせびり屋というたぐいでして——いつも施しのつもりで買うわけです。まあ、可愛い絵でもありまして、荒野の風景とか、そんなたぐいです。そういったやりとりで——ずっとそれに慣れてきていましてね——こともなく過ぎていたのですが、あるとき、あまりにしげしげとやってくるようになって、それで文句を言ったのですよ。そんなことから、あれこれ話を交わしたんですね。絵描きだけでどうやって生活しているのか興味がありましたから、たずねてみたのですが、驚いたことに、主な収入は肖像画だというのですね。法廷がお得意客だというのですよ。それで問い返したりしたものですから、ティトレリが法廷について話してくれました。それを聞いてどんなに私がびっくりしたか、支配人さんにはきっと想像がつくでしょう。それがきっかけになって、彼がやってくるたびに新しいことを耳にするようになって、法廷のことがそれなりにわかってきました。ティトレリという男はとにかくおしゃべりでして、ときたま押しとどめることだってあるんですね。嘘をまじえたりするからですが、それよりも工場経営にたずさわっていると、それでなくてもいろいろ心配ごとがあって、ほかのことまで頭を使いたくないせいですね。それはそれとして、ひょっとすると――というぐあいに思ったわけです――ティトレリがお役に立つのではありますまいか。たくさんの判事を知っていますし、当人に力はなくても、どうすれば力のある人と近づきになれるのか、助言できるかもしれません。やつの言うことそれ自体はたいしたことではなくても、思いますに、それを知っておられると武器になるのではありませんか。あなたはほとんど弁護士っておひとですからね。わたしは口癖のようによく言うのです、K支配人はほとんど弁護士ってものだとね。あなたの訴訟のことについては、わたしはちっとも心配していません。ティトレリのところに行かれてはどうでしょう。わたしの口ぞえとあれば、できるかぎりのことをいたしますよ。ぜひともおすすめいたしますね。むろん、今日にもというのじゃなくて、そのうちに、おりをみてですね。とはいえ、だからといって――つけ加えるようですが――こう申しあげたからといって、義理にもティトレリのところに行かなくては、などとお思いになる必要はないのですね。どういたしまして、絵描きなど無用とお考えなら、ほっとかれると、なおのことといい。きっともう、はっきりした予定をおもちでしょうから、ティトレリなど邪魔になるだけかもしれない。そのときには、どうぞ決してお出かけなさらないことです。ああいうやからに助言を頼むなんてことは、かなり勇気がいりますからね。お好きなようになさってください。一筆用意してきましたから、置いていきます。これが住所です」

がっかりしてKは書きつけを受けとると、ポケットに収めた。紹介状が何をもたらすというのだろう。たとえ何か利点があるとしても、それよりも害のほうがずっと大きい。工場主は訴訟のことを知っているわけだし、その画家はさらにあちこちに言いふらすだろう。ドアに向かいかけた相手に対し、Kはやっと気をとり直して短く礼を述べた。

「訪ねてみます」

ドアのところで工場主と別れる際にKは言った。

「それとも、いまむやみと忙しいので、こちらに寄ってくれるように手紙を書きましょうか」

「お考えしだいでしょうね」

と、工場主が言った。

「ティトレリのような連中を銀行にこさせて、ここで訴訟のことなど話されるのはおいやだろうと、そんなふうに思ったものですからね。それに、そんな徒輩（やから）に手紙を握られるのは得策ではありませんよ。でも、さぞかしいろんなことをお考えのことでしょうから、とやこうは申しません」

Kはうなずいて、工場主につきそい控えの間を通っていった。表面は冷静さを装っていたが、われとわが身に愕然としていた。ティトレリに手紙を書くのを言ったのは、紹介の労を感謝し、ついてはすぐにも画家との出会いを考えているということを示したかったせいだが、もしティトレリの助力は意味があると思うなら、手紙を書くのを躊躇したりしないだろう。それが厄介な結果をもたらすかもしれないことについては、工場主にいわれるまで気がつかなかった。自分の頭は、いったいどうなっているのだろう。あやしげな人物を、はっきり証拠となるような手紙でもって銀行に招き、ドア一つ向こうに頭取代理がいる部屋で、自分の訴訟のための助言を仰ぐとは、いったい、どういうことだ。とすると、ほかの危険も見逃していたり、自分からとびこんでいたりしないだろうか。大いにあり得ることではないか。警告してくれる人物が、いつもそばにいるとはかぎらないのだ。いままさに全力を集中してことにあたらなくてはならないときに、これまでおよそなかったことだが、自分の注意力に信頼がおけなくなった。銀行の業務をこなすのに困難を覚えたばかりだが、それが裁判のことにも起こりはじめているのだろうか。ティトレリに手紙を書いて銀行に呼ぶなんてことを、どうして思いついたのか、いまとなっては自分でもわけがわからない。

小使が身近に寄ってきて、三人の紳士のことを耳打ちしたとき、Kはまた首を振った。三人は控え室の一つのベンチに並んですわっていた。Kから声がかかるまで、ずいぶん長らく待たされたので、小使が耳打ちしたのを見てとると、いっせいに立ち上がり、われがちにKへすり寄ろうとする。銀行側が控え室にながながと待たせるからには、自分たちも遠慮などしていられないといったふぜいだ。

「支配人さん」

はやくも一人が声をかけてきた。しかし、Kは小使にオーバーをもってこさせ、さらに小使の手を借りてオーバーを着こみながら、三人に語りかけた。

「申しわけないのですが、目下のところ、お話を聞く暇がありません。いくえにもお詫びしますが、急ぎの商用にあたらなくてはならず、これからやむなく出かけます。いまもずっと引きとめられていたことは、ごらんになったでしょう。もしできたら明日か、あるいはべつの日に、あらためておこし願えないでしょうか。電話ですませられることなら、それでも結構です。いま手短に用件をお聞きして、文章でお答えすることもできるのですが、もういちど日を改めて来ていただけると、いちばん助かるのです」

まったく意味もなく待ちつづけていたわけで、三人の紳士は愕然としたあまり、口をつぐんでたがいを見交わしていた。

「では、よろしいですね？」

小使が帽子を差し出したので、Kは振り向いた。ドアが開いたままなので、Kの部屋から外の雪がなおのこと烈しくなったのが見てとれた。Kはオーバーの襟を立て、首のところをボタンでとめた。

このとき隣室から頭取代理が出てきた。微笑を浮かべながらKと三人の紳士を見やってから、Kにたずねた。

「支配人さんはお出かけで？」

「ええ」

Kは答えて、姿勢を正した。

「商用です」

頭取代理はすでに三人に向き直っていた。

「みなさんは？」

声をかけた。

「長くお待ちじゃなかったですか?」

「話はついています」

と、Kが言った。このたびは三人とも黙っていなかった。Kをとり囲み、ことが重要でなければこんなに長く待ったりはしないし、いま、それもくわしくじかに話したいからである旨を口々に訴えた。頭取代理はしばらく黙って聞いていた。それからKを見やった。帽子を手にもち、あちこちの埃を払っている。頭取代理が三人の紳士に言った。

「どうでしょう、手っとり早い解決策ですが、もしわたしでよければ支配人に代わってお話をうけたまわりましょう。ご用件は、もちろん、すぐに検討しなくてはなりますまい。ともに商売人であれば、時間が貴重なことはよく承知しています。よかったら、どうぞこちらへ」

自分の執務室の控えの間に入るドアを開けた。

頭取代理はなんと器用に何ごとにも対処のすべをこころえていることか! いっぽうのKは、やむなく放棄していかねばならない。どうしても必要なこと以外でも、もはや気やすく手ばなしてはならないのではあるまいか。画家とやらだが、ごくあやふやな、はっきりいえばたいして期待もしていない人物のところへ出かけている間に、仕事上の体面がいちじるしく傷つく。すぐにもオーバーをぬぎすてて、三人のうちのあとまわしになっている二人に応対してはどうだろう。そちらに決めかけたとき、部屋に頭取代理がいるのに気がついた。まるで自分の部屋であるかのように、しきりに書類棚をさぐっている。おもわずKがドアに近づくと、頭取代理が大声で言った。

「おや、まだ出かけていなかったのですね」

Ｋに顔を向けた。その色つやのいいしわは年齢よりも精力の証明を思わせる。すぐに棚に向き直った。

「契約書の写しを探している」

と、頭取代理が言った。

「会社の代表は支配人に渡したと言っている。見てもらえませんか」

Ｋが近づいたとたん、頭取代理が言った。

「もう結構、見つかった」

大きな書類束をかかえて自分の部屋へもどっていった。契約書の写しだけではなく、ほかの多くの書類もまじっているにちがいない。

（いまはゆずっておくとしよう）

Ｋは自分に言いきかせた。

（しかし、裁判沙汰にケリがついたら、いの一番に、それもなるたけしたたかに思い知らせてやる）

そう思うと、少し気持が落ち着いた。小使は廊下へのドアを開けたまま、じっと待っていた。商用で出かけたことを、おりをみて頭取に伝えておくよう申しつけると、Ｋは銀行を出た。自分の事柄に、しばらくじっくりかかずらわれるのが、ほとんどうれしいようにも思えた。

Ｋはその足で画家のところへ向かった。同じく町外れだが、裁判所事務局のあったところとは、まるきり逆方向にあたる。もっと貧しげな界隈であって、建物はさらに陰気だし、通りにはゴミがあふれ、雪どけ水にプカプカ浮いていた。画家が住んでいる建物は両開きのドアの一方だけが開いていて、閉じたままの扉は下の敷居に穴があいており、おりしもKが近づいたとき、黄色の湯気をたてた汚水がドッと流れてきて、ネズミがあわてて横手の溝に走りこんだ。階段の手前の床に幼児が腹ばいになって泣いていたが、向かいの戸口から猛烈なハンマーの音がとどろいていて、泣き声が聞こえない。作業場の扉は開いたままで、三人の職人が仕事台のまわりに半円をつくり、ハンマーで叩いていた。壁にかかった大きな白いブリキ板が青白い光を放ち、壁側の二人の職人の顔と作業用の前掛けを浮かび上がらせている。Kはチラリと見ただけで通りすぎた。なるたけ簡単に用件をすませたかった。画家に二、三訊きただし、すぐにも銀行に引き返す。少しでも収穫があれば、本日の銀行業務にもいい結果を及ぼすだろう。四階まできて歩調をゆるめた。息切れがしたのだ。各階が高いので階段がむやみと長く、しかも画家の住むのは最上階の屋根裏部屋ときている。空気がなんとも重苦しい。狭い階段で踊り場がなく、両側から壁が迫っており、天井ぎわに小さな窓があるだけ。Kがしばらく佇んでいると、少女が何人か住居から走り出て、笑いながら階段を走り上がっていった。Kはゆっくりとそのあとにつづいた。少女の一人がつまずいて、おいてきぼりをくっていた。その少女に追いついたとき、Kが声をかけた。

「ここに画家のティトレリさんが住んでるね?」

十三歳ばかりの年ごろで背中が曲がっている。少女は返事をせず、肘でKに突っかかり、わきからじっと見上げている。幼くて、からだに障害があってもなお、小娘が相当なワルであるのが見てとれた。表情ひとつ変えず、さぐるような目つきでKをうかがっている。Kは気づかぬふりをして、また問いかけた。

「画家のティトレリさんを知っているね?」

少女はうなずき、はじめて声を出した。

相手のことを先に少しでも知っているほうがいいような気がした。

「何の用があるの？」

「絵を描いてもらいたいんだ」

と、Kが言った。

「描いてもらいたいだって」

そう言うなり少女は大きな口をあけ、とんでもないこと、あるいはへんなことを聞いたとでもいうふうに片手で軽くKを突いた。そしていやに短いスカートを両手でたくし上げると、一目散に仲間を追いかけていった。上から叫び声がぼんやりとひびいてきた。つぎの角までくると、全員が待機していた。背中の曲がった娘からKの用向きを聞いて、待ち受けていたにちがいない。階段の両側に立って、Kが支障なく通れるように壁にピッタリとからだを押しつけ、エプロンのしわをのばした。その顔つき、またこのような列をつくること自体が、幼さと人ずれとを示していた。Kが通っていくと、笑いながらうしろで一つになっていく。背中の曲がった娘がはしにいて、指図をしていた。おかげで道筋がわかったので、Kがそのまま上っていこうとすると、娘がべつの階段を指さした。ティトレリの住居はそちらだという。もっと狭い階段で、まっすぐずっとのびていて、見上げた先のどんづまりがティトレリの住居のドアだった。ドアのななめ上に小さな明かり窓があいていて、そのせいでこれまでよりも階段が明るかった。板をつぎ合わせただけのドアに、太い赤で《ティトレリ》と書いてある。Kは小娘たちにつきそわれて上ってきた。まだ階段の半ばまでこないうちに、おおぜいの足音がひびいたせいだろう、ドアがわずかに開き、夜着をひっかけただけらしい男が戸の隙間に現われた。

「おっ！」

ひと声あげ、チラリと見ただけで姿を消した。背中の曲がった娘が大よろこびして手をたたき、あとの者たちはＫを急がせ、うしろから押してきた。

全員がドアの前に来るより早く上で画家がドアを引き開け、Ｋに深々とお辞儀をして、入るように手招きした。小娘たちはダメ。どんなにせがんでもダメ。それでも強引にもぐりこもうとしてくるのを両手でせきとめている。その腕をかいくぐって背中の曲がった娘が入りこんだので、すぐさま追いかけ、スカートをつかんで抱き上げ、クルリと一回転して戸口の前の仲間たちのなかに下ろした。Ｋには目の前のことの判断がつきかねた。たがいに仲よく了解し合っているようにも見える。戸口の小娘たちは画家に向かってつぎつぎに首をのばし、いろんな言葉を投げかけていた。Ｋにはわからなかったが、いやらしい意味のことで、画家は笑いつつ背中の曲がった小娘をつかまえて、ふりまわした。それからドアを閉め、いまいちどお辞儀をし、手を差し出しながら自己紹介をした。

「画家のティトレリです」

Ｋはドアを指さした。戸口で娘たちがささやき合っていた。

「とても人気がおありなんですね」

と、Ｋは言った。

「悪タレどもめ！」

画家はひとこと言った。夜着の首もとをボタンでとめようとするのだが、うまくいかない。足ははだしで、黄色がかった幅広のリンネルのズボンをはき、ひもで結んでいて、その長いはしがブラブラゆれていた。

「あのおてんばときたら、まったく頭痛のタネでしてね」

首もとのボタンがとれてしまったので、とめるのは諦め、椅子を一つ運んでくると、すわるようKにすすめた。

「あの仲間の一人なんですが――今日はいませんでした――描いてやったことがありまして、それからというもの、のべつやってくるのです。わたしがいるときは許可なしには入りませんが、留守にすると、きっと一人は入りこんでいる。ドアの鍵をつくらせたんですね、それをまわし合っているんです。どんなに手を焼いているか、とてもご想像つきますまい。たとえば肖像画をたのまれた女性を案内して、自分の鍵でドアを開けると、背中の曲がったのがそこの腰かけに腰をのせて、筆で唇を赤く塗っていたりするんです。チビの妹たちを見張り役につれてきていて、そいつらが走りまわって部屋をめちゃめちゃにしているんです。つい昨日のことですが、夜遅く帰ってきて――部屋がひどいありさまなのは、そんなわけでしてね――つまり、昨夜は遅くに帰ってきまして、ベッドに入ろうとすると、足をつねるのがいる。ベッドの下をのぞきこんで、もぐりこんでいたのを引っぱり出したわけです。どうしてあんなふうに押しかけてくるのかわかりませんが、のべつ追い払っていることは、ごらんになったとおりです。仕事だって邪魔されますよ。このアトリエがただで使えるからいるようなものの、そうでなくちゃあ、とっくに引っ越していたでしょう」

このときドアの向こうで、細い甘えた声がした。

「ティトレリ、入れてくれない?」

「ダメだ」

と、画家が答えた。

「あたしひとりでもいけないの?」

「いけないね」

画家がドアに寄って、鍵をかけた。

その間にKはあたりを見まわした。こんなにみすぼらしい小部屋をアトリエなどとよぶなんて、とうてい思いつきはしなかっただろう。前後左右とも、せいぜいが大股の二歩ばかり。床も壁も天井も、すべて木で、梁のあいだに細い割れ目が走っている。Kの向かいの壁ぎわにベッドがあって、いろんな色合の掛け布がのせてあった。部屋の中央の画架に絵がのっており、上からシャツがかぶせてあった。シャツの袖が床に垂れ下がっている。Kのうしろは窓になっていて、雪をいただいた隣家の屋根のほかは、霧につつまれていて何も見えない。

鍵のかかる音でハッとして、すぐに引き返すつもりだったのを思い出した。Kはポケットから工場主の紹介状をとり出し、画家に差し出した。

「あなたのお知り合いから伺いました。訪ねてみるようにといわれましてね」

画家は手早く目を通すと、それをベッドに放り投げた。知人というよりも施しをしている貧乏な男として工場主は話したものだ。あのことがなければ、ティトレリは工場主など知らないか、あるいは思い出せないのではないかと思うところだった。

「絵を買っていただけるのですか、それとも描きましょうか?」

Kは驚いて相手をじっと見つめた。紹介状には何が書いてあったのだろう? 裁判のことで聞きたいことがあり、そのことを工場主が画家に宛てて一筆書いたものと、Kは当然、思いこんでいた。早トチリして、大あわてでやってきたわけだ！　ともあれ黙っているわけにもいかないので、Kは画架の絵を見やり、声をかけた。

「いま描きかけなんですね？」

「ええ」

画架にかけてあったシャツをとると、紹介状の上に放り投げた。

「肖像画です。出来はいいのですが、まだ仕上がっていません」

Kには好都合な偶然であって、裁判所のことに話をもっていける。あきらかに判事の肖像であったからだ。それにしても弁護士のところで見かけたものとそっくりだった。たしかにまるきりべつの裁判官であって、よく肥っており、顔いちめんに黒い髭をはやしている。また以前のあれは油絵であったのに対して、こちらはパステルで淡い色づけがされていた。そういった違いはともかく、ほかの点ではそっくりで、ここでも判事は片手で肘掛けをつかみ、玉座のような椅子からおごそかに身を起こしていた。

（判事ですね）

口から出かかったが、いまはことばを呑みこんで、こまかく検討するかのように絵に近づいた。絵の中央、椅子の背もたれにかぶさるようにして大きな人物が立っている。なんとも異様であって、説明がつかない。

「これはまだ下絵です」

そんなふうに答えてから、画家は小机からパステルをとり上げ、人物のふちどりに少し手を加えたが、Kの目にはあいかわらずはっきりしない。

「正義を司る神です」

画家がつけたした。

「それでわかった」

と、Kが言った。

「目かくししていて、秤をもっているものですね。でも、これは踵に翼をもっていて、飛んでいるのじゃありませんか?」

「ええ」

画家が認めた。

「注文ですから、注文どおり描かなくちゃならない。正義の神であって、勝利の女神も兼ねているのです」

「そいつは無理でしょう」

微笑を浮かべてKが言った。

「正義の神はじっとしていなくちゃあ。でないと秤がゆれて、正しい裁きが下せない」

「注文ですから、従わなくては」

「むろん、そうでしょうとも」

と、Kは答えた。気を悪くさせてはならない。

「玉座から立ち上がったところなんですね」

「そうでもないのです」

と、画家が言った。

「モデルがいてのことではなくて、すべて空想です。こんなふうに描くようにいわれたもんですからね」

「どうしてですか」

Kはわざと、相手の言ったことがわからないふりをした。

「判事さんが席にすわっているところなんでしょう？」

「それはそうですが」

画家が答えた。

「でも、高い地位の判事ではないので、こんな立派な椅子にすわったことはないのです」

「それでいて、こんなにおごそかに描かせるのですか。まるで裁判所の長官のようだ」

「みなさん、見栄っぱりですからね」

と、画家が言った。

「こんなふうに描かせてもいいという許可を上からとりつけているのです。肖像規定がこまかく定めてあります。残念ながらこの描き方だと、服や椅子のこまかいところが描けませんでね。パステルは向いていないのです」

「そうでしょうね」

と、Kが言った。

「パステルで描くのは珍しい」

「それも注文です」

と、画家が言った。

「ご婦人に贈るそうです」

絵をながめていると制作意欲がわいてきたらしく、画家は腕まくりすると、何本かのパステルを握った。Kの目の前で、パステルの先っぽがふるえるように動き、判事の頭部に赤味がかった影ができて、そこから光のようにまわりにとびたっていった。大きな影は飾りとも勲章とも見え、それがまわりから人物をつつんでいく。いっぽう正義の神は明るい色調のままで、その色調のまま前にせり出している気配だが、正義の神とも勝利の女神とも見えず、むしろ狩猟の女神を思わせた。画家の仕事ぶりについ気をとられていたが、ここでグズグズしてもいられないのだ。肝心の用件にちっとも入っていないのである。

「この判事は、なんて名前ですか？」

突然、Kがたずねた。

「それはいえません」

と、画家が言った。絵に夢中になっていて、あれほど丁重に迎えた客のことを忘れたようだ。気まぐれにちがいなく、時間だけが過ぎていくのがKには腹立たしかった。

「あなたは裁判所にくわしいかたただそうですね」

Kが言った。すぐさま画家はパステルをわきに置き、姿勢を正すと手をこすり合わせ、ニヤニヤ笑いを浮かべながらKの顔をじっと見た。

「腹のさぐり合いはやめにしましょう」

と、画家は言った。

「何か裁判所のことをお知りになりたいのでしょう。紹介文に書いてありました。それで関心をひくためにも、まず絵の話をなさった。だからといって悪くとったりはしませんよ。絵の注文が舞い込んでいるなどのことは予想外のことだったでしょうからね。いえ、まあ、まあ――」

Ｋが言いかけるのを手で制して言葉をつづけた。

「それはともかくとして、あなたのおっしゃったとおりです。裁判所にくわしいですよ」

事実を呑みこませるための時間を与えるかのように、ひと息おいた。またもやドアごしに小娘たちの声が聞こえてきた。押し合いへし合いして鍵穴をのぞいているらしい。あるいは壁の隙間から部屋が見えるのかもしれない。Ｋはモゴモゴと謝るようなことを言った。相手の気持をそらしたくなかったからだが、あまり相手を立てすぎて、大層がられるのも困るのだ。

「公に認められた地位なのですか？」

「ちがいます」

そのことはこれ以上言わないような口ぶりだったが、Ｋはかまわず口にした。

「公に認められていないほうが、公認の人よりも力があることがよくありますね」

「わたしがそうです」

額にしわをよせて画家がうなずいた。

「つい昨日、工場主と、あなたの一件について話していました。力になれないものかといわれたので、相談に寄こしてくださいと言ったのですが、すぐさま実現するとは思いませんでした。気になるからでしょう。当然です。それはそうとオーバーをぬがれてはどうですか」

長居するつもりはなかったが、Ｋには相手の申し出がうれしかった。部屋の空気がしだいにムシムシしてきていたからだ。隅に鉄のストーブがあるが、あきらかに火は入っていないので、いったい、どうしてむし暑いのか、わけがわからない。Kがオーバーをぬぎ、上着のボタンも外していると、画家が詫びるように言った。

「寒がりでしてね。あたたかいでしょう。この点、この部屋はとてもいいんです」

Kは何も言わなかった。ムシムシしているのは、どうやら部屋のなかのよどんだ空気のせいらしかった。きっと長らく閉じたままできたのだろう。ベッドに腰を下ろすようにすすめられて、なおのこと気持が悪いのだ。椅子は一つしかなく、画架の前のその椅子に画家が腰かけた。Kがベッドのはしにいると、相手は誤解したらしく、もっと楽にするように言って、尻ごみするKを、無理やりベッドのまん中に移らせ、さらにクッションを押しこみ、それから椅子にもどると最初の問いかけをしてきた。それに対してKはまわりのことなどすぐさま忘れた。

「潔白なんですか？」

と、彼は言った。

「ええ」

と、Kは答えた。こんな問いかけに返答できるのがうれしかった。相手は私人であって、いかなる責任も生じない。これまでKに、こんなに率直にたずねた人はいなかった。よろこびをもっと味わうために、さらにつけ加えた。

「完全に潔白です」

「なるほど」

画家はうつ向いて、何やら考えているふうだった。突然、顔を上げた。

「潔白なら話は簡単です」

Kは目の前が暗くなった。裁判所にくわしいと称する男が、物知らずの子供のようなことを言う。

「潔白だからといって、ことは簡単ではないのです」

Kはそう言ったが、ともかくもほほえまずにはいられなくて、ゆっくりと首を振った。

「裁判所というのは、いろんな結構なことをやっていて、とどのつまりはどこからか、ありもしなかった罪を引っ張り出してくる。大きな罪ってやつですね」

「そのとおり」

思案中のところを、意味もなく邪魔されたといったふうに画家が答えた。

「でも、潔白なんでしょう?」

「そうですよ」

と、Kが言った。

「それが肝心です」

と、画家が答えた。何をいわれても動じないようだが、はっきりした口ぶりにもかかわらず、確信あって言っているのか、それとも無関心のせいなのか、はっきりしないのだ。それをまずたしかめたいので、Kが言った。

「わたしよりも、むろんずっと裁判所をごぞんじだ。いろんな人からにせよ、わたしが知っているのは人から聞いたことだけなんですね。それにしても、誰もが一致して言うには、軽はずみに告訴されるわけではなく、ひとたび訴えがあると、裁判所は被告の罪を確信しているものであって、その見方を変えるのはむずかしいそうですね」

「むずかしい？」

画家はおうむ返しに言って、やにわに手を上にあげた。

「ありえない。見方を変えさせたりできません。ここに判事一同をずらりとカンバスに描いたとして、その前で裁判をするほうが、現実の裁判よりも、まだしも勝ち味があるでしょうよ」

「なるほど」

Kは呟いた。画家をためしてみただけであることを忘れていた。

またもやドアのところで娘の声がした。

「ティトレリ、その人まだ帰らないの」

「うるさい」

ドアに向かって画家が叫んだ。

「大事な話をしているのがわからないのか」

わかっていないようだった。

「その人、絵に描くの？」

画家が無視していると、なおも言った。

「描いちゃダメ、きたない人だもの」

同意の声がもつれ合ってつづいた。画家はドアにとびついて、ほんの少し開けた。何本もの手が物乞いをするようにのびてきた。

「おとなしくしないと、ひとり残らず階段から放り投げる。階段に腰かけて、しずかにしているんだ」

言うことをきかないので、どなりつけた。

「そこにすわれ！」

やっと静かになった。

「どうも失礼」

画家がもどってきた。Kはほとんどドアを見ていなかった。そちらのことは画家にまかせていた。じっとすわったままでいると、やおら画家がかがみこみ、ドアの方に聞こえないように小声で言った。

「あの娘たちも裁判所の者なんですよ」

「えっ？」

Kは顔をわきに引いて、じっと見返した。画家は椅子にすわり直すと、冗談とも、言いわけともつかない口ぶりで言った。

「みんな裁判所とかかわっています」

「気がつかなかった」

そう言ってKは口をつぐんだ。一般的な言い方になったので、小娘たちに対する不安が消えた。とはいえKはしばらくドアの方を見つめていた。おとなしく階段にすわっているらしい。ひとりがストローを柱のわきの隙間に差し入れ、ゆっくりと上下に動かしていた。

「どうも裁判所の全体像というものが、おわかりになっていないようですね」

画家は両脚をまっすぐのばし、つま先で床をつついた。

「潔白だから必要ないおつもりなんでしょう。それをなんとかしなくちゃあ」

「どうしてですか？」

Kがたずねた。

「ついさっき、ご自分が言ったじゃないですか、裁判所の見方を変えさせるのはとてもムリだって」

「裁判所に証拠をもち出しても、しょせんダメだということです」

大切な違いがわかっていないというように、人差指をもち上げた。

「公の裁判所とはべつのところがものをいうのですね。つまり、控え室とか、廊下とか、あるいはたとえば、このアトリエでのやりとりですね」

画家の言うことは、まんざらデタラメでもないような気がした。これまでKがいろんな人から聞かされたことと、おおかたのところが一致する。大いに希望をもたせもするのだ。弁護士が力説したように、裁判官が人間関係で簡単に動かせるものなら、画家が何人かの判事に対してもっているつながりは重要であるし、いずれにせよ軽々に考えてはならないだろう。Kが少しずつつちかってきた助っ人の一人に加えていい。かつてKは銀行で、組織の才をうたわれたものだが、孤立無援に置かれたいま、かつての才を思うさま発揮する機会でもある。画家は自分のことばが与えた効果を見定めてから、ある種の不安をこめて言った。

「わたしの口ぶりは法律家みたいに聞こえませんかね。のべつ裁判所の連中とつき合っているので、うつってしまったわけですね。おかげでいいこともいろいろとありましたが、絵描きとしては、ずいぶんと損をしました」

「そもそも、どのようにして判事たちとつながりができたのですか？」

と、Kがたずねた。自分の側に引き込むためには、まず相手の信用をかちえなくてはならない。

「いうほどのことでもありません」

と、画家が答えた。

「父から受け継いだまでですよ。父は裁判所づきの画家でした。相続される役柄でして、新しい人は必要ないのです。さまざまな地位の人を描くにあたって、ひそかな規則がどっさりありますからね。それを知っているのは、ほんのいくつかの家系だけです。たとえば、そこの引出しのなかには、父がのこしたスケッチがつまっていて、これまで誰にも見せていません。そういうのを知ってはじめて肖像が描けるのですよ。たとえ失くしても、規則のあらかたはこの頭だけが知っていて、だから地位を脅かされるおそれがないのです。どの判事も昔の大判事と同じように描かれたがります。叶えてくれるのは私ひとりですよ」

「羨ましいかぎりです」

銀行における自分の地位を思い出して、Kが言った。

「あなたの地位はゆるぎなしだ」

「ゆるぎなしです」

画家は誇らかに肩をそびやかした。

「それでときおり、審判を待っている可哀そうな人を助けてみたりするんですね」

「どうやってですか？」

自分はその《可哀そうな人》にあたらないかのようにKがたずねた。画家はかまわずことばをつづけた。

「たとえばあなたのケースですが、まったく潔白なんですから、手順が決まっています」《潔白》がなんどもくり返されるのが、Kには煩わしくなってきた。それを言い立てて、相手ははじめから訴訟が勝訴に終わることを手助けの前提にしているようで、巧妙なたくらみに思われた。疑いはあれ、Kは自制して口をはさまなかった。画家の助けは受けようと決めていた。弁護士よりもたしかな助けのような気がした。弁護士よりもずっと下心がないようだし、率直なものの言い方からも、はるかに好感がもてるのだ。

画家は椅子をベッドに近づけ、おし殺した声で言った。

「どんな結果をお望みなのか、先におたずねしておくのを忘れていました。三つの可能性があります。ほんとうの自由と、見かけの自由と、引きずっていく場合とです。ほんとうの自由はむろん最高の解決です。ただ私はこれの解決のためには、まるきり無力です。思いますに、ほんとうの自由のために助力できる者などいないでしょう。ただ被告の無実だけがこれを決めるのではないでしょうか。あなたは無実なのですから、自分の潔白さを信頼なされば実現すると思いますね。わたしだって、ほかの誰だって必要ではないのです」

理路整然とした言い方に、はじめKはびっくりした。画家と同じように小声で答えた。

「あなた、矛盾がありますよ」

「そうでしょうか」

画家はおとなしく問い返すと、ほほえみを浮かべて椅子によりかかった。そのほほえみを見て、Kにはいま、相手の言葉ではなく裁判制度における矛盾が問題になっているような気がした。気持を奮いたてるようにして口をきった。

「さきほどはおっしゃいましたよ、裁判所ははじめの見方を変えっこないとですね。つぎには公の裁判所に限定した。ついいまは、無実の者は助力を必要としないと言われた。ここに第一の矛盾があります。ほかにも、さきには判事を個人的に動かすことはできないとおっしゃったのに、いまはそれを否定して、あなたのおっしゃるほんとうの自由は個人の力で獲得できるとおっしゃる。これが第二の矛盾です」

「簡単に説明のつくことですね」

と、画家が言った。

「ここでは二つのことがかかわっています。一つは法律にあること、もう一つはわたしが個人的に知ったこと、それをとりちがえてはなりますまい。法律といっても、この目でたしかめたわけではありませんが、ともかくそこにはむろん、潔白な者は無罪釈放されると書いてあります。しかし他方では、判事が左右できるとは書かれていない。ところでわたしはまるで逆を見てきましたね。ほんとうの無罪釈放など見たことがないし、判事が左右したのはどっさり見てきました。わたしが知ったケースには、潔白な人がいなかったのでしょうか。しかし、それこそへんじゃありませんか。あんなにたくさんのケースに、一人も無実がなかったとは考えられません。子供のころ、なんども父から聞きました。帰宅すると、裁判のことを話していましてね。アトリエにやってくる判事たちも裁判のことを話していました。まわりではもっぱら裁判のことばかりです。法廷に出かける機会は少なかったかわりに、そのつど十分に利用しましたよ。大切なところは必ず聴いて、できるかぎりあと追いをしました。——だからこそ言うのですが——ほんとうの無罪釈放ってものは、ただの一度もありませんでしたね」

「なるほど、一度としてなかったですか」

ひとりごとのように、また希望にしがみつくようにKが言った。

「法廷についてこれまで聞かされたことも、そのようでしたね。この面からいうと何をしようと無意味ですね。全法廷に代わって処刑人が一人いさえすればことが足りる」

「一般化してはなりませんよ」

画家が不満げに言った。

「ただ自分の体験を言ったまでです」

「それで十分です」

と、Kが言った。

「以前は無罪釈放があったことを、お聞きになったことがありますか?」

「聞いていませんね」

と、画家が言った。

「ただ確定するのは、とてもむずかしいのです。最終決定は公表されないし、判事も手にできないので、そのため古い判決には、ただ伝説めいたことだけが残っています。そのかなりが無罪放免を告げていますが、信じることはできても証明は不可能です。にもかかわらず、まったく無視もできない。きっと何がしかの真実はもつはずですからね。それにとてもシャレていて、私自身、そういった伝説にまつわることをなんどか絵にしましたよ」

「伝説だけでは意見を変えるわけにいきませんね」

と、Kが言った。

「裁判にあたり、伝説をあてにできますか？」

「できませんとも」

画家は笑って言った。

「ならば、そのことは話しても無駄ですね」

と、Kが言った。さしあたり、画家の意見はそのまま受け入れるつもりだった。たとえありえないことに思えても、またほかの報告と矛盾していても、とにかく受け入れる。画家の言うことが本当かどうか確かめたり、反駁したりするヒマはないのだ。たとえキメ手にはならないにせよ、何らかの方法で手助けする気にさせただけでよしとしなくてはならない。そこでKは言った。

「ほんとうの無罪放免は棚上げするとして、ほかの二つの可能性をおっしゃいましたよ」

「見かけの放免と、引きずっていくのとですね。問題はこの二つです」

と、画家が言った。

「そのことに入る前に、上着をおとりになりませんか。暑そうです」

「そうですね」

画家の説明に気をとられていた。まわりの蒸しかげんを思い出したとたん、額に汗がふき出てきた。

「これはひどい」

その不快さがよくわかるといったふうに画家がうなずいた。

「窓は開けられないのですか？」

Kがたずねた。

「ダメです」

と、画家が言った。

「つくりつけのガラスで、開けられません」

Kはこのとき、画家か自分が窓辺にとびついて、窓を引き開けるといったことを、ずっと願っていたことに気がついた。たとえ霧であれ、口をいっぱいあけて吸いこむ用意ができている。空気がまったく遮断されていると思っただけで目まいがした。手で軽く、かたわらの羽根ぶとんを叩いて、弱々しい声で言った。

「不快だし、健康によくない」

「どういたしまして」

画家が窓について弁解した。

「二重の窓ですが、開けられないからこそ二重窓よりも保温力があるのです。あちこちの柱の隙間から空気が入ってきますから、換気の必要がないものの、もし空気を入れ換えたければ、ドアを一つか、両方開ければいいことです」

Kは少し安心して、二つめのドアというのを目で探した。画家が気がついて、口ぞえした。

「あなたの背中のところ、ベッドでふさいでしまったのです」

はじめてKは壁の小さなドアに気がついた。

「何もかもアトリエには小さすぎるんです」

Ｋの非難の先手を打つように画家が言った。

「あれこれ工夫しましたね。ドアの前のベッドは、なんとも間が悪いのです。いま肖像画をつくっている判事さんは、いつもベッドのそばのドアから入ってくるものですから、鍵が渡してあるのです。留守中にも、ここで待っていられますからね。ところが、その判事はきまって早朝にやってくる。私はまだ寝ています。すぐわきのドアを引き開けられるわけですから、どんなにグッスリ眠っていても、たたき起こされる。ベッドをまたいで部屋に入るとき、口汚なく罵りましてね。それを聞くと、誰だって敬う心をなくしますね。鍵をとりもどしてもいいのですが、そうするともっとひどくなる。どちらのドアも、ちょっと力を入れるだけで、蝶番が外れますからね」

相手のおしゃべりを聞きながら、上着をぬぐべきかどうか、Ｋは思案した。着たままだと、これ以上は我慢できそうにないのがわかったので上着をぬいだが、話が終わりしだい、すぐにまた着られるように膝にのせた。ドアの向こうから娘の一人が声をあげた。

「もう上着をぬいだ」

われがちに隙間に押し寄せて、顔をくっつけているのがわかった。

「絵を描くと思っているのです」

と、画家が言った。

「それであなたが服をぬいだんだとね」

「なるほど」

Ｋは不興げに答えた。上着をぬいだが、気分は少しもよくならない。ほとんど仏頂づらでＫはたずねた。

「可能性のほかの二つは何でしたっけ?」

いわれたことばを、またもや忘れていた。

「見せかけの自由、それに引きずること」

画家が答えた。

「どちらをとるか、あなた次第です。どちらも私の力で何とかなります、手はかかりますがね。違いを言いますと、見せかけの自由というのは、一時的であれ精一杯の努力がいるし、あとの一つは、苦労することが少ないにせよ、ながながとつづきます。まず見せかけの自由ですが、こちらがご希望なら、あなたの無実を紙一枚に書きとめます。この手の証明書の書き方は父から伝えられたもので完璧です。これをもって知り合いの判事たちをひと巡りしてみます。いま肖像を描いている判事が今日の夕方に来ますから、手はじめに証明書を見せておきましょう。これをひろげて、あなたが潔白であることを説明し、あなたの無実の保証人になります。形式だけの保証ではなくて、一身を賭けた保証ですね」

厄介な面倒をみなくてはならないことを非難するような目つきでKを見た。

「ありがたいことです」

と、Kは言った。

「裁判官はあなたを信用はしても、それでもやはり、ほんとうの無罪放免とはしないのですね」

「先ほど申したとおりです」

と、画家が答えた。

「それに、どの判事もわたしを信用するとはかぎらないのですね。なかには当人を自分のところにつれてこいなどというのもいまして、そのときには足を運んでいただかなくてはなりません。もっとも、こうなればもう半分がた解決したのも同様です。そういう判事には、どう対応すればいいか、もちろん前もってきちんとご指南いたします。いろいろ手はつくしますが、とどのつまりはこちらもお返しに拒否してやればいいのです。厄介なのは——こういったのもあるのですね——はじめからわたしを拒否する判事です。誰が決定権をもっているのでもありませんからね。この確認証に、しかるべき数の判事の署名をとってから、それをもってあなたの裁判を担当する裁判官のところへ出かけていきます。ことによると、その人の署名もとれるかもしれません。そうなれば、ふだんよりかいくらかことが迅速に進むでしょう。大ざっぱに言って、そうなればもう大して障害はありませんよ。被告にとって、いちばん安心のいく時期なのですね。へんな話ですが事実でありまして、そのころのほうが無罪放免になってのちよりも、誰もがやすらかなんですね。もはやとりたてて気をもむこともない。担当の裁判官は、しかるべき数の判事の保証があるわけですから、やすんじてあなたを放免できる。わたしとか、ほかの知り合いに、いくつか儀礼的なことをしていただかなくてはなりませんが、いずれにしてもあなたは裁判所を出る、自由になれる」

「つまり、そのときには、わたしは自由なんですね」

口ごもりながらKが言った。

「ええ」

画家が答えた。

「見かけ上の自由、正確に言いますと、一時的な自由ですね。わたしが知っているのは、いちばん下っぱの判事たちですが、彼らには最終的な無罪判決を下す権利がないのです。それができるのは、いちばん上の裁判官であって、あなたにもわたしにも、われわれの誰にも手の届かない法廷です。それがどんなところなのか知りませんし、あえて言うと、知りたくもない。そんなわけでわれわれの判事は、訴訟から解放するという大きな権利こそもってはいませんが、訴訟から離れさせる権利ならある。どういうことかと申しますと、判決を受けたあと、あなたは一時的には解放されていますが、訴訟はいぜんとしてつきまとっていて、上からの指令があればただちに効力を発揮する。法廷に親しい人間が自信をもって言うのですが、裁判所当局の規則によると、本当の無罪と見かけ上の無罪との相違は、実にはっきりしています。本当の無罪の場合、裁判記録はすべて破棄されることになっています。きれいさっぱり消え失せる。訴えだけでなく裁判そのもの、無罪判決そのものがなくなる。一切がなくなる。この点が見かけ上の無罪とはちがうのです。こちらの場合、無罪の証明や無罪判決、その理由書といったものがそろっていて、これに変更を加えることは許されない。しかし、それは現にありつづけるわけで、上の部局に送られたり、下の部局に差しもどされたりしています。行ったり来たりしているわけです。振り子のように揺れていて、その揺れぐあいが大きくもなれば小さくもなる。停止していることもあって、それがどれほどつづくものか、誰にもわからない。おりおり、見たところはとっくにすべてが忘れられ、書類もなくなり、無罪判決はゆるがないと思えるケースがあります。でもその道に通じた者は、そんなふうには思いませんね。書類は一つとしてなくなってないし、法廷に忘却なんてことはないのです。ある日のこと——誰もまるで予期していなかった日に——一人の判事が書類を検討して、訴訟がまだ有効なことに気がつき、ただちに逮捕令状を出すことになる。見かけ上の無罪判決と、いまひとたびの逮捕のあいだに、かなりの時が流れたような言い方をしましたが、たしかにそういうこともあって、わたしも実例を知っていますが、無罪判決を受けて家にもどってくると、再度の逮捕が待っているということだってあるのです。となればもちろん、自由はそれでおしまい」

「あらためて裁判がはじまる?」

ほとんど信じられないようにKがたずねた。

「いかにも」

と、画家が答えた。

「あらためて裁判がはじまります。さきと同じく、またもや見かけ上の無罪になりかねません。全力をふりしぼって応じなくちゃあなりますまい。あきらめてはいけないのです」

あとの言葉はKが少し落ちこんだ顔をしたので、励ますようにしてつけ加えた。

「いったい、どうなんでしょう」

相手がさらに何か言いたしてくれるのを、期待するかのようにKがたずねた。

「第二の無罪をかちとるのは、最初の無罪よりもたいへんではないのですか?」

「その点、はっきりしたことは何ひとつ言えませんね」

と、画家が答えた。

「再逮捕ということで判事たちがあなたの判決に対して手きびしくしないかとおっしゃるのでしょうが、そんなことはありません。彼らはさきの判決の際に再逮捕を予見しておりますからね。だからそのこと自体はほとんど影響しないのです。しかし、ほかのいろんな理由から、判事たちの気分や法的な判定が大きく変化することはありましてね。だから再度の無罪をかちとるためには、べつの事情に応じて、最初の判決の前に劣らぬ努力が必要です」

「その第二の無罪だって最終的なものじゃない」

Kはイヤイヤをするように首を振った。

「むろん、そうではありません」

と、画家が言った。

「第二の無罪には第三の逮捕がつづき、第三の無罪に第四の逮捕が引きつづくわけです。見かけ上の無罪といわれるゆえんですね」

Kは口をつぐんでいた。

「見かけ上の無罪は、あなたにはあまり有利ではなさそうですね」

と、画家が言った。

「あなたにはむしろ引きずっていくほうが合っているのではありませんか。引きずりとはいかなるものかをご説明しましょうか？」

Kはうなずいた。画家が椅子にもたれかかったので、夜着の前が大きく開いた。そこに片手を差しこみ、胸から脇腹にかけてを掻いている。

「引きずりとはいかなるものか」

ぴったりの言葉を探すかのように、しばらく目の前をじっと見つめた。

「引きのばしとも言ってもいいが、裁判をたえず最下位の段階にとどめておくこと。これを実現するためには、被告と支援者が、とりわけ支援者が法廷とたえず親密なかかわりにあることが必要です。くり返しますが、見かけ上の無罪を獲得する場合のようなエネルギーの行使は無用ですが、一段と注意を払っている必要があります。裁判を忘れてはならず、該当する裁判官のところに定期的に出向くほか、ほかにも機会を見て訪ね、何らかの方法で友好な関係を保っておく。その裁判官を個人的に知らない場合は、顔見知りの裁判官を通して手を打つわけで、そうやってじかに話す場を見つけていく。こういったことを抜かりなくやっていると、まずもって確実に裁判を最初の段階で引きずったままにしておくことができます。たしかに裁判は終わりませんが、被告は判決に対して、ほとんど自由なまでに保証されています。見かけ上の無罪と比べ、こちらには被告の将来がさほど影響されないという利点があります。突然の逮捕もないし、見かけ上の無罪の獲得には、きまって間の悪いときに息を切らして走りまわったり、気を張りつめていなくてはならないものですが、こちらはそんな心配は無用です。もっとも、ある種の不便もあって、これは見逃すわけにもいきますまい。決して自由にはならないということではないのですよ。それは見かけ上の無罪にしても、厳密に言うとそうですからね。それとはべつのことで、少なくとも見かけ上の理由がないかぎり裁判が停止しないということです。そのため裁判中は行動にあらわれて何やかやのことがありまして、ときたま、なすべきことが示されますね。尋問があったり、家宅捜査があったりといったことです。裁判はごく小さな範囲にかぎられて、そのなかで引きつづくわけで、だから当然のことながら被告は不愉快なことを引きずっていきます。だからといって、あまり深刻に考えるまでに及びませんよ。すべてちょっとしたことで、たとえば尋問にしましてもすぐに終わります。そのための時間がとれなかったり、気が向かなければ先にのばしてもらえばいい。双方でずっと先の日取りを決めたりするケースもありましてね。被告であるからには、ときたま判事のところに出頭するという、ただそのことが重要なだけですからね」

そんな言葉のあいだに、Kは上着の袖に手を差し入れて立ちあがった。

「ほうら、立った！」

すぐさまドアの外で娘たちが叫んだ。

「もう行かれますか？」

画家も椅子から立ちあがった。

「部屋の空気のせいで我慢できなくなったのですね。ほかにも少々、お話ししておきたいことがありますが。もっとかいつまんで話したらよかったですね。おわかりになったかどうか」

「わかりましたとも」

と、Kが答えた。耳をそば立てていたせいか、頭痛がしていた。Kの返事にもかかわらず、画家はもどりの道すがらの慰めといったふうに、もういちど、要点をくり返した。

「両方とも共通して、被告の有罪判決を先送りにしてくれます」

「ほんとうの無罪放免も先送りにしてしまいますよ」

それがわかったことを恥じるかのように、Kがひそめた声で言った。

「要点がよくおわかりだ」

画家が早口で答えた。Kはオーバーを手にしたまま着たものかどうか迷っていた。なろうことなら衣類一切をひっつかんだまま、身ひとつですがすがしい空気のところに走り出たかった。外の小娘たちは、オーバーを着た、着ると叫び合っていたが、Kはとり合わず、そのままじっとしていた。Kの気持をおしはかるように画家が言った。

「わたしの提案に決断がつかないのですね。ごもっともです。すぐに決めないようにとも申したはずですよ。いい点と悪い点とは紙一重ですからね。じっくり判断していただきたいのですが、しかし、あまりひまどられても困ります」

「ちかぢか、また来ます」

と、Kは言った。急に決心がついて上着を身につけると、オーバーを肩にひっかけ、ドアに向かった。外の娘たちがいろめき立った。金切声をあげている顔がドアごしに見えるようだった。

「約束ですよ」

画家がうしろに寄りそってきた。

「来られなければ、結果をうかがいに銀行をお訪ねします」

「鍵をあけてもらおう」

Kが取っ手を握ると、外の娘たちもまたいっせいに握りしめた。

「まといつかれるのはおイヤでしょう?」

と、画家が言った。

「こちらのドアをお使いください」

ベッドのうしろのドアを指さした。Kは了解して、ベッドに向かった。ドアを開けるかわりに画家はベッドの下に這いこんで、奥から声をかけてきた。

「少々お待ちを。絵を買っていただけませんか?」

気持を損ないたくなかった。親身になってくれているし、これからも助力を約束してくれた。それにうつかりしていてお礼のことを言い忘れていた。そんなことから、すぐにもアトリエを立ち去りたいのはやまやまながら、Kは相手の申し出を断わらなかった。画家がベッドの下から、ひと重ねの額のない絵をひっぱり出した。埃まみれで、画家が上っつらを吹き払うとワッとまき上がり、Kの目の前でいつまでも浮遊している。

「荒野の風景です」

画家が一枚を手渡した。暗い草地に黒い木が二本はなれて立っていた。遠くに眩い光をのこして太陽が沈んでいく。

「結構だ」

と、Kが言った。

「いただく」

ついそっけなく答えた。画家が気を悪くせず、二枚目にとりかかったので胸をなで下ろした。

「対の一枚です」

対のつもりで描かれたらしいが、どこにもちがいは認められず、二本の木があり、草地がひろがり、太陽が沈んでいく。しかし、Kにはどうでもよかった。

「きれいな風景ですね」

と、Kは言った。

「どちらもいただいて、執務室にかけるとしよう」

「こういう絵柄がお好きなようですね」

画家は三枚目をとりあげた。

「似たのがここにあってよかった」

似ているというよりも、寸分ちがわない風景だった。この機会に古い絵をそっくり売りつけるつもりらしかった。

「それもいただく」

と、Kは言った。

「三点でいくらですか?」

「値段はこのつぎに話し合いましょう」

と、画家が答えた。

「お急ぎのようだし、これからもおつき合いがつづくのですからね。絵を気に入ってもらってうれしいです。この下にあるのを全部もっていきます。どれも荒野の風景で、ずいぶん描いてきました。陰気だといって嫌がる人もいますが、その陰気さが好きだという人もいまして、あなたもそのようですね」

乞食画家の絵がどう思われていようと、Kにはどうでもいいことだったので、相手の言葉を遮った。

「その絵を全部荷造りしてもらおう。明日にも小使が受け取りに参ります」

「その必要はありません」

と、画家が言った。

「運んでくれる者がいると思います。このまま同行させましょう」

やっとベッドにかがみこんでドアを開けた。

「遠慮なくベッドに上がってください」

と、画家が言った。

「ここに来る人は、みんなそうします」

言われなくてもKは遠慮しなかっただろう。ベッドのまん中に片足をのせたが、開いたドアから外を見たとたん、足を引いた。

「これは、どういうこと?」

Kがたずねた。

「何が不思議ですか?」

画家が不思議そうに問い返した。

「裁判所の事務局ですよ。ここらあたりはすべて裁判所の事務局だってことを、ごぞんじなかったのですか? ほとんど全部の屋根裏に入っているのですから、ここも当然そうなんです。このアトリエも、もともとは裁判所のもので、それを使わせてもらっているわけです」

裁判所を見つけたことよりも、それに気づかなかったうかつさにKはびっくりした。いつも心がまえをしているのが被告のとるべき原則ではないのか。驚いたりしてはならない。左手すぐのところに判事がいるならば、右を見るときも、しかるべき予想をしていなくてはならない——まさにこの原則を、またしても忘れていた。目の前に長い廊下がのびていた。そこから空気が流れてくる。それとくらべれば、アトリエの空気のほうが、まだましといったぐあいだ。Kになじみのある事務局の待合室と同様に、廊下の両側にはベンチが並んでいた。事務局の施設には、どこも同じ規則があるらしかった。いまのところ、ここには関係者の出入りはあまりなかった。男が一人、寝そべるようにしてすわっていた。片肘ついて顔をのせ、眠っているようだった。廊下のはしの薄明かりのなかに、べつの一人が立っていた。Kはベッドを踏みこえ、絵をかかえた画家があとにつづいた。しばらく行くと、裁判所の下働きと出くわした——平服のふつうのボタンの下につけている金色のボタンによって、Kにはすでに識別ができる——絵をかかえてお供をするように、画家が申しつけた。Kは歩きながらよろめいた。ハンカチを口にあてて噛みしめていた。出口近くまで来たとき、小娘たちが向かってきた。Kに対しても容赦しない。アトリエのもう一つのドアが使われたのを見てとると、回り道をして待ち受けていた。

「ここでお別れします」

娘たちに取り巻かれ、画家が笑いながら大声をあげた。

「では、これで。そのうち結論を出してください」

Kは振り向きもしなかった。通りに出ると、やってきた馬車にとびのった。下働きと別れたかった。金ボタンが目ざわりだった。そんな徒輩（やから）さえいなければ、ひと目に立たずにいられるのだ。職務熱心な相手は馭者台にのぼってきたが、Kがひき下ろした。銀行にもどったとき、とっくに正午はすぎていた。絵は馬車に残してきたかったが、そのうち画家と会うとき必要になるかもしれず、それで小使に執務室へ運びこませ、机のいちばん下の引出しに入れて鍵をかけた。こうしておけば、少なくともさしあたりは頭取代理に見とがめられずにすむだろう。

商人ブロック　弁護士の解任

ついにKは腹を決めた。弁護士とは縁切りにする。そうするのが正しいのかどうか、いぜんとして心もとない気持はあったが、やむを得ないと思わないではいられなかった。そんな決心のせいで、弁護士のもとへ出かけるつもりでいたのに仕事がはかどらず、グズグズしていて、弁護士宅の戸口に立ったとき、すでに十時を過ぎていた。呼び鈴を押すに先立ち、電話か手紙で解任を告げてはどうか思案した。口頭で言うのは、いうまでもなく辛いことだ。にもかかわらず最終的にKは口頭を変えなかった。ほかの方法だと伝えてそれっきりか、あるいはちょっとしたお定まりの言い方で了解されるだろう。となるとレニが教えてくれないかぎり、いかにして弁護士が解任を受け入れ、それがKにとってどんな結果を伴うことになるのか、知ることができない。解任に関する弁護士の反応はそれなりの重要さをもつはずだ。この点、相手が目の前にすわっていれば、顔に出さない人物ではあっても、その表情や態度から、簡単に必要なことを見てとることができる。やはり弁護士に一任するほうがよいと思い直して、解任取りやめにすることもあり得ないことではない。

いつものことだが、はじめの呼び鈴には応答がなかった。

（レニなら、すぐのはずだ）

と、Kは思った。それでもいつものようにパジャマ姿の例の男や、ほかのだれかが現われるよりはましだった。裁判関係者にクチバシを入れてほしくない。二度目の呼び鈴を鳴らしてから、背後のドアを振り返った。そこもまた閉じたままだった。ようやくドアの覗き穴に二つの目が見えた。レニではなかった。誰かがドアの鍵を開けたが、しばらくドアをおさえていて、奥に声をかけた。

「来たぞ」

それからやっとドアを引いた。Kは力をこめて押し開けた。どこか背後であわただしい鍵音を聞いたからだ。ドアが十分に開くやいなや、Kは控えの間にとびこんだ。いまの警告を聞いたのだろう、部屋のあいだの廊下をレニが下着姿で走り去った。Kはしばらくうしろ姿を見送っていたが、やおらドアを開けた人物に目をやった。痩せた小男で、頬髭をはやし、手にローソクをもっている。

「新しく雇われた人ですか？」

と、Kがたずねた。

「ちがいます」

と、相手が言った。

「よその者です。弁護士に代理を頼んでいる者で、相談があって来たのです」

「上着もなしにですか？」

とKは言って、相手の格好を指さした。

「これは失礼」

男ははじめてそれに気づいたように、ローソクで自分自身を照らした。

「レニはあなたのいい人ですか?」

単刀直入にKがたずねた。両脚をやや開き、帽子をもった手をうしろで組んでいた。重厚なオーバーを身につけているだけでも、上着なしの小男よりも優位に立っている気がした。

「とんでもない」

相手はあわてて身を守るように片手を顔の前にかざした。

「なんてことをおっしゃる」

「そんなふうに見えますよ」

ニヤニヤしながらKが言った。

「ともかくも——行きましょう」

帽子をもった手で合図して、相手を先に行かせた。

「お名前は?」

歩きながらKがたずねた。

「ブロックです。商人のブロックです」

小男は名のりをあげると、Kに向き直ったが、Kはかまわず前へうながした。

「本名ですか?」

と、Kがたずねた。

「もちろんです」

と、相手が答えた。

「どうして疑うのです？」

「名前を伏せておく理由がおありなのでは、と思ったものですから」

と、Kが言った。見知らぬ土地で身分の低い連中といるときに感じるような気楽さを感じた。自分のことは何も言わず、何くわぬ顔で相手の利害にかかわることだけを俎上にのぼせて、上げたり下げたり勝手にできる。弁護士の書斎の前で立ちどまり、言われるままにドアを開け、おとなしく前を歩いている商人に向かってKは呼びかけた。

「急がない、急がない！　ここを照らしてみてください」

レニが隠れているような気がしたからだが、商人が隅々まで照らしたところ、誰もいなかった。判事の絵の前で、Kはうしろから商人のズボンつりをつかんで引きとめた。

「この人を知ってますか？」

人差指で上を示した。商人はローソクをもち上げ、まばたきしながら見上げた。

「判事です」

「身分の高い人？」

Kはたずねてからななめわきに出て、相手の反応を観察した。商人はうやうやしくながめていた。

「高官です」

「見る目がありませんね」

と、Kが言った。

「下っぱのうちでも、もっとも下っぱの一人ですよ」

「思い出しました」

商人はローソクを下げた。

「そんなことを聞いたことがあります」

「もちろんですとも」

Kが声を高めた。

「うっかりしていました。もちろん、お聞きになっていたでしょうとも」

「どうしてです、いったい、どうしてですか?」

Kに両手で押されるようにしてドアの方へもどりながら商人が言った。廊下へ出てからKが言った。

「レニがどこに隠れているか、ごぞんじですね?」

「隠れている?」

商人が問い返した。

「そんなことはありません。台所で弁護士さんのスープをつくっていると思いますよ」

「どうしてすぐにそれをおっしゃらなかった?」

と、Kがたずねた。

「案内しようと思っていたのに、あなたが呼びもどしたじゃありませんか」

ちぐはぐな言い分にとまどったふうに商人が答えた。

「うまく立ちまわったと思っている」

と、Kが言った。

「とにかく、案内していただこう！」

台所に入ったのは、はじめてだった。びっくりするほど大きく、設備もしっかりそなえてあった。かまどだけでも、並のかまどの三倍はあった。ほかのものは、よくわからなかった。小さなランプが一つきりで、それも入口にぶら下がっていた。かまどのそばにレニがいつもの白いエプロンをつけて立っていた。アルコール燃料の鍋に卵を落としていた。

「ヨーゼフでしょう、こんばんは」

目だけ動かしてレニが言った。

「やあ」

とKは答えてから、片手でかたわらの椅子を指示したので、商人が腰を下ろした。Kのほうはレニの背後からぴったりと寄りそい、肩にかぶさるようにして問いかけた。

「こいつは何者だ？」

レニは片手をKにまわし、もう一方の手でスープをかきまわした。ついでKを抱き寄せた。

「気の毒な人なの。みじめな商人で、ブロックとかいったわ。ほら、見てあげて」

二人がそろって振り返った。商人はKにいわれた椅子にすわっていた。明かりがいらなくなったのでローソクを吹き消すと、煙が立ち昇らないようにローソクの芯を指でつぶした。

「下着でいたぞ」

と、Kが言った。それから片手でレニの顔をかまどの方に向けた。レニは黙っている。

「恋人なのか？」

Kがたずねた。レニがスープ鍋に手をのばしかけたので、両手をつかんだ。

「答えるんだ！」

「書斎に行ってから、みんな説明する」

と、レニが言った。

「いやだ」

と、Kが言った。

「ここで聞きたい」

レニがしがみつくようにしてキスしようとしたが、Kは拒んだ。

「キスなどして欲しくない」

「ヨーゼフ、おねがい」

レニはすがるように、ともあれ目を大きくみひらいてKを見つめた。

「ブロックさんに焼きもちなどやかないでね」

商人に向き直り、声をかけた。

「ルディー、助けてよ。ほら、疑われる。ローソクなんかどうでもいい」

商人はぼんやりしているように見えたが、すべてよくわかっていた。

「とんだ濡れぎぬです」

と、間のびした口調で言った。

「つい、はずみでね」

Kはほほえみを浮かべて商人を見つめた。レニは声を立てて笑うと、Kのすきを見すまし、ひたとすがりついてきた。そしてささやいた。

「もういいわね。どんな人か、わかったでしょう。少しは親身にしてあげなくちゃあ。大事なお得意さまなの。ただそれだけのこと。あなたはどうなの、弁護士さんに用があるの？　今日はとてもようすが悪いけど、どうしてもというなら取りつぐわ。今夜はずっとわたしのところにいてね、きっとよ。久しぶりだもの。弁護士さんだってあなたのことをたずねていたわ。訴訟のことを忘れていてはダメよ！　耳にしたことがあるから、いろいろ話してあげる。まず、そのオーバーをぬぐの！」

手をかしてオーバーをぬがせ、帽子を受け取り、小走りに控えの間に入って掛けてから、また小走りにもどってきて、スープに目をやった。

「さきに取りつぐの？　それともスープをもっていっていいかしら？」

「さきに取りつぐんだ」

と、Kが言った。腹を立てていた。自分の一件、とくに解任を通告したものかどうかを、レニとじっくり話し合う腹づもりだったのに、商人がいるせいでその気持が失せてしまった。とはいえ、こんな小男のせいで、ことを変更するのは軽率であることに気がついて、すでに廊下に出ていたレニに呼び返した。

「スープがさきだ」

と、Kは言った。

「力をつけておいてもらわなくちゃあ。手間どりそうだからね」

「あなたもこちらの弁護士に依頼されているのですね」

隅から商人が確認するように小声で言った。いいように受け取ってもらえない。

「あなたに関係のないことでしょう」

と、Kが言った。

「よけいなことはいわない」

と、レニが言った。

「さきにスープでいいのね」

Kにたずねてからスープを皿にそそいだ。

「でも、寝てしまわないか心配だわ。食事をとると、あの人、すぐに寝てしまう」

と、Kが言った。弁護士に告げるはずのことが重要なことであると、ずっと匂わせており、それが何のことか、レニに問い返してもらいたい。そうなればレニの意見も聞けるというのに、レニはただ言われたことだけをしている。スープ皿をもって通りすぎるとき、わざとKに軽くぶつかり、ささやいた。

「こちらの言い分を聞いたら目が覚めるだろう」

「スープがすんだら、すぐに取りつぐわ。用が早くすめば、それだけ早くわたしのところにもどってこられる」

「いいから、いいから」

Kがせき立てた。

「さっさと行くんだ」

「もっとやさしくしてよ」

と、レニが言った。皿をもったままドアのところで、もういちど振り向いた。

レニを見送ったあと、Kは弁護士解任をはっきりと心に決めた。レニの意見を聞くことができなかったのが、かえってよかった。レニは全体を見通すなんてできないし、きっと反対しただろうし、そのためになる。いずれは決断することであって、その点では変わりはない。早くすませれば、それだけ害を少なくとどめられる。ちなみにそこの商人にも、それなりに意見があるのではあるまいか。

K自身も今回は思いとどまったかもしれず、そうなれば、さらにあれこれ落ち着かず迷いつづけることに

Kは向き直った。それに気がついて、すぐさま商人が立ち上がろうとした。

「そのまま、そのまま」

と、Kが言って、椅子を一つひき寄せた。

「以前から、こちらの弁護士に依頼しておられるのですか?」

と、Kが言った。

「ええ」

と、商人が答えた。

「ずっと前から」

「何年になります?」

「それはどういうことでしょう」

と、商人が言った。

「商売上の法律のことでは——実は穀物商をしておりましてね——商売をはじめたときからずっと顧問弁護士をお願いしていて、かれこれ二十年になりますね。でも、いまおっしゃったのは、たぶん訴訟のことでしょうが、そもそものはじめからですから、もう五年以上になりますね」

すぐにつけたした。

「五年よりも、もっとですよ」

そう言いながら、古ぼけた書類入れを取り出した。

「ここにすっかり書きつけていますから、お望みなら、こまかい数字がお伝えできます。全部を覚えているのは無理でしょうね。なにぶん、訴訟が長びいておりまして、たしか女房が死んですぐからですので五年半をこえました」

Kは顔を近づけてたずねた。

「こちらの弁護士はふつうの法律沙汰も引き受けているのですか?」

裁判所と法律とが結びついているのは、とても安心がいく気がした。

「もちろんです」

と、商人は言った。それからKの耳元でささやいた。

「法律をめぐるもめごとのときのほうが、ほかのときよりも、ずっと有能だという人がいます」

すぐに言ったことを後悔したらしく、Kの肩に手をやって言いたした。

「内密の話ですよ」

Kは相手の腿をたたいて安心させた。

「告げ口なんかしませんとも」

「ここの弁護士さんは、わりと根にもつところがありましてね」

と、商人が言った。

「あなたのような誠実な人に対しては、そんなことはないでしょう」

と、Kが言った。

「どういたしまして」

と、商人が言った。

「血がのぼると、わけがわからなくなるんです。それにわたしだって、誠実ってわけでもありませんからね」

「それはまた、どうしてですか？」

「打ち明けたものでしょうかね」

商人は迷っていた。

「お気持しだいですよ」

と、Kが言った。

「では、こうしましょう」

商人が言った。

「全部というわけではないが打ち明けましょう。あなたも隠さず話してくれなくちゃあなりませんよ。そうすると弁護士さんに対して共同であたれますから」

「用心深いですね」

と、Kが言った。

「わたしの場合を知れば、あなたはきっと安心すると思いますよ。弁護士に対して誠実でないとおっしゃるのは、どういうことですか？」

「つまりですね」

商人は口ごもり、恥ずかしいことを打ち明ける口ぶりになった。

「つまり、こちら以外に、べつの弁護士に頼んでいるのです」

「とりたてて悪いことじゃない」

と、Kが言った。少しガッカリした。

「それがそうじゃないんです」

気づまりそうにしていたのが、Kの言葉で少しうちとけたようだった。

「許されないことです。ましてや正式の弁護士のほかに、イカサマ弁護士を雇うなんてことはです。わたしはまさにそれをしていましてね。こちら以外にも、五人に頼んでいるのです」

「五人も！」

Kが大声をあげた。その数に驚いた。

「こちら以外に五人も？」

商人がうなずいた。

「いま六人目と交渉しているところです」

「そんなにたくさんの弁護士が必要なんですか」

と、Ｋがたずねた。

「必要ですとも」

と、商人が答えた。

「わけを話していただけませんか」

「いいですとも」

と、商人が言った。

「なによりも裁判を落としたくない。いうまでもないですね。そのため役に立ちそうなことは何であれ見逃してはならない。ある特定の場合にはあまり効用がなさそうでも、だからといって捨ててはならない。だから持っているものはすべて訴訟につぎこみました。商売から資金をそっくり引きあげました。以前は事務室がほとんど一つの階全部を占めていたのですが、いまでは裏の建物の小部屋で足りています。わたしと小僧が一人いるだけですよ。すっかりさびれたのは資金のせいもありますが、仕事をないがしろにしているからでもありましてね。訴訟に全力をつくすと、ほかのことに余力をさくわけにいきませんよ」

「ということは、自分でも裁判にとっくんでおられるのですね」

と、Ｋがたずねた。

「まさにお聞きしたいところです」

「それについては、あまりお話しできることがありませんね」

と、商人が言った。

「はじめは自分でやってみたのですが、まもなく手を引きました。あまりにも大変だし、効果もさして望めない。現場で動きまわったり、やりとりをするのは、少なくとも自分には無理だとわかりました。裁判所にすわって、じっと待っているだけでも、ずいぶん疲れます。あなたも事務局の重苦しい空気をごぞんじでしょう」

「わたしがあそこにいたってことを、どうしてごぞんじなんですか？」

と、Kがたずねた。

「あなたが待合室を通っていかれたとき、わたしもあそこにいたのですよ」

「これは偶然だ！」

思わずKが叫んだ。商人がさきにみせた滑稽さはすっかり忘れていた。

「見られていたんだ！　待合室を通り過ぎたとき、あなたはいたんですね。たしかにいちど、待合室を通っていったことがあります」

「たいした偶然じゃありませんよ」

と、商人が言った。

「わたしはほとんど毎日、あそこにいますから」

「たぶんわたしも、しばしば出かけていくようになるでしょうね」

と、Kが言った。

「それにしてもあのときは、なんともうやうやしく迎えられたものです。全員が立ち上がったので、自分がまるで判事のような気がしました」

「ちがいます」

と、商人が言った。

「あのとき、裁判所の使い走りに挨拶をしたまでですよ。あなたが被告だってことは、みんな知っていました。その種のことは、またたくまにひろまりますからね」

「ごぞんじだったのですか」

と、Kが言った。

「とすると傲慢そうに見えたでしょう。そんなことを言う人はいませんでしたか?」

「どういたしまして」

と、商人が言った。

「そんなことはありません。口にすることといえば、バカげたことばかり」

「どんなたぐいのバカげたことですか?」

と、Kがたずねた。

「どうしてそんなことを、わざわざおたずねになるのです?」

腹立たしげに商人が言った。

「あなたはどうも、あそこの連中をまだよくごぞんじないようですね。それで見方がズレているのです。いいですか、ああいうときにはいろんなことが話されますが、とてもバカげているんですね。だれもが疲れているし、気が散っていて、そんなことから迷信好きになるものです。ひとさまのこととして言いましたが、このわたしもたいして変わりばえしませんでね。迷信のたぐいですが、たとえば被告の顔ですね、とくに唇のぐあいから訴訟の行く末がわかるというのですね。だからあのとき、連中がこぞって言いましたね、あなたの唇から判断するに、ごく近いうちに有罪判決が下るってこと。くり返しますが、バカげた迷信でしてね。たいていの場合は事実が反証になりますが、あの仲間うちにいますと、そういった意見から離れているのがむずかしいのです。こんな迷信がどんなに強く働くものか、考えてみてください。あなたはあのとき、なかの一人に話しかけましたね。その人はろくに答えが返せなかった。いろんなことで気が散っていたせいですが、理由の一つは、あなたの唇を見ていたからですね。あの人があとで話していましたが、あなたの唇に自分が受ける判決の兆しを見たように思ったのですよ」

「この唇にですか？」

Kは手鏡を取り出して、自分の唇をじっと見つめた。

「とくに何も気がつきませんね。あなたはどうですか？」

「同じです」

と、商人が言った。

「さっぱり何も気がつかない」

「なんて迷信深いんだ」

Kが大きな声を出した。

「いまも申したとおりでしょう」

と、商人が言った。

「たがいに往き来していて、意見を交わし合っているのですか？」

と、Ｋがたずねた。

「これまでずっと敬遠していました」

「おおかたはつき合ってなどいませんとも」

と、商人が言った。

「不可能です。なにしろ、あんなにずいぶん沢山いても、共通の利害はほとんどありません。たまに共通の利害がありげでも、すぐにまちがいだとわかります。共同して裁判所に対抗するなど、できたためしがありません。どの場合も個別に審理を受けるのですね。相手方はぬかりがない。共同でできたためしはないのですが、個々の場合だけ、おりおりひそかに成果を上げることがあって、いつもあとで耳にするわけで、どうしてそうなったのかわからない。そんなわけで共同なんてことは成り立ちません。ときには待合室で同席しますが、ほとんど話しませんね。迷信じみたことはずっと前からあって、いわば自然発生的にふえていきます」

「あの待合室の人たちを見ていました」

と、Ｋが言った。

「意味もなく待っているような気がしましたね」

「意味もなく待っているなんてことはありませんよ」

と、商人が言った。

「自分で手出しをするのが無意味なんです。さきほど、ここの弁護士のほかに五人雇っていると申しましたね。とすると誰だって思うでしょう――わたしもはじめは思いましたよ――いまや彼らに裁判をそっくりまかせられるとですね。でも、それはまるきりまちがいです。一人を雇っているよりも、さらにもっとまかせられないのです。これはおわかりになれないのではありませんか？」

「わかりませんね」

Kは相手の早口をしずめるために、なだめるようなしぐさで相手の手に自分の手をのせた。

「もう少しゆっくり話していただけませんか。とても大切なことなのに、きちんと聞きとれないのです」

「これはうっかりしていました」

と、商人が言った。

「あなたは新しい人でした。新入りですね。訴訟がはじまったのは、たしか半年前からでしたね。そう聞いています。まだほんの駆け出しだ！　こちらときたら、もう数えきれないくらい思案したわけで、すべてが当然至極のことになっているのです」

「結構じゃないですか、訴訟はずいぶん進んでいるのでしょう？」

と、Kが言った。どれほどになるのか、はっきり問いただそうとは思わなかった。はっきりした返事があるとも思えない。

「五年がかりでやってきました」

商人は顔を伏せた。

「なまやさしいことではありません」

それから、しばらく口をつぐんだ。レニの足音がしないかどうか、Kは耳を澄ました。いまレニにもどってきてほしくない。もっといろいろ商人にたずねたいし、またこんなに親しげに話しているところをレニに見られたくなかった。しかし、その反面、自分が訪れているというのに、彼女がいつまでも弁護士のところから出てこないのが腹立たしかった。スープを運ぶだけで、こんなに手間どるはずがないのだ。

「あのころのことをよく覚えていますよ」

商人がまた口をきったので、Kはすぐに気持を向けた。

「わたしの訴訟が、あなたの場合のようだったころのことです。あのころはただこちらの弁護士だけで、あまり満足がいかなかったのですね」

（ここが肝心のところ）

とKは思って、相手を勢いづけ、大事なことをそっくり打ち明けさせるために、しきりに大きくうなずいた。

「訴訟が進まないのです」

商人は言葉をつづけた。

「審理はありましたよ。欠かさずに出て、文書を集め、帳簿すべてをつけて裁判所に出しました。あとでわかったところでは、まるきりそんな必要はなかったのですが、ことあるごとに弁護士のもとに駆けつけ、弁護士はいろんな書類を提出しました」

「いろんな書類？」

と、Kが言った。

「ええ、むろんです」

と、商人が答えた。

「それは聞きずてがなりません」

と、Kが言った。

「わたしの場合、弁護士はいぜんとして最初の文書にかかずらわっているのです。ほかに何ひとつしていない。いまわかりましたが、とんだ手抜かりではありませんか」

「最初の請願書ができていないのは、いろいろ理由があるのでしょう」

と、商人が言った。

「それにわたしの場合の提出書類にしても、あとで判明しましたが、まるで価値のないものでした。裁判所の役人の好意でこの目で見たことがありますが、ものものしいつくりのわりに内容がないんですね。どっさりラテン語がまじえてあって、こちらには理解不可能ですよ。何行にもわたり裁判所へ呼びかけていましたね。ついで何人かの判事にお世辞が書きつらねてありました。名前は示してなくても、この道の者には誰のことをいっているのか推測がつくのですね。それから弁護士の手前ぼめ、しかも裁判所に対してって、なんとも卑屈に卑下しているのですね。最後にやっと、わたしのケースと似た昔の判例が検討してありました。この検討はわたしがたどれたかぎりでは、非常に丁寧につくってあったのですが、だからといって弁護士の仕事に判定は下せないですよ。それにわたしが読んだ請願書は、沢山のうちの一つでしてね。ともあれ、いまそのことを申したいのですが、あの当時、わたしの訴訟にはなんら進展が見られませんでしたよ」

「どんな進展をお望みだったのですか？」

と、Kがたずねた。

「とてもいい質問です」

商人は小さな笑いを浮かべた。

「こういったことには、めったに進展など見られないものなんですね。でも、あのころは気づきませんでした。商人ですからね、あのころはいま以上にそうでして、はっきりとした進展を見たかったのです。全体が結着に向かっている、あるいは少なくとも着実な高まりを見せている。そのはずなのに、あるのは尋問だけで、たいていは同じことを問うだけ。だから返答をお経のように覚えてしまいましたよ。週になんどか裁判所の使いが店や住居とか、そのほか出くわせそうなところにやってくる。むろん、煩わしいものです（いまは少なくともこの点ではずっとよくなりましたね。電話ですから、ずっと簡単です）。同業者のあいだで、それにとりわけ親戚中に裁判の噂がひろがりはじめました。いろんな面でさしさわりがありました。それでいて、ちかく最初の審理がされるといった兆しすらないのですね。弁護士のところへ出かけて、苦情を言いました。弁護士はながながと釈明しましてね。そのあげく、こちらの意向で何かするなんてことは、きっぱりとはねつけました。審理の日を確定するように働きかけるなんて不可能だというのです。請願書でせっつくなんて——それをわたしは言ったのですが——そんなことは前代未聞であって、被告も弁護士もひどい目にあうのが関の山だとのこと。それでわたしは考えましたね、この弁護士がしたがらず、できないことでも、ほかの弁護士ならするし、できるだろう。それでほかの弁護士に目を向けたわけです。結論から申しますと、だれひとり審理の日を確定したいとは思わず、できもしないのです。これから申しますが、一つの留保つきで、そもそもまったく不可能なんです。この点ではここの弁護士さんは偽っていたわけではないのですね。でも、ほかのことでは、べつの弁護士に向かったのを後悔していませんよ。あなたもたぶんフルト氏から、イカサマ弁護士連中のことを、あれこれ聞いておられるでしょう。卑しい連中というふうに言ったでしょうし、実際そうです。とはいえ、あの人が彼らのことを言うとき、それに自分の同僚と比較するとき、ちょっとしたまちがいがまじりこんでいまして、そのこともご注意しておきます。あの人はいつも自分たちを区別して《大弁護士》などと言いますが、まちがいです。もちろん、つけたければ《大》をつけて結構ですが、いまの場合はたんに裁判所の習わしがあずかっているだけなんです。それに従うと、イカサマ弁護士以外は、小弁護士と大弁護士とがいるだけで、しかもフルト氏や同僚たちは、いずれも小のほうなんです。大弁護士のことは、ただ話に聞いただけで、ついぞ会ったことはないのですが、小弁護士よりも位階がずっと高いのです。小弁護士と、その小弁護士がバカにしているイカサマ弁護士の差よりも、もっとうんとひらいているのですね」

「大弁護士？」

Kがたずねた。

「何者です？　どうすれば彼らと会えるのですか？」

「どうやら、まだいちども彼らのことを聞いていらっしゃらないようですね」

と、商人が言った。

「いちどでも耳にしたら最後、しばらくの間、大弁護士のことを夢に見ない被告はまずいないでしょう。でも、惑わされないほうがいいですよ。大弁護士とは何者か、私は知りませんし、会うなんてことも、とても望めないでしょう。大弁護士がかかわったと、はっきりいえるような事例すら知りませんね。大弁護士の世話になっている人もいますが、自分の意志でそれが実現したわけではなく、大弁護士のほうが買って出ただけなんです。気に入ったのを弁護するわけで、下級の裁判所のときから目をつけているようです。何はともあれ、大弁護士のことは頭から追っ払うほうがいいですよ。さもないと、いつもの弁護士との仲が怪しくなりますからね。その助言や仕事ぶりが、まどろっこく役立たずに思えてきます。わたし自身、体験ずみですが、できることならすべてうっちゃらかして、ベッドにもぐりこみ、耳をふさいでいたくなります。むろん、それはとりわけバカげたことであって、ベッドのなかでも落ち着けるものじゃない」

「ではあなたは、その当時、大弁護士のことは頭からしめ出しになさったのですか?」

と、Kがたずねた。

「しばらくはそうです」

と商人は言って、またも弱々しい笑いを浮かべた。

「まったく忘れるなんてことは、残念ながらできません。とくに夜は、そのたぐいのことを思いたがるものですからね。とにかくあのころは、すぐに成果を上げたかったので、それからイカサマ弁護士のところへ行きました」

「そんなところに、くっついてすわっている!」

レニの声がした。盆をもってもどってきて、ドアのところに立ちどまっていた。二人はたしかにくっつき合ってすわっていた。Kはよく聞きとるために、やむなく小さくかがんでいた。商人は小柄な上にさらに背中を丸めており、Kはほんの少しからだを動かしても顔がぶつかりかねない。

「少し待った」

Kは声をかけて、レニを拒むような手つきをした。そして、あいかわらず商人の手にのせたままの自分の手を苛立たしげに動かした。

「訴訟のことを聞きたいとおっしゃるものですからね」

商人がレニに言った。

「話すといい、話すといいわ」

と、レニが言った。レニは商人に対しやさしくはあれ、どこか恩きせがましい口調で話した。Kには気に入らない。だんだんわかってきたが、この男はそれなりの人物であって、少なくとも自分の体験をきちんと伝えるすべを心得ている。たぶん、レニは考えちがいをしているのだ。腹立たしいことに、レニはいまや、商人がずっと握っていたローソクをもぎとると、その手をエプロンで拭いてやった。さらにズボンに落ちたロウを掻きとろうと、商人のかたわらにひざまずいた。

「イカサマ弁護士の話でしたよ」

とKは言って、それ以上はつけ加えずにレニの手を押しのけた。

「どうしたいの?」

レニは軽くKをたたいてから仕事をつづけた。

「そうそう、イカサマ弁護士でした」

商人は考えに耽るように、額に手をそえた。Kは助け船を出すようにして言った。

「すぐに成果を上げたかったので、それでイカサマ弁護士のところに出向かれた」

「そのとおり」

と、商人は言った。しかし、話をつづけなかった。

(たぶん、レニの前では話したくないのだ)

とKは考え、いますぐにも話を聞きたい気持を抑え、それ以上はせき立てないことにした。

「伝えてくれた?」

Kはレニにたずねた。

「もちろん」

と、レニは言った。

「奥でお待ちだわ。ブロックさんはこのままにしとくの。ブロックさんとは、あとで話せる。この人、このまま、ここにいる」

Kはためらっていた。

「ずっとここにいますか?」

と、商人にたずねた。じかに返事が聞きたかった。商人がここにいないようにレニが代弁するのが気にくわない。今日はレニに対して、なぜか腹が立ってならない。そして、このたびもレニが代わりに答えた。

「この人、よくここで泊まるわ」

「ここで泊まる?」

Kが問い返した。商人はここで待っていてくれるだろうとKは考えていた。弁護士との話し合いを早急に打ち切って、そのあといっしょにここから出かけ、一部始終を徹底的に、思うさま語り合うのだ。

「そうよ、ここで眠るの」

と、レニが言った。

「ヨーゼフ、誰もがあなたみたいじゃないのよ。好きな時間に弁護士に会えるものじゃない。相手が病気だのに、夜の十一時にやってきて会ってもらえるのが不思議だってことを、ちっとも考えてないみたいね。友だちならそうして当然と思ってるのでしょう。友だちはともかく、少なくともわたしならかまわない。お礼をいってもらおうとは思わないし、わたしを愛していてくれたらそれでいいの」

「愛する?」

一瞬、Kは呑みこめなかった。それから頭で納得した。

「そういえば、愛している」

にもかかわらず、ほかのことは二の次のようにしてKは言った。

「こちらが客だから会うんだ。ほかに何か必要だったら、のべつお願いしてまわらなくてはならない」

「この人、今日はとても機嫌が悪いわ」

レニが商人に言った。

(こんどはこっちが、いない人間ってわけだ)

と、Kは思った。そして商人がレニの無作法にかまわず、つぎのように答えるのにほとんど怒りをさえ覚えた。

「弁護士さんが会ってくれるのは、ほかにも理由があるだろうね。わたしの場合よりも訴訟がおもしろいせいなんだ。それに訴訟がまだはじまったばかりで、たぶん、あまり進展していないから、それでよろこんでかかずらわっているまでのこと。いずれ、そうはいかなくなる」

「そうね、そうね」

レニが笑いながら商人を見つめた。

「おしゃべりな人！」

そう言ってレニはKに向き直った。

「信じちゃダメよ。いい人だけど、こんなにおしゃべりなの。それできっと弁護士さんには我慢がならない。気分のいいときしか会おうとしないのだわ。何とかしようとして骨折ったけど、やはりダメだった。ブロックさんが来ているのに、会ったのはそれから三日目のことだってある。呼ばれたときにここにいないと、全部ダメになる。はじめからやり直さなくちゃあならない。それでここで寝てもいいことにしたの。夜中に会うって合図がきたりする。だからブロックさんは夜中にも待機している。ところがこのごろまた、ブロックさんがみえているとわかると、通していいと言っていたのを取り消すようになってきた」

Kは問うような目で商人を見つめた。ブロックはうなずいた。きっと恥じらいで気がたっていたせいだろうが、さきほどKと話していたのと同じように、ごくあけすけに言った。

「時がたつと弁護士にすがるようになるものです」

「こぼしているふりをしているだけ」

と、レニが言った。

「ここで眠るのがとても気に入っている。自分でなんどもそう言ったわ」

レニは小さなドアのところへ行って、戸を開いた。

「寝室をのぞいてみない？」

と、レニが言った。Kは近づいて、敷居のところから天井の低い、窓のない小部屋をのぞきこんだ。狭いベッドだけでいっぱいだ。ベッドに上がるためには、はしの手すりをまたがなくてはならない。ベッドの頭のほうは壁がへこんでいて、そこにきっちりとローソク、インク瓶、ペン、さらに訴訟の文書らしい書類が並べてあった。

「女中部屋でおやすみですか？」

Kが商人を振り向いた。

「レニが用意してくれました」

と、商人が答えた。

「とてもありがたい」

Kはまじまじと彼を見た。最初に受けた印象が、おそらくは正しかったのだ。たしかに経験をつんでいる。ながながと訴訟をやっているからだ。しかし、その体験はずいぶん高いものについた。突然、Kは商人を見ているのが辛くなった。

「ベッドでやすませるんだ」

と、レニに声をかけた。レニはわかっていないらしかった。K自身は弁護士のところへ出向いて解約を通告すれば、弁護士だけではなく、レニや商人からも縁が切れる。Kがドアに行きつく前に、商人が小声で呼びかけてきた。

「支配人さん」

Kは怖い顔をして振り返った。

「約束をお忘れですよ」

商人はすわっているところからKに向かい、すがるように手を差しのべた。

「秘密を話してくださるはずでしたよ」

「そうだった」

とKは言って、レニにもチラッと目をやった。レニはじっとKを見つめていた。

「では、お話しします。いまとなると、もうほとんど秘密ではないのですね。これから出向いていって、弁護士を解約します」

「解約する」

商人は椅子からとび上がると、両手をあげて台所を走りまわりながら、くり返して叫びつづけた。

「弁護士を解約する」

すぐさまレニがKにとびかかろうとしたが、商人が邪魔をした。するとレニが両の拳で商人を突きとばした。さらに両手を握りしめたままレニがKを追ってきた。Kが大きくひとっ跳びして、弁護士の部屋に入りかけたとき、レニが追いついた。Kがうしろでドアを閉めようとすると、レニは片足をドアにはさみこみ、Kの腕をとって引きもどそうとした。しかし、Kがレニの関節を締め上げたので、レニは大きな息をつきながら腕をはなした。部屋の中までは入ってこなかった。Kはドアに鍵をかけた。

「ずいぶん長くお待ちしていました」

ベッドの中から弁護士が言った。ローソクの明かりで読んでいた文書をかたわらの小卓に置いて、眼鏡をかけ、Kをじっと見つめた。謝るかわりにKは言った。

「すぐにおいとまします」

詫びごとではないので、弁護士はKの言葉を気にとめないふうだった。

「つぎからは、こんな遅い時間はごめんこうむります」

「ちょうどいいですね」

と、Kが言った。弁護士はいぶかしそうにKを見つめた。

「おすわりください」

と、弁護士が言った。

「ぜひにとおっしゃるのなら」

と言って、Kは椅子を小卓のそばに移して腰を下ろした。

「ドアに鍵をかけたようですね」

と、弁護士が言った。

「ええ」

Kは答えた。

「レニのせいです」

誰であれ、かばうつもりはなかった。弁護士がたずねた。

「またしつっこくしましたか?」

「しつっこく?」

Kがたずねた。

「ええ」

弁護士が笑った。とたんに咳の発作に襲われ、咳が治まると、またもや笑った。

「レニのしつっこさは、きっともうお気づきでしょう」

弁護士がKの手をつついた。うっかり小卓にのせていたのだ。Kはあわてて手を引っこめた。

「あまり気にとめておられないようですね」

Kが黙っていると、弁護士は言葉をつづけた。

「そのほうがいい。でないと、きっととっくに謝らなくてはならなかったでしょう。レニの変わったところで、わたしはもう慣れています。いまあなたが鍵をかけなければ、口にしたりはしなかった。レニの変わったところはですね、あなたに説明しようとは思っていませんでしたが、とても驚いていらっしゃるようですからお話ししておきます。あれの変わったところというのは、たいていの被告が気に入ってしまうことです。気がうつり、好きになり、それにみんなからも好かれるらしい。たのしませるためでしょうが、わたしが承知すると、おりおり話してくれますよ。あなたはどうやら驚いておられるようですが、わたしは不思議に思いません。ちゃんとした目をもっているなら、被告はたしかに美しい。それというのも、ある種独特の、いわば自然科学のようなあらわれであるからです。訴えられた結果ですが、外見に何かはっきりしない、何ともいいようのない変化が生じてきます。ほかの裁判沙汰とはちがっています。たいていはふだんどおりで、しっかりした弁護士に面倒をみてもらえば、裁判にさほど影響されない。それでも経験をつんだ者には、大勢のなかから被告をきちんと識別できるのです。どうしてか、とおたずねになるでしょう。わたしの答えが呑みこめないかもしれませんね。被告は並外れて美しいからです。被告を美しくしているのは罪のせいではないでしょう。なぜならば——少なくとも弁護士として申すわけですが——

被告のだれもが罪人じゃない。将来の罰が美しく輝かせているのでもありえない。だれもが罰せられるわけではないのですからね。とするとただ一つ、被告に課せられた審問のせいであって、それが身にまといついているからでしょう。美しい者たちのなかで、とりわけて美しいのがいるものです。ともあれ、誰もが美しい。ブロックですら、あの哀れなウジ虫ですら美しい」

弁護士が話し終えたとき、Kはすっかり感動していた。最後のくだりでは大きくうなずきさえした。日ごろ考えていることを、みずからで確認したようなものだ。弁護士がつねづね、そしてこのたびもまた、裁判とかかわりのない一般的なおしゃべりをして、実際にKの件で何をすべきかという主題からそらしてしまうのだ。Kがいま、いつもより抵抗するのを見てとったようで、Kに話をさせるために口をつぐんだ。Kが黙りこくっているので問いかけてきた。

「何か用があって来られたのですね?」

「ええ」

Kは片手をローソクの明かりにかざし、弁護士に目を据えた。

「今日かぎりで弁護を降りていただきたいと言いにきたのです」

「そういうことですか」

と、弁護士が言った。半身をベッドに起こし、片手を枕について支えている。

「そういうことです」

とKは答え、待ち伏せをしているように身構えた。しばらく間をおいて弁護士が言った。

「では、その予定を相談するとしましょう」

「もう予定ではないのです」

と、Kが言った。

「そうでしょうね」

と、弁護士が言った。

「それでもやはり、われわれとしてはあわてる必要はありませんよ」

弁護士は《われわれ》と言った。まるでKを手ばなさず、自分がもう弁護人でないにしても、少なくとも助言者にとどまりたいとでも言うふうだった。

「べつにあわてていませんよ」

Kはゆっくりと立ち上がり、椅子のうしろにまわった。

「よく考えました。考えすぎたかもしれません。もうすっかり決めたことです」

「ならば二、三、言わせてください」

弁護士は羽根ぶとんをとりのけ、ベッドのはしにすわった。白い毛のはえた素足が寒さのためにふるえていた。安楽椅子から毛布をとってくれるようにKに頼んだ。Kは毛布をもってきた。

「風邪をひくだけで無意味ですよ」

と、Kが言った。

「とても大事なことですから」

と弁護士は言って、上半身を羽根ぶとんでつつみ、足を毛布でくるみこんだ。

「あなたの叔父さんは友人だし、おつき合いするうちに、あなたも好きになりました。これははっきりと申し上げます。ちっとも恥じるところがないからです」

老いた人のこういった感動的な話し方は、Kには望むところではないのだった。よけいな説明をしなくてはならない。それはなろうことなら避けたいところであって、決心は変更しないにしても、こんなふうにきり出されると迷いが生じてくる。

「ご親切のほど、いたみいります」

と、Kは言った。

「これまでわたしの件で、いろいろ心を砕いてくださったことも、有利と思われることに取り組んでいただいたことも、よく承知しています。しかし、ちかごろ、それでは不十分だと思えてきたのです。わたしの見方よりも、ずっと年季が入って経験豊かなかたを説得しようとは思いません。そんなふうにとられたら、お赦しをいただきます。ことはいま、あなたご自身がおっしゃったとおり、とても大切です。わたしの考えでは、これまでよりも強力に訴訟に取り組まなければいけない時期にきているのです」

「わかります」

と、弁護士が言った。

「我慢できなくなったのでしょう」

「そんなことはありません」

Kは少しムッとしたが、相手の言葉にかかずらわないことにした。

「叔父といっしょにはじめてお訪ねしたとき、わたしが訴訟にあまり気が乗っていないのが目にとまったでしょう。いわば力ずくでしょっぴかれないと、すっかり忘れているところでした。あなたに弁護をお願いしたいと叔父が強く言うものですから、叔父の顔を立ててそのようにしたのです。ずっと簡単に訴訟が進むものだと思っていました。弁護士にゆだねたからには、訴訟の負担がなくなるように考えていたのです。結果は逆でした。あなたにお願いしてから、これまでになかった厄介ごとがつぎつぎに起きてきたのです。ひとりのときは自分の訴訟のために何もしなかった。それでも何の負担も感じなかったのに、弁護士を頼んだいまはまったく逆で、いつなんどき何が起きるかわからない。たえず気を配り、いつも緊張してあなたの出番を待っていましたが、そうはならない。あなたから訴訟に関するいろんな情報をいただきました。ほかのだれからも得られなかったものです。訴訟がひそかに、そしてひしひしと身に感じられるいま、そんなことでは満足がいかないのです」

Kは椅子を突き放すようにすると、両手を上着のポケットに入れて立ち上がった。

「実務がはじまってしばらくすると、いつもこうです」

弁護士は低い声で言った。

「いつもこうなります。当事者のうちのどんなに多くの人が、あなたのようにそこに立ちはだかって、同じように言ったことでしょう」

「とすると、依頼人はみんな、わたしと同じように正しかったわけです。それは反駁にはなりませんよ」

「べつに反駁したわけではないのです」

と、弁護士は言った。

「ただ、つけ加えたかっただけでして、あなたには、ほかの依頼者よりも判断力ってものを期待していました。ふつう被告側にするよりも、裁判のことやわたしの仕事をわかってもらうように努めてきたからにはなおさらです。にもかかわらず十分な信頼をかちえていなかったことがわかりました。心からお詫びしなくてはなりません」

自分の前で、なんと辞を低くしていることだろう！　こんな場合、もっとも名誉心が敏感だろうに、わが身の立場にも頓着しない。どうしてこれほどまでにするのだろう？　多忙な弁護士と聞いている。十分な資産をもっている。報酬が消えることや依頼人を失うことなど問題ではない。それに病身であって、むしろ仕事をへらそうと考えていた。にもかかわらず、Kをしっかりつかんでおこうとする。どうしてだ？　叔父との個人的なかかわりなのか。それともKの訴訟が実際に特異なケースであって、Kに対し――こちらの可能性のほうが強いかもしれないが――裁判所の仲間に対し、目にもの見せたいのだろうか。Kは遠慮会釈なく相手をさぐるように見つめたが、まるで判断がつかなかった。わざと一切の表情を殺して、自分のことばの効果を計っているようにも見える。しかし、つづいて話し出したところによると、あきらかにKの沈黙を都合よくとっていた。

「大きな事務所を構えているのに助手がいないのに気づかれたでしょう。以前はこうではなかったのです。ひところは何人かの若い人が手伝っていました。いまは一人です。一つには実務を変更したからで、しだいにあなたのケースのような訴訟沙汰を手がけるようになりました。いま一つには、そういった事例によって、ある考えがますます深まってきたからです。依頼人に対し、また引き受けた任務に対して罪を犯したくなければ、誰にもゆだねてはならないことに気がつきました。すべての仕事を自分ですませようと決めた結果、当然のことが起こりました。ほとんどすべての依頼を断わって、とりわけ気がかりなものだけに限らなくてはならない――世の中にはいろんな人間がいて、すぐまわりにも、わたしが捨てた食べかすにとびつくのがいましてね。その上、いろいろ気を張りすぎたせいか、からだをこわしてしまいました。でも、自分の決心を後悔していませんし、依頼人にしても、もっと断わっていたほうがよかったかもしれない。引き受けたものには全力を傾けたし、それはやむにやまれぬことだったわけで、結果が十分に報いてくれました。通常の裁判と、いま申したような裁判と、弁護のちがいをみごとに語った一文を読んだことがあります。それによると、さきの場合は、弁護士が被告を糸につないで判決までつれていくのに対して、あとの場合は自分の依頼者を肩にのせ、判決まで運んでから、下におろすことなく、さらに外に運び出すというのですね。そのとおりです。しかしわたしがこの大仕事を後悔していないかというと、そのとおりではないのですね。あなたの場合のように、まったく誤解されているとなると、後悔したくもなりますね」

話を聞いている間、Kは説得されるよりも苛立たしさを感じていた。弁護士の口調から、もし妥協をすると自分を待っているはずのことを聞きとったような気がした。またもや気やすめがはじまる。請願書が進んでいることの仄めかし、裁判所の心証はよくなったが、さらに待ち受けている厄介なことども――つまるところ、イヤとなるほど知ったことが、ふたたび漠とした希望に向かわせ、漠とした威嚇でもって苦しめるためにもち出されてくる。それは断固として阻まなくてはならない。そのためにもKは言った。

「これからも弁護ができるとなると、どんな手を打ちますか?」

失礼きわまる質問だが、弁護士は答えた。

「これまでにしてきたことを、さらにつづけますね」

「思ったとおりだ」

と、Kは言った。

「これ以上は何を言ってもムダですね」

「もう一つ試みてみるつもりです」

Kをいきり立たせたことが、Kではなく自分に起きたことのように弁護士が言った。

「つまり、思っているのですよ、わたしの弁護をまちがって判断しただけでなく、あなたが被告なのに扱いがよすぎたか、より正しくいうと邪険にされたか、一見のところ邪険なような扱いになったか、そんなことからあやまった行動に立ち至ったのではありますまいか。あとのケースにも理由があって、放免されているよりも鎖につながれているほうがいいこともあるのです。ついてはほかの被告がどんな取り扱いを受けているか、お目にかけるとしましょう。そこから何か教訓がくみとれるかもしれません。ブロックをこさせますからドアの鍵を開けていただこう。あなたは小卓のそばにすわってください」

「いいでしょう」

相手の言ったとおりにした。学ぶことならやぶさかでない。しかし、用心のためにたしかめた。

「弁護をお断わりしたことは覚えていらっしゃるでしょうね」

「はい」

弁護士が答えた。

「しかし、今日にも引っこめてもいいのですよ」

弁護士はまたベッドに寄りかかった。羽根ぶとんを顎まで引っぱって、壁に向かい寝返りを打った。呼び鈴が鳴った。

ほとんど同時にレニが入ってきた。すばやく一瞥して何が起きたのか知ろうとした。Kがゆったりとベッドのそばにすわっているのを見て、安心したようだった。自分をじっと見つめているKに向かい、ほほえみながらうなずきかけた。

「ブロックを連れておいで」

と、弁護士が言った。ところがレニは連れに行こうとはせず、ドアの前に出ただけで、そこから叫んだ。

「ブロック、おいで！」

弁護士が壁の方を向いていて気にとめないのを見すますと、レニはそっとKの椅子のうしろに回った。そのあと、椅子の背もたれにかぶさってみたり、両手でKの髪をそっとやさしくまさぐったり、頬を撫でたりして邪魔立てをした。やめさせるために、やがてKはレニの手を摑みとらなくてはならず、レニはしばらく抵抗したが、つぎにはあきらめた。

呼ばれたのに対して、ブロックはただちにやってきたが、ドアの前で立ちどまった。入るべきかどうか思案しているようだった。眉をつり上げ、首をかしげていた。再度、弁護士からの指示を待っているかのようだった。入ってくるようにと、Kが声をかけてもよかったのだが、しかし、弁護士だけでなく、この家のことすべてと終わりにしたいと決めていたので、Kはそのままじっとしていた。レニも黙っていた。誰からも追い払われないことだけはわかったので、ブロックはひきつった顔で、両手をうしろでわななかせながら、つま先立って入ってきた。用心のためらしくドアは開けたままにしていた。Kにはまるで目をやらず、大きく盛り上がった羽根ぶとんを見つめていた。壁ぎわにひたと身を寄せているので、弁護士の姿が見えない。とたんに声がした。

「ブロックだな?」

用心深く近づいていたブロックは、胸と背中にひと突きをくらったようによろめいた。すぐさま立ちどまり、深々と身をかがめた。

「おおせのとおり」

「何用だ?」

弁護士がたずねた。

「間の悪いときにやってくる」

「お呼びではなかったですか?」

弁護士ではなく自分に問うようにブロックが言った。身を守るように両手を前に差し出し、へっぴり腰をしている。

「呼んだとも」

と、弁護士が言った。

「しかし、おまえは間の悪いときにやってくる」

ひと息おいてからまた言った。

「いつもそうだ」

弁護士に声をかけられてからずっと、ブロックはベッドから目をそらし、どこか部屋の隅を凝視していた。相手が眩しすぎて、目がくらむというふうで、ただひたすら聴き耳を立てていた。それでも聴きとるのはむずかしい。弁護士は壁を向いており、声をひそめ、早口で話したからだ。

「おいとましたほうがよろしいでしょうか？」

と、ブロックがたずねた。

「来たんだろう」

と、弁護士が言った。

「ならば、そこにいろ！」

弁護士から承諾されたのではなく、鞭か何かで脅されたように、ブロックはわなわなとふるえはじめた。

「昨日、第三位の裁判官のところにいた」

と、弁護士が言った。

「親しい男だ。それで話をやんわりとおまえのことにもっていった。彼が何と言ったか、聞きたいか？」

「どうか、おねがいします」

と、ブロックが言った。弁護士がすぐに応じなかったので、ブロックは再度懇願して、這いつくばるように前かがみになった。とたんにKが声をかけた。

「何をしている？」

大声をあげた。レニがとめようとしたので、Kがその手をつかんだ。きつく握りしめたのは愛のしるしではなかった。レニはなんども溜息をついて、手をもぎはなそうともがいた。Kの呼びかけに対して、罰をくらったのはブロックだった。弁護士が詰問したのだ。

「おまえの弁護士はだれだ？」

「あなたさまです」

と、ブロックが答えた。

「ほかに？」

弁護士がたずねた。

「いません」

と、ブロックが言った。

「ならば、だれの言うことにも耳をかすな」

ブロックはすぐさま了解して、険しい目つきでKをじろじろと見つめ、ついで烈しく首を振った。その身振りを言葉に換えるなら、手ひどい罵りだったにちがいない。こんな人間と、自分の一件を親しく話すつもりでいたのである！

「もう邪魔はしませんよ」

椅子によりかかってからKが言った。

「這いつくばるなり、四つん這いになるなり、好きなことをすればいい。もう気にしない」

少なくともKに対しては誇りがあるらしく、ブロックは拳で殴りかかるしぐさをして、弁護士の前で出せるかぎりの声をはりあげた。

「そんな口をきくなんて、我慢ならん。どうして人をバカにする？　弁護士さんがおられるじゃないか。あなたにしてもわたしにしても、お情けでここにいられるだけじゃないか。わたしよりも自分を上等に思っているのか。同じく告訴されている、訴訟を起こされた身じゃないか。自分だけは、まだいっぱしの人間のつもりなら、わたしだってそうだ。まったく同等だ。だからあなたにも同等に話してもらおう。自分はそこにすわっていて、聞き役でいられる。いっぽうわたしは、いまの言いぐさを借りるなら四つん這いになっている。それで鼻をうごめかしているのなら、古い格言を教えてやろう。容疑者にとっては安楽よりも行動がよしというのだ。安住している者はそれと知らず秤の上にのっていて、おのれの罪を計られている、というのだ」

Kはものも言わず、じっと目を据えて、このあわてふためいた男を見つめていた。ほんのひとときのあいだに、別人のように変わってしまった！　こんなにとり乱して、敵も味方もわからないのは、やはり訴訟のせいなのか？　弁護士がわざと手ひどく扱っているのがわからないのか。Kの前で自分の力を見せつけ、あわせてKを屈服させようという下ごころあってのことにちがいない。それすらもわからないのか、それともひたすら弁護士を恐れているのか。もしそうだとすると、一方では巧妙かつ大胆に弁護士を欺き、そしらぬふりをしてべつの弁護士を雇っているしだいがわからない。Kに秘密を洩らされかねないので、それで嚙みついてきたのだろうか。それでも足りないとでもいうように、ブロックはベッドに近づくと、Kのことで訴えはじめた。

「弁護士さん、なんてことでしょう」

ブロックが言った。

「この男の言ったことを、お聞かせしたいものです。まだ裁判をはじめたばかり、ほんの新参者のくせに、わたしに教えを垂れようとしたのです。五年も裁判をつづけてきたわたしにです。しかもわたしを罵った。何も知らないくせに罵った。かなわぬまでも全力をつくして学び、礼節、義務、慣例の何であるかを習得したわたしを罵ったのです」

「他人のことにかまうな」

と、弁護士が言った。

「おまえが正しいと思うことをしろ」

「いかにも」

自分を励ますようにして答えると、チラリとわきを見てからベッドのすぐそばにひざまずいた。

「おおせのとおり」

と、ブロックが言った。弁護士は口を結んでいる。ブロックはそっと羽根ぶとんを撫で上げた。あたりがしんとした。とたんにレニがKの手をもぎはなすと声を上げた。

「痛いじゃないの、はなしてよ。ブロックのところへ行くわ」

Kのそばを離れ、ベッドのはしに腰を下ろした。ブロックはよろこび、口は閉じたままでせわしなく身振りをして、弁護士に対し加勢をしてくれるように頼んだ。あきらかに弁護士から洩らされる情報を欲しがっていた。ほかの弁護士に活用させるためにちがいない。レニは弁護士の扱い方をよく知っており、弁護士の手を指さして、キスの形で唇をつき出した。ブロックはただちに弁護士の手に口づけをして、さらにレニにいわれるまま二度にわたり口づけをくり返した。しかし、弁護士はなおも口をつぐんでいる。これを見て、レニがかぶさるように身をかがめた。伸び上がったので、きれいなからだが剥き出しになった。そのまま顔を沈めるようにして弁護士の長い白髪に手をのばし、返答をせがんだ。

「告げてやっていいものやら」

と、弁護士は言った。そして首を振ったが、もっとレニの手に触れてもらいたいせいであるのが見てとれた。ブロックは祈りのときのように頭を落として聞き耳を立てた。

「どうして思案なさるの?」

と、レニが言った。Kにはそれが練習ずみの会話のような気がした。すでになんどもくり返されたこと、さらにこれからもくり返されるやりとり。ただブロックにだけ、それなりの新味がある。

「今日、こやつはどうだったのか?」

弁護士は答えるかわりに問いかけた。レニは何か言う前にブロックを見やって、しばらくじっとしていた。するとブロックが両手を上げ、懇願するように揉みはじめた。レニはむつかしい顔をしてうなずき、弁護士に向き直った。

「おとなしく勉強しました」

年季の入った商人なのだ。立派な髭をはやした男が若い娘に、お行儀のよかったことの証言を求めている。わきから見るとどんなに滑稽か、思い及ばないのだろうか。見る者に目を覆わせる光景だ。こんな芝居をやらかして依頼人をつなぎとめようなどと、弁護士は本気で思っているのか。ひとたび手にすれば、こんな芝居で手にしつづけられる。弁護士の手口である。Kには幸いにも、早々と打つ手がついた。顧客ではなく、弁護士の犬である。犬小屋のようにしてベッドの下を指示されれば、いそいそともぐりこむ。もはやはとどのつまり、いいようにされ、訴訟の行く末ずっとこの道を引っぱりまわされたがるわけだ。言われたとおりに吠えもする。Kはまるでここで話されることすべてを記憶にとどめ、より高い場で証言席について証言する役目をおびたかのように、耳をすまし、注意深く聞いていた。

「今日いちにち、こいつは何をしていた?」

と、弁護士がたずねた。

「わたしの邪魔をさせないために、女中部屋に入れておきました」

レニが答えた。

「いつもいるところ。ときおり覗き穴から見てたけど、ずっとベッドの上にひざまずいて、あなたが貸し与えた文書を窓のところにひろげて読み耽っていました。とてもいい子でした。窓は通気穴に面していて光が入らないけど、ブロックはじっと読んでいました。とてもおとなしかった」

「それは結構」

と、弁護士が言った。

「理解して読んでいたのか?」

やりとりのあいだ、ブロックは忙しく口を動かしていた。レニに言って欲しいことを口まねしている。

「はっきりとはいえませんが、きちんと読んでいたことはたしかです。一日中、同じページを読んでいて、読みながら一行ずつ指でたどっていました。わたしがのぞいたときは、いつも溜息をついていました。読むのに苦労していたのでしょう。あの文書は、とてもむずかしいのではありませんか」

「そうとも」

と、弁護士が言った。

「いずれにしても難解だ。こやつが少しでも理解するとは思えない。弁護のために、どんなにむずかしい闘いをしているか、それをわからせるだけでいい。だれのために闘っている? あらためて言うのもおこがましいが、このブロックめのためだ。それがどういうことか、わからせるためにも闘っている。きちんと学習していたのだな」

「おおよそはそうでした」

と、レニが言った。

「のどが渇いたというので、いちど覗き穴から水をわたしてやりました。八時に外に出して少し食べさせました」

ブロックは横目でKに、自分がほめられているのを拝聴しろというような合図をした。吉報を期待しているらしく、勢いよく身もだえして、ひざまずいたまま前後にからだを動かした。それだけになおのこと、弁護士のつぎの言葉に全身をこわばらせた。

「おまえはほめてやった」

と、弁護士は言った。

「だから、あとが言いにくい。裁判官はいいことは言わなかった。ブロック当人についても、裁判のことにもだ」

「いいことを言わなかった?」

と、レニがたずねた。

「どうしてかしら?」

ブロックは食い入るような目つきでレニを見つめた。レニには裁判官の言葉を、いいように変更できる力があって、それにすがるとでもいうふうだった。

「いいことは言わなかった」

と、弁護士がまた言った。

「ブロックのことを話題にすると、不快そうな顔になった。《やつのことはいうな》と、彼は言った。《依頼されております》と、わたしは言った。《気が好すぎる》と、彼は言った。《ダメとは思っていない》と、わたしは言った。《気が好すぎる》と、彼はくり返した。《そうは思わない》と、わたしは答えた、《ブロックはとても裁判に打ちこんでいて、用意を怠らない。わが家に住んでいるも同然で、研鑽につとめている。これほどの熱意は、そうあるものでない。たしかに人間的には良からぬ人物であって、態度、物腰はみっともないし、汚ならしい。しかし、裁判の見地からいうと、文句なしだ》。つまり文句なしといったのは、わざと大げさにいったわけだ。すると彼は言った、《ブロックはずるいだけだ。いろいろ経験して、訴訟を長びかせることは知っている。だが、狡猾さよりも無知のほうがはるかに大きいのだ。やつの裁判がまだはじまってもいないと知ったなら、さて、どう言うやら。裁判の開始を告げる鐘が鳴らされてもいないと知ったら、どうだろう》。こら、ブロック、おとなしくしろ」

弁護士が叱りつけた。ブロックがひざまずいたまま、フラフラとからだをもたげたからだ。あきらかに説明を求めていた。弁護士はやっと、まともにブロックに向き直った。疲れた目でぼんやりとブロックを見下ろした。その目に見つめられ、ブロックはおずおずと身を沈めた。

「裁判官の言うことは、おまえには意味がない」

と、弁護士が言った。

「言われたからといって、びっくりすることはない。いつもこんなザマだと、もう話してやらないぞ。ひとこと言われただけで、最終判決が下されたような顔をする。顧客が前にいるのに困ったことだ！　頼りがいがないと思われるじゃないか。何をしてほしいのだ？　ちゃんと守ってやっているではないか。意味のない心配はよしにしろ！　どこかで読んだりしただろう、最終判決はしばしば、不意にやってくるってことだ。思ってもみなかったときに、思ってもみなかった人から告げられる。留保つきとはいえ、まちがいではない。しかし、おまえの不安が余計なことであることもたしかであって、当然の信頼の欠けているしるしではないか。わたしが何を言ったというのだ。裁判官の言ったことを取りついだだけ。訴訟の経過についてはさまざまな見方があって、見通しが立たない。たとえばいま話題にした裁判官は、裁判のはじまりということについて、わたしとは見解がちがうのだ。意見の相違であって、それ以外の何ものでもない。訴訟がある段階に入ると、古くからの習わしで鐘が鳴らされる。この裁判官の見方では、そのときに裁判がはじまる。反対意見も多々あるが、それをいま述べるわけにいかないし、話してもわかりはしまい。反対意見があるということさえわかればいい」

ブロックはとまどったように、指でベッドの覆いになっている毛皮をひっかいていた。裁判官の言葉を伝えられ、不安のあまり、いっときにせよ弁護士への恭順を忘れたぐあいだった。ついで思い直したように、いま言われたことを思案している。

「ブロック、やめなさい」

レニが叱りつけ、ブロックの上衣の襟をつかんで持ち上げた。

「毛皮にさわっちゃあダメ。ちゃんと話を聞くの」

大聖堂にて

銀行にとってきわめて大事なイタリア人顧客が訪ねてきて、はじめて街に滞在する。ついては当地の芸術的記念物を案内する役がKにまわってきた。いつもなら身にあまる光栄と思うところだが、銀行内の体面を保つのに汲々としている今日このごろなのだ。しぶしぶながら引き受けた。仕事以外のことに手をとられている時間が不安でならない。銀行にいるあいだ、以前のように集中できず、かなりの時間が、せっぱつまっての見せかけ仕事ですぎていた。それだけになおのこと、銀行にいないときのことが気がかりだった。頭取代理がすきをうかがっているようで、おりにつけKの部屋にやってくる。書類をかきまわし、Kが年来親しくしてきた客を迎え入れ、何やら画策しているらしいのだ。仕事中もKはいまや、いろんなことに脅かされており、そのため避けようのない手抜かりを、頭取代理が押さえているかもしれない。そのため、有無をいわさず出張を命じられたり、商用を申し渡されると――たまたまだろうが、このところ、そういった用向きが多いのだ――そんなときはいつも、しばらく自分を執務室から遠ざけて仕事を点検しているのではないか、少なくとも、どうしてもいなくてはならない人間とはみなしていないのではなかろうか、といった思いに駆られてならない。出張や商用の大半は断わろうとすれば断われたのだが、しかし

Kはあえて断わらなかった。というのは自分の想像が少しでも正しいとすると、依頼を断わるのは恐れを告白しているのにひとしいからだ。そんなわけで、Kは依頼があれば、何でもないことのように引き受けた。二日にわたる厄介な出張旅行をいわれたとき、ひどい風邪をひいていたが、あえて風邪のことは黙っていた。それをいうと、雨もよいのひどい秋の天候を理由に引きとめられそうであったからだ。割れるような頭痛をこらえて出張からもどってくると、翌日にもイタリアからの顧客に同行する役まわりが定まっているのを知った。せめてこのたびはごめんこうむりたいとKは思った。この用向きは仕事と直接関係したものではないし、たとえイタリア人銀行家を接待するのが大切なことであれ、それはKにはかかわりがない。仕事の上での成功によってのみ体面が保てるのであって、たとえ同行して心ならずも大いに気に入られようとも、まるで意味のないことなのだ。たとえ一日といえども、これ以上、仕事の場から外れていたくなかった。もう元にもどれないのではないかという恐れが、ひしひしと身に迫ってきた。自分でもそれは気に病みすぎだとわかっていたが、しかし、やはり思わないではいられない。とはいえ、このたびは断わる口実が一向に見つからないのだった。Kのイタリア語はお粗末であれ、とにかくできるとなっていたし、それにKはつねづね芸術通とされていた。多少とも大げさに銀行内部でいわれていたにせよ、ひところ、街の記念物保存会の会員であったことは事実なのだ。もっとも、それとても業務上から入会したまでのことだが、このたびのイタリア人が相当の芸術好きと伝えられているからには、Kがお相手するのは当然とされていた。

その朝はひどい雨だった。これからの一日に対し、こみ上げてくる腹立ちを呑みこんで、Kは早朝七時に出勤してきた。出かける前に少しでも仕事をすませておきたかったからである。ひどく疲れていた。多少なりともの備えを考え、夜おそくまでイタリア語の文法書を開いていたからだ。このところ、しげしげと窓ぎわで過ごしており、またしてもそこでぼんやりしていたいと思ったが、強いて自分を励まして仕事にとりかかった。ところが間の悪いことに、仕事にとりかかったとたん、小使が入ってきた。支配人が在室かどうか見てくるように頭取から言われたという。在室のようなら、応接室まで来てほしい。イタリアからの客がすでに到着している。

「すぐに行く」

と言うなり、Kは小さな辞書をポケットに入れ、用意していた名所アルバムを小脇にして、頭取代理の部屋を通り抜けて頭取室に向かった。早朝に出勤してきたかいがあった。予期していなかったことであれば、頭取代理はまだ出勤していず、部屋は当然のことながら、真夜中のようにひとけがなかった。おそらく頭取は頭取代理も応接室へ呼んだはずだが、応じる主（ぬし）はいなかった。

　Kが応接室に入っていくと、ゆったりと安楽椅子にすわっていた二人が立ち上がった。頭取がにこやかにほほえみかけてきた。Kが駆けつけてくれたことを、ことのほかよろこんでおり、すぐに紹介した。イタリア人はKの手を力強く握りしめると、笑いながら、誰やら早起きの人物のことを言った。それが誰のことなのか、Kにはわからなかった。しかも奇妙な言い方が使われたので、すぐには何のことやら呑みこめなかった。Kが単純な言いまわしで返事すると、イタリア人はまたもや笑いながら聞いていた。そのあいまになんどかせわしなく、青味がかった灰色のモジャモジャした髭に手をやった。髭にはあきらかに香水がつけてあり、近づいてクンクン嗅ぎたいほどだった。三人とも腰を下ろし、なにげないやりとりがはじまったとたん、不愉快なことにKは気がついた。ほんの片ことしかイタリア人の言うことがわからないのだ。きわめてゆっくり話されると、ほぼわかったが、それはごくたまのことで、たいていは相手の口から勢いよくあふれ出すようで、当人もそれがたのしくてたまらないらしく首を揺らせた。そんなときはきまってどこかのイタリア方言がまじりこみ、Kにはまったく手に負えなかった。ところが頭取はその方言を理解するだけでなく、自分でも口にした。そのうちKは思い当たったのだが、このイタリア人はイタリア南部の出身で、頭取は何年か、そちらにいたことがある。いずれにせよKは、イタリア人と意思を通じる可能性が大幅に奪われたことを思い知った。フランス語のほうもほとんど通じない。唇が見えればいくらか助けになるのだが、髭が邪魔をする。前途多難を思わないではいられなかった。ともあれ、さしあたりは、とりたてて理解しようとしなくてもよかった。――すらすら相手ができる頭取がいるのであれば、無意味な努力というものだ――そんなわけで、Kは不快をこらえながら、ただ相手を観察していることにした。イタリア人は深々と、ともあれ気楽そうに安楽椅子に腰を落とし、丈の短い、派手なスタイルの上衣をつまんだかと思うと、急に腕を差し上げ、手首をくねくねと動かして何やら描いてみせる。Kは前かがみになってじっと見つめていたが、何のことかわからない。視線だけ動かしておしゃべりを追っているうちに、もともとの疲労が顔を出して、つい放心のまま、あやうくやにわに立ち上がって、まわれ右をして出ていきそうになり、ハッとしてすんでのところで自分をおしとどめた。ようやくイタリア人が時計に目をやり、あわてて腰を上げた。頭取と別れを告げてから、抱きつかんばかりに向かってきたので、Kはたじたじとして安楽椅子をうしろに押しやった。相手のイタリア語に対してKの目に困惑の色があるのを頭取は見てとると、さりげなく口をはさんだ。なんとも巧みな口のはさみ方で、ほんのちょっと助言をしただけのような感じだったが、実際のところはイタリア人があれこれしゃべりちらしたのを、ごく短くとりまとめてKに伝えたのだ。おかげでKは了解がついた。イタリア人にはさしあたってはまだ少々仕事があること、そのあとも残念ながらあまり自由な時間はなく、ついては名所旧跡を駆けまわるようなことはしたくない、むしろ――この点、Kが承知してくれるならばの話であるが――見るのは大聖堂だけにして、そのかわりじっくりと見物したい。かくも常識あって心やさしい人――つまりKのことであって、当人はひたすらイタリア人のおしゃべりを聞きすごし、かたがた頭取の言葉を聞きとろうとしていたのだが――その人の案内で見物できるのは、この上ないよろこびであって、もしよければ二時間ばかりのち、つまり十時ごろに大聖堂で落ち合うのはいかがなものか、自分はその時間に必ずやそちらに出向いているであろう。応じてKが承諾を伝えると、イタリア人はまず頭取と握手をして、つぎにKと、さらにまた頭取の手を握り、二人につきそわれ、それでもなおおしゃべりはやめずにドアのところに来た。見送ったあと、Kはしばらく頭取とそこに佇んでいた。頭取は今日、とりわけ申しわけなさそうな顔をしていた。Kに詫びなくてはならないように思っているようで――ともに身を寄せるようにして立っていた――みずからイタリア人を案内するつもりでいたのだが、しかし――といって頭取はくわしい理由はあげなかった――むしろKにゆだねることにしたのだという。はじめはイタリア人の言うことがわからないだろうが、それでたじろぐ必要はなく、すぐにわかるようになるものだし、それにわからなくても、さして困ったことではないのであって、イタリア人はわかってもらうことに頓着しないものだ。それにKのイタリア語は抜群であって、文句なしに用は足せるだろう。そういったことで頭取と別れた。時間があいたので、Kは大聖堂の案内に必要と思われる言葉を辞書から書き出すことにしたが、なんとも手のかかる作業だった。その間にも小使が郵便物を配ってきた。職員が相談にくる。Kが忙しくしているのを見るとドアのところで待っていて、Kが応じるまでそこを動かない。頭取代理はKが気になってならないらしく、なんども入ってくると、Kの手から辞書をとって意味もなくページをくったりした。控え室のドアが開くたびに、薄明かりのなかに関係者が顔を見せ、おずおずと頭を下げた。目にとまったかどうか判断がつかない——そんなことがKを中心にしてくりひろげられていた。Kは必要と思われる言葉を書きとめ、辞書で探して発音をくり返し、暗記につとめた。以前は抜群の記憶力を誇っていたものだが、すっかり低下してしまったようである。こんな苦労のタネをもってきたイタリア人に対し、むらむらと腹が立ってきて、もう下準備などするものかと心を決め、辞書を書類の下につっこんでみたりしたが、しかしながら大聖堂の記念物の前を、押し黙ったまま連れまわすわけにもいかないことに気がついて、なおのこと腹立ちをつのらせながら、ふたたび辞書をとり出した。

九時半になったので出かけようとしたとき、レニから電話がかかってきた。朝の挨拶のあと、調子を問われたので、いまは話をするヒマがない、大聖堂へ行かなくてはならないからと答えると、レニがたずねた。

「大聖堂?」

「そう、大聖堂」

「どうして大聖堂などに?」

Kが手短に説明しようとすると、レニが突然、口をはさんだ。

「あの人たち、あなたを追い立てている」

求めたわけでも、予期していたわけでもない慰めは無用であって、Kはそっけなく電話を切った。受話器をもどしながら、半ば自分に、半ばはもう聴いてはいない若い女に呟いた。

「そう、やつらに追い立てられている」

いつのまにか時がたっていて、うっかりすると遅れかねない。車で行くことにしたが、あやうく写真アルバムを忘れるところだった。さっきは渡しそこねたので、持参することにした。車を急がせているあいだ落ち着かず、膝にのせたアルバムを指先でたたいていた。雨は弱まっていたが、湿っぽく、寒々としていて、暗いのだ。大聖堂ではろくに何も見えないだろう。冷たいタイルに長いこと突っ立っていれば、風邪がひどくなるのが目にみえている。

ドーム前の広場にはひとけがなかった。Kはふと思い出した。子供のころ、立てこんだ広場のまわりの家々は、ほとんどいつも窓にカーテンが下りていて、それが気になってならなかった。今日のような天気では、なおのことカーテンが下りていた。大聖堂のなかも、ひとけがないようだった。むろん、こんなときに訪れようなどと誰も思わない。Kは両側の側廊を見てまわった。年とった女がひとり、暖かそうな布で身をくるんで聖母像の前にひざまずき、じっと見上げていた。はなれたところに教会守りがいて、足をひきずりながら壁のドアに消えた。Kは時間ぴったりに来た。入ってきたとき、十一時が鳴った。イタリア人はまだ来ない。Kは正面入口に引き返し、しばらく心を決めかねて佇んでいた。それから雨のなかを建物のまわりをひとめぐりした。ひょっとするとイタリア人が、側面の入口のどれかで待っているかもしれないと思ったからだが、どこにもいなかった。頭取が時間を聞きちがったのだろうか？　ああいう人間の言うことを正しく聞きとるのは至難のわざだ。たとえそうであれ、少なくとも三十分は待っていなくてはなるまい。疲れていたので、Kはすわりたかった。ふたたび大聖堂に入り、小さな絨毯のような切れはしを見つけ、爪先で近くのベンチの前にもってきた。外套にかたく身をつつみ、襟を立て、腰を下ろした。

気ばらしにアルバムをひらき少しページをくってみたが、ほどなくパタリと閉じた。まわりが暗すぎたからだ。顔を上げたが、すぐ近くの側廊ですら、ほとんど識別がつきかねた。

はるか向こうの主祭壇にローソクの炎による大きな三角形がキラキラしていた。入ってきたときすでに目にしていたかどうか、自分ながらはっきりしない。たぶん、ついいましがた、灯されたのだろう。教会守りは仕事柄、足音をたてないので、気づかないものなのだ。なんの気なしにKが振り返ると、うしろのすぐのところの支柱のそばに、背の高い、太いローソクが立ててあって、それも火が灯されていた。たいていは暗闇のなかに下がっている祭壇画を照らすためのもので、赤々と燃えていたが、それでも明るくするには足りず、むしろまわりの暗さをきわ立たせている。約束したのにやって来ないとは無礼でもあれば、バカげたことでもあったが、たとえ来ていても何も見えず、せいぜいKの懐中電灯で照らして、手さぐりするように見ていくしかない。それでどれほど効果があるものか試そうとして、Kは近くの小さな礼拝室へ行き、いくつか石段を上がって、背の低い大理石像のところにくると、その上にかがみこむようにして、懐中電灯で祭壇画を照らしてみた。いつも灯されているローソクの明かりが邪魔をした。まず目に入り、そこからたどったところでは、大きな甲冑姿の騎士だった。荒涼とした地面に——草の葉がそこ、ここに顔を出しているだけ——剣を突いて、それに身を支えていた。目の前でくりひろげられていることを、注意深くながめているらしい。突っ立ったままで近づいていかないのは不思議だが、見張りの役まわりなのかもしれない。Kはながらく絵など見てこなかったので、しばらく騎士をうちながめていた。懐中電灯の青い光が目ざわりで、たえずまばたきしていた。ほかのところに光をすべらせると、キリストの埋葬が浮かび出た。お定まりの図であるが、わりと最近の絵のようだった。Kは懐中電灯を収め、さきほどの席にもどった。

イタリア人を待ちつづける必要は、もうおおよそなくなっていたのだが、外は滝のような雨になっているし、内部は思いのほか寒くはないので、しばらくはこのままここにいることにした。近くに大きな説教壇があって、その小さな半円の屋根に半ば横たえたかたちで、装飾のない金色の十字架がいくつかとりつけてあり、鋭く尖った先端が交叉していた。胸壁がうねって支柱に移っていくところに緑の葉の文様があって、それを小天使がうれしそうに、べつの天使はゆるやかにつかんでいた。Kは説教壇に近づき、まわりを調べてみた。しごく丁寧に石が刻んであり、葉飾りと背後とのあいだの深い闇は、わざとしっかりしつらえたようだった。Kはその穴に手を入れ、石を注意深く撫でていった。これまでここに説教壇があるなどのことに、まるで気づかなかった。このとき、となりの長椅子の列のうしろに教会守りが立っているのが目にとまった。ヒダのある黒い長衣姿で、左手に嗅ぎタバコ入れをもち、Kをじっと見つめている。

(何のつもりだ?)

と、Kは思った。

(あやしんでいるのか、酒代でも欲しいのか?)

教会守りはKに気がつくと、右手の二本の指につまんだ嗅ぎタバコを持ったまま、どこともしれぬ辺りを指した。不可解な動作で、Kがなおしばらく待っていると、なおもどこやらを指しつづけ、さらにしきりにうなずきかけてくる。

「何を言いたいのだ?」

Kは小声でたずねた。大声を出すのは、はばかられた。それから財布を取り出して、前の長椅子をすり抜けて近づこうとした。しかし、教会守りはすぐさま手で押しとどめ、肩をすくめると、足をひきずりながら歩き出した。せわしなく足をピョコつかせる歩調を、Kは幼いとき、乗っていた馬にやらせようとしたことがある。

（耄碌(もうろく)している）

と、Kは思った。

（教会のお守りがせいぜいなんだ。そのくせ、こちらが立っていると同じように突っ立っていて、ようすを見張ってやがる）

うす笑いを浮かべてKは年寄りのうしろにつき、側廊を通り抜けて、ほとんど主祭壇の下まできた。教会守りはいぜんとして何かを指していたが、Kはわざと振り向かなかった。指し示しているのは、要するに自分のあとにつくのをやめさせるためのようだった。とどのつまり、Kはそれに従った。相手を不安がらせたくなかったし、それに遅れればせながらイタリア人がやってきたとき、この幽霊のような爺さんを見せるのも一興だろう。

写真アルバムを置いたままにしてきた。その席を探して会堂の中廊に入ったとき、祭壇合唱隊の長椅子とくっつきかげんの支柱のわきに、補助の小さな説教壇があるのに気がついた。簡素なつくりで、装飾ひとつなし。ごく小さいので、はなれたところからだと、聖人像を収める壁龕(へきがん)のように見える。狭いので説教師は胸壁からほんの一歩も下がれないだろう。しかも石の屋根がへんに深く飾りひとつないままかぶさっていて、並の背丈の人でも立つのはむずかしく、ずっと胸壁の上に身をかがめていなくてはならないだろう。説教師をいじめるためのようなつくりで、どうしてこのような説教壇があるのか、わけがわからない。ほかにいくつも大きな華麗な装飾つきがそなわっているからだ。

上にランプがともされていなければ、Kはむろん、この説教壇に気づきはしなかった。説教がはじまる前の用意そのままである。このひとけのない教会で、実際に説教が行なわれるのだろうか？　Kは足元の階段を見つめた。支柱にとりつけた回り階段だが、あまりに狭いので、上がるためというより、支柱の装飾のようでもある。ところが説教壇の下のところに、実際に聖職者が立っていた。Kはびっくりして、笑みを浮かべた。相手は手すりに手を置き、いまにものぼっていく姿勢をとっている。Kに目をやって、軽くうなずいた。応じてKは十字を切ると、頭を下げた。もっと早くにしておくべきことだった。聖職者は少しはずみをつけ、つぎにスタスタと早足で回り階段をのぼっていった。ほんとうに説教がはじまるのか？　教会守りはまんざら無意味なしぐさをしていたわけではなく、ひとけない教会であれば、せめてもKを説教師の方へ導こうとしていたのかもしれない。マリアの像の前に老いた女がいるので、お仲間にすればいい。それにしても説教があるとすれば、どうしてオルガンが演奏されないのか。それは沈黙のまま、大きな高みの闇のなかで鈍い光を放っていた。

すぐにもこの場から去るべきではないかとKは考えた。いまそれをしなければ、説教がはじまってしまうと、去るわけにいかない。説教がつづいているあいだ、ここから動けない。朝っぱらから、ずいぶん無駄な時間を費やした。イタリア人を待つ義務は、もうとっくに失せている。Kは時計を見た。十一時だった。それにしても、ほんとうに説教が行なわれるのだろうか？　Kひとりが聖堂区の信者というわけか？　見物したいだけの異邦人だったらどうなのか？　つまるところKもまたそんな一人にほかならない。十一時といった時刻、それも週日のひどい天候のもとで説教があると考えること自体がバカげている。聖職者

――髭がなく、暗い顔つきの若い男は、あきらかに聖職者にちがいない――はまちがって灯されたランプを消しに上がっただけではないのか。

だが、そうではなかった。彼は明かりを検分して、炎を大きくしさえした。ついでゆっくりと手すりに向き直ると、角ばった縁どりを両手でつかんだ。そんな姿勢でしばらく突っ立ち、顔を動かさないまま、あたりを見まわした。Kはかなりうしろに下がり、いちばん手前の長椅子に肘をついた。どこともさだめず、とりとめもなく目をやると、教会守りが役目を果たして安心したように、背中を丸めてしゃがみこんでいるのが見えた。あたりはなんと静まり返っていることだろう！　だが、Kはその静けさを破らなくてはなるまい。ここにとどまっているつもりはなかった。時間がくると、まわりの事情にかかわりなく説教をするのが聖職者のつとめであれば、そうすればよかろう。Kがいなくてもできることだし、いたからといって効果が高まるものでもない。Kはそっと動いた。つま先で長椅子をたしかめ、広い主廊にくると、からだを起こして歩きだした。足を忍ばせても石の床が音をたて、かすかではあれたえまなく、一定の間をとって天井からこだましてくる。聖職者はじっと見つめているにちがいなく、そのなかで人影のない長椅子の列を抜けていくのは、少々心ぼそい気がした。大聖堂そのものが、我慢の限界にまで達するほど大きく思えた。さきほどの席のところにくると、置き去りにしていた写真アルバムに手をのばし、すばやくつかみとった。長椅子の列から出て、そこから出口までの広いところにさしかかったとき、はじめて聖職者の声がした。くぐもった強い声だった。広大な聖堂いっぱいにとどろきわたった！　聖職者がよびかけたのは聖堂区の信者ではなかった。相手は、はっきりと名指しした。もはや逃れられない。彼は叫んだ。

「ヨーゼフ・K！」

Kは立ちどまり、すぐ前の床を見つめた。さしあたりまだ自由だった。かまわず歩いていって、細目に開いている三つの小さな暗い木の扉の一つから出ていける。声がわからなかったか、あるいは聞きとどめたが気にとめなかったということ。ひとたび振り返れば、つかまったことになる。声を聞きとどめ、自分が呼ばわれた者であって、その声に従うことを告白するようなものだ。聖職者がもういちど呼ばわったなら、Kはトットと歩き出していたろう。しかし、Kがじっとしているあいだ、まわりは静まり返っていた。Kは少し首をかしげた。聖職者が何をしているのか、見ておきたかったからである。さきほどと同じように、ゆったりと説教壇に立っていた。Kが少し頭(こうべ)をめぐらしたのに気づいたことはあきらかだった。もしKがいま首をすくめたままでいるなら、子供っぽい隠れ遊びというものだった。Kは大きく振り向いた。とたんに相手が近寄るように手で合図をした。いまやすべてがはっきりした。Kは大股で——好奇心のせいであり、また手間を省きたい気持もあって——走るように説教壇の方へやってきて、最前列の長椅子のところで足をとめた。聖職者にはまだ離れすぎと思えたらしく、手をまっすぐのばすと、人差指を鋭く曲げて、説教壇のすぐ前を指示した。Kは指示に従ったが、その場からだと聖職者を見上げるために、からだをそらせなくてはならない。

「ヨーゼフ・Kだね」

聖職者が言った。手すりの上で片手を曖昧に動かしている。

「ええ」

と、Kは答えた。以前なら、いつも自分から名乗ったことを思い出した。しばらく前から厄介なことに、はじめて会った人がすでに名前を知っている。まず自己紹介して、しかるのちに名前を呼ばれるほうが、なんと気がきいていたことか。

「告訴されている」

聖職者は声を落として言った。

「はい」

と、Kは答えた。

「承知しています」

「ならば探していた人間だ」

と、聖職者が言った。

「わたしは教誨師だ」

「そうでしたか」

と、Kが言った。

「ここへ呼び寄せた」

と、相手が言った。

「おまえと話をするためだ」

「知りませんでした」

と、Kが答えた。

「イタリア人にここを案内するはずだったのです」

「つまらないことにかまうな」

と、相手が言った。

「何を手にもっている。祈禱書か？」

「いいえ」

と、Kが言った。

「名所旧跡の写真アルバムです」

「手からはなせ」

と、教誨師が言った。Kが勢いよく投げ出したので、アルバムは二つに開き、折れ曲がった頁を見せて床をすべった。

「訴訟のぐあいが悪いことは知っているのか」

と、教誨師がたずねた。

「自分でもそのように思っています」

と、Kが答えた。

「いろいろ努力したのに、これまではうまくいかなかった。いずれにせよ、請願書すらまだすませておりません」

「どんな終わりをみると思っているのだ」

と、教誨師がたずねた。

「以前は、いい終わりをみると思っていました」

と、Kが言った。

「このごろは自分でもそんなふうに思えないことがあります。どんなふうに終わるのか、わかりません。ごぞんじですか？」

「知らない」

と、教誨師は言った。

「しかし、ひどい終わりをみるのではないかな。おまえは有罪とみなされている。おまえの訴訟は下位の審理よりは上がるまい。少なくともいまのところ、おまえの罪は証明されたとされている」

「無罪です」

と、Kが言った。

「有罪はまちがいです。そもそもひとりの人間を、どうして有罪にしたりできるのでしょう。われわれみんな、たがいに変わらない人間じゃありませんか」

「そのとおりだ」

と、教誨師は言った。

「しかし、有罪の者は、きまってそんなふうに言うものだ」

「あなたまで先入観をおもちなんですか？」

と、Kがたずねた。

「おまえに対して先入観などもっていない」

と、相手が言った。

「ありがたいことです」

と、Kが言った。

「手続きにかかわっている人はみんな、わたしに対して先入観をもっています。かかわりのない者にもそれを吹きこむのです。わたしの立場は日ごとにむつかしくなってきました」

「事実を誤解している」

と、教誨師が言った。

「判決は突然くだるわけではない。審理がしだいに判決に移っていくのだ」

「つまり、そうですか」

とKは言って、顔を伏せた。

「つぎにおまえは何をするつもりだ?」

と、教誨師がたずねた。

「もっと援助を求めるつもりです」

Kは顔を上げて、相手の判断を見守った。

「まだやりつくしていないことがあります」

「あまり他人の手を求めすぎる」

教誨師はとがめるような口ぶりで言った。

「とりわけ、女にだ。それがまことの助けではないのに気がつかないのか」

「ときおり、いや、しばしば、そうでしょう。おっしゃるとおりでしょう」

と、Kが言った。

「しかし、いつもそうではありません。女は大きな力をもっています。知っている女の何人かに働きかけて、共同戦線を張ることができれば、貫徹できるかもしれない。とりわけ裁判所では有効です。なにしろ、あちらは女好きぞろいですからね。予審判事に女をちらつかせると、鼻息あらく駆けつけてきて、法廷も被告もあったものじゃない」

教誨師は手すりの外に顔を傾けた。いまになって天井の低さが気になってきたようだ。外はどんな天気ぐあいなのだろう？　もはや暗い昼間なんてものではなく、すでに真夜中というものだ。大窓のガラス絵も暗い壁そのもので、一筋の光も走らない。こんなときだというのに、教会守りは主祭壇のローソクを、一つまた一つと消していく。

「気を悪くしましたか？」

と、Kが言った。

「自分がどんな裁判所に仕えているのか、きっとごぞんじない」

返事がなかった。

「まあ、自分の体験を述べただけです」

上はいぜんとして静まり返っていた。

「傷つけるつもりではないんです」

と、Kが言った。とたんに教誨師がKに向かってどなりつけた。

「二歩先も見えないのか？」

怒りにまかせてどなったのだが、同時に、だれかが倒れるのを見て、びっくりしたあまり、思わず叫んでしまった人と似ていた。

それから二人とも黙りこくっていた。教誨師は上にいるとはいえ、暗闇のなかでは下にいるKをきちんと識別できないのに対し、Kはランプの明かりで教誨師をはっきりと見ていた。どうして下りてこないのだろう？　説教をしたわけではなく、Kに二、三のことを伝えただけだ。それもよく考えれば、役立つより害になるといったたぐいのことだった。しかし、悪気があってのことでないのはあきらかだし、教誨師が下りてくれれば、まとまる話もありそうだし、またことによると、重要かつ受け入れることのできる助言がもらえるかもしれないのだ。それは訴訟に役立つといったことではなく、それを突破し、やりすごし、訴訟の外で生きる方法を示すものであるだろう。そんなふうな生き方があるはずだ。このところKはなんども、そのことを考えた。もし教誨師がその可能性を知っているなら、頼めばきっと打ち明けてくれる。たとえ当人も裁判組織の一員であって、Kにそれを非難されたとき、ふだんの温厚さを失って、どなりつけたとしてもである。

「下りていらっしゃいませんか？」

と、Kが言った。

「説教なさるわけではないでしょう。こちらにおいでなさい」

「もう下りてもいい」

と、教誨師は言った。どなったのを後悔しているらしかった。ランプを鉤から外しながら言った。

「まずは離れて話そうと思いましてね。そうしないと、つい相手の調子に合わせてしまって自分の任務を忘れるのです」

Ｋは下の階段のところで待っていた。教誨師は下りながら、すでに手を差し出していた。

「少し時間がありますか？」

と、Ｋがたずねた。

「必要なだけ、たっぷりある」

教誨師はそう言うと、小さなランプをＫに渡し、運ぶように指示した。すぐ近くにいても、身についた荘重さといったものは消えなかった。

「ありがたいですね」

と、Ｋが言った。二人は並んで暗い側廊を行きつ戻りつした。

「裁判所のすべての人のなかで、あなたは例外です。これまで知ったなかの誰よりも信頼したい気がします。あなたとなら、正直に話せます」

「思い違いをしないように」

と、教誨師が言った。

「どういうことで思い違いなどするのです？」

と、Ｋがたずねた。

「裁判所のことだ」

と、相手が言った。

「掟のための導入の文書にあたるものが、この種の思い違いについて述べています。掟の門前に門番が立っていた、というのです。そこへ田舎から一人の男がやってきて、入れてくれ、と言ったところ、いまはだめだ、と門番が言った。男は思案した。いまはだめだとしても、あとでならいいのか、とたずねた。

《たぶんな。とにかくいまはだめだ》

と、門番は答えた。掟の門はいつもどおり開いたままだった。門番が脇へよったので男は中をのぞきこんだ。これを見て門番は笑った。

《そんなに入りたいのなら、おれにかまわず入るがいい。しかし言っとくが、おれはこのとおりの力持ちだ。それでもほんの下っぱで、中に入ると部屋ごとに一人ずつ、順ぐりにすごいのがいる。このおれにしても三番目の番人を見ただけで、すくみあがってしまうほどだ》

こんなに厄介だとは思わなかった。掟の門はだれにも開かれているはずだと男は思った。しかし、毛皮のマントを身につけた門番の、その大きな尖り鼻と、ひょろひょろはえた黒くて長い蒙古髭を見ていると、おとなしく待っているほうがよさそうだった。門番が小さな腰掛けを貸してくれた。門の脇にすわっていてもいいという。男は腰を下ろして待ちつづけた。何年も待ちつづけた。その間、許しを得るためにあれこれ手をつくした。くどくど懇願して門番にうるさがられた。ときたまのことだが、門番が訊いてくれた。故郷（くに）のことやほかのことをたずねてくれた。とはいえ、お偉方がするような気のないやつで、おしまいにはいつも、まだだめだ、と言うのだった。

たずさえてきたいろいろな品を、男は門番につぎつぎと贈り物にした。そのつど門番は平然と受けとった。

《おまえの気がすむようにもらっておく。何かしのこしたことがあるなどと思わないようにだな。しかし、ただそれだけのことだ》

と、門番は言った。長い歳月のあいだ、男はずっとこの門番をながめてきた。ほかの番人のことは忘れてしまった。ひとりこの門番が掟の門の立ち入りを阻んでいると思えてならない。彼は身の不運を嘆いた。はじめの数年は、はげしく声を荒らげて、のちにはぶつぶつとひとりごとのように呟きながら。

そのうち、子供っぽくなった。ながらく門番を見つめてきたので、毛皮の襟にとまったノミにもすぐに気がつく。するとノミにまで、おねがいだ、この人の気持をどうにかしてくれ、などと頼んだりした。そのうち視力が弱ってきた。あたりが暗くなったのか、それとも目のせいなのかわからない。いまや暗闇のなかに燦然と、掟の戸口を通してきらめくものが見える。いのちが尽きかけていた。死のまぎわに、これまでのあらゆることが凝結して一つの問いとなった。これまでついぞ口にしたことのない問いだった。からだの硬直がはじまっていた。もう起き上がれない。すっかりちぢんでしまった男の上に、大男の門番がかがみこんだ。

《欲の深いやつだ》

と、門番は言った。

《まだ何が知りたいのだ》

《だれもが掟を求めているというのに——》

と、男は言った。

《この長い年月のあいだ、どうして私以外のだれひとり、中に入れてくれといって来なかったのです？》

いのちの火が消えかけていた。うすれていく意識を呼びもどすかのように門番がどなった。

《ほかのだれひとり、ここには入れない。この門は、おまえひとりのためのものだった。さあ、もうおれは行く。ここを閉めるぞ》」

「門番がその男を欺いたのです」

すぐさまKが言った。話に強く心ひかれた。

「はやまってはいけない」

と、教誨師が言った。

「他人の意見をうのみにしないことです。文書にあるとおり話したまでで、欺いたなどとはひとことも書かれていない」

「でも、ことはあきらかです」

と、Kが言った。

「さきほどおっしゃった解釈が正しかった。その男には、もはやどうにもならなかったときに、ようやく門番は救いの情報を伝えたのです」

「その前に求められていたわけではない」

と、教誨師は言った。

「門番だってことを忘れてはならない。自分の義務を果たしたまでだ」

「義務を果したと、どうしてお考えになるのですか?」

と、Kがたずねた。

「果たしていませんよ。彼の義務はたぶん、よそ者を入れないことだった。しかし、その男こそ、その門に定められていたのであれば、入れてやるべきでした」

「書いてあるとおり、きちんと読みとることだ。話をねじまげてはならない」

と、教誨師が言った。

「掟の門に入るについて、門番を通して二つの重要な説明をしている。はじめに一つ、おしまいに一つ。一つによると、《いまはだめだ》、もう一つによると、《この門は、おまえひとりのためのものだった》。二つの説明に矛盾があるなら、さきほどの説のように、門番はその男を欺いたことになる。しかし、矛盾などない。それどころか、第一の説明が第二の説明を解き明かしていさえする。門番は義務以上のことをしたとすらいえそうだ。いずれ先になったら入れるかもしれないといった見通しを教えたのだからね。男を入れないことだけが彼の義務だったわけだからね。実際、門番がそれをしたについては、書物の多くの解説者のかなりの者が驚いている。あきらかに門番は厳密な人物であって、厳正に職務を果たしている。だから驚くのだ。長い歳月のあいだ、職務をゆるがせにしなかった。最後になってやっと門を閉めた。大切な任務を司っていることをよく知っていた。《自分はこのとおりの力持ちだ》と、ちゃんと自分のことも承知している。上司を立てることもよく知っている。《それでもほんの下っぱ》だと、つけ加えているからね。鼻薬や嘆願を受けつけない。《あれこれ手をつくした》がダメだったと述べてある。おしゃべりではない。たまにたずねても、《気のないやつ》だったというじゃないか。鼻薬もダメ、贈り物を受けとっても、言ったという。《おまえの気がすむようにもらっておく。何かしのこしたことがあるなどと思わないようにだな》。外貌がダメ押しをしていないかな。《大きな尖り鼻》と《ひょろひょろはえた黒くて長い蒙古髭》というが、厳しい性格を示していて、義務に忠実な門番にぴったりだ。たしかにほかの要素がまじりこんできて、入れてくれとせがむ者には有効に働いて、義務をこえかねない可能性を示さないでもない。つまり、彼が少々単純な男だということは否定できないし、それと関連して多少思いこみもある。自分の力のほど、ほかの番人の力のぐあい、三番目を見ただけで《すくみあがってしまうほど》というのだが――つまり、それが門番の言うとおりだとすると、その言い方から見てとれるのだが、単純、かつまた思いあがりがある。解説者が述べているとおり、一つのことを正しくとらえるのと、同じことを誤ってとらえるのとは、相互に排除し合うものではないのだね。いずれにせよ、単純と思いあがりは、たとえほんのわずかにあらわれるだけにしても、いずれ門の見張りに支障をきたしてくる。門番の性格における欠陥といっていい。かてて加えてこの門番は本性からして親切な男のようだ。ひたすら職務だけの人間ではない。田舎からの男がやってきてすぐのときだが、《そんなに入りたいのなら、おれにかまわず入るがいい》などと職務に反するような冗談を言ったし、すぐさま追い払わずに、小さな腰掛けを貸してやって、門の脇にすわるのを許してやった。長い歳月のあいだ、ずっと我慢強かった。うるさく懇願されたり、あれこれ物を押しつけられたり、くどくどと不運を嘆かれたりしても――同情を訴えられても、それに流されはしなかった。どの門番にもできることではないだろう。最後には男の上にかがみこんだ。いまわのきわの質問をさせるためだ。そのとき、ほんのちょっぴりだが、苛立ちがあったようだ――男に死が近づいたのを知っていたが――つい口にしている、《欲の深いやつだ》とね。解釈者によっては、この点、べつの見方があって、《欲の深いやつだ》は、友情あふれた感嘆をあらわしていて、見下した目もなくはないというんだがね。それはともかくとして、はじめ思っているのとはちがった門番が見えてこないか」

「あなたは私より、話をくわしくごぞんじだ。ずっと前からごぞんじでした」と、Kが言った。二人はしばらく黙っていた。やおらKが口をひらいた。

「その男は欺かれたのではないとお考えなんですね」

「誤解しないでもらいたい」

と、教誨師が言った。

「この話についての意見を示したまでだ。意見に足をとられるなかれです。文書の伝えるところは変わらないが、意見はしばしば、それについての絶望の表われにとどまるもの。この場合、門番こそ欺かれたのだとする意見さえありますよ」

「ずいぶん大胆な説ですね」

と、Kが言った。

「どういう根拠からですか?」

「門番の単純さによるものだね」

と、教誨師が言った。

「つまり、門番は掟の内部を知らず、門からつづいている道を知っているだけだというのだ。あとは想像だけで、子供っぽい思い込みをしている。田舎の男を怖がらせようとして言ったのは、当人が怖がっているからで、むしろその男以上に恐れている。というのは、その男は入りたいだけであって、中にいる恐ろしい番人のことを聞いたときも、やはり入りたがっていた。いっぽう門番は入りたがらない。少なくとも、それについて何も伝わっていないのだ。門番がかつてすでに内部にいたことがあると主張する人もいる。掟の門に採用されたのなら、ただ内部で決められることだからね。これに対する反論によると、内部からの声で門番として採られたまでで、くわしく内部は知るまいというのだ。三番目の番人を見てすくみあがるというからね。長い歳月のあいだ、内部について洩らしたことといえば番人のことだけだ。禁じられていたせいとも考えられるが、しかし、禁止事項なんてことはひとこともいわれていない。そんなことから結論として、門番は内部のことを何も知らず、ひとり合点の誤解をしていたというのだ。となれば田舎からの男についてもまちがっていたことになる。自分がこの男に従属しているのに、それに気づいていない。むしろ男を自分に従属した者として扱っていることは、言葉のはしばしからもわかっただろう。この意見によると、門番こそ従属した立場だってことは疑問の余地がないというのだ。何よりも自由な者は職務に縛られた者よりも上位にある。田舎からの男はたしかに自由だ。行きたいところはどこへでも行ける。掟の門だけが禁じられていた。それもひとりの男、門番によってだね。門の脇の腰掛けにすわって、生涯そこにいたとしても、自分の意志でそうしたまで、強制されたなどとは、どこにも書かれていない。いっぽう門番は職務がら場所を定められている。外に遠く出られないし、どうやら中にだって、入りたいと思っても入れないようだ。それに掟の門番を任じていても、入口の番をしているだけで、田舎からの男のものであるその門の番人ということになる。この点からでも、男に従属しているわけだ。長い歳月、ひとりの人間の生涯にもわたるあいだ、空しい職務を果たしていた。やってきた男は壮年期のだれかだった。来たいがために来た男のために、門番はずっと待ちつづけなくてはならなかった。男の生涯が終わりをみて、やっと門番の職務も終わった。おしまいまで男に従属していたことになる。なにはともあれ門番が何ひとつ知らなかったらしいことがよく言われるのだが、それについて確証があるわけではない。この手の意見によると、門番は手ひどい錯誤にあるというのだ。職務と関連してのことで、最後に彼は《さあ、もうおれは行く。ここを閉めるぞ》と言った。しかし、はじめはどうだったか。それはいつも、ひろく開かれていた、とある。いつもひろく開かれているのなら、ひとりの男に定められているわけではなく、さっさと閉めることもできないはずだ。これについては意見が分かれていて、門を閉めると言ったのは、ただそう言っただけという人もいれば、職務を強調したととる者もいるし、その男をいまわのきわまで後悔させ悲しませたいからだとする説もある。さらに最後のところからしても男に従属しているというのだね。というのは、《掟の戸口を通してきらめくもの》を男のほうは見ていたのに、門番はそれらに背を向けていたせいか、変化に気づいたとは、ついぞ語られていないのだ」

「きちんと、根拠づけられていますね」

と、Kが言った。教誨師の説明のうち、いくつかの個所をひとりごとのようにくり返した。

「根拠はしっかりしていて、わたしも門番がまちがっていたと思いますね。だからといって、さきほどの意見を変えたのじゃない。どちらも部分的に補い合うのです。門番がはっきり見ているか、それともまちがっているか、これが大きい。男が欺かれたとわたしは言いました。門番がはっきり見ていれば疑わしくなりますが、門番がまちがっていれば、そのまちがいは当然のことながら男にも移されてくる。門番に欺くつもりはなくても、これほど単純であるならば、ただちに職務から追われるべきです。おわかりでしょうが、門番がまちがっていても、それは当人には何の害ともなりませんが、その男には手痛いことになりました」

「そこが意見の分かれるところだ」

と、教誨師が言った。

「おおかたの考えは、何ぴとにも門番を裁く権利を与えていないというのだね。示されているかぎり、彼は掟に仕える者、つまり掟の一員であって、人間の判断をこえている。門番がその男に従属しているなどのことを思ってはならないだろう。たとえ門の番人というだけにせよ、この世に自由に生きるよりも比べようもなく大したことだ。男は掟の門前に来ただけだが、門番はずっとそこにいた。掟の命ずるところによって職務についたのであって、その尊厳を疑うのは、掟を疑うのにひとしい」

「その考えには同意できませんね」

首を振りながらKが言った。

「もしもそうなら、門番が言うことすべてを真実とみなさなくてはならない。そんなことがありえないことは、さきほどくわしく根拠づけておっしゃった」

「そうではない」

と、教誨師は言った。

「すべてを真実とみなさなくてはならないのではなくて、すべてを必然とみなくてはならないだけだ」

「もの哀しい意見ですね」

と、Kが言った。

「いつわりが世の秩序に成り上がった」

しめくくりの言葉のように言ったが、それがKの結論というのではなかった。疲れていて、話の筋みちをきちんと見通すことができない。それに不慣れな思考に導かれたというものであって、非現実なことをめぐって語り合うのは、銀行家よりも裁判所の役人たちに向いている。単純な話がへんなものになってしまった。Ｋはそんなものは振りすてたかった。教誨師は大きなやさしみをみせて受け入れ、自分の意見とはむろん合わないのだが、黙ったままＫの言葉を聞いていた。

それからしばらく、ともに口をつぐんでいた。Ｋは教誨師にぴったり寄りそっていた。暗闇のなかで、自分がどこにいるのかわからない。手のランプはとっくに消えていた。いちどＫのすぐ前で、銀色をした聖人の立像が銀の光を投げかけたが、すぐにまた闇にのまれた。相手にすべて頼っているわけにもいかないので、Ｋがたずねた。

「正面に近いのですか？」

「いいえ」

と、教誨師が答えた。

「正面とはうんと離れています。もう行きますか？」

Ｋはまさにこのとき、そんなことは思っていなかったのだが、とっさに答えた。

「もちろんです。銀行の支配人でして、いろんな人が待っています。外国からの客を案内するため来ただけのことです」

「なるほど」

と、別れの手を差し出した。

「では、行くがいい」

「この暗さでは、見当がつきません」

と、Ｋが言った。

「左へ行くと、壁につきあたる」

と、相手が言った。

「壁にそってずっと行けば出口だ」

教誨師は、はやくも数歩、遠ざかった。Kが大声でよびとめた。

「待ってください」

「待つとも」

と、教誨師は言った。

「わたしに何か用があるのではありませんか?」

と、Kがたずねた。

「べつに何も」

と、相手が言った。

「さきほどはとても親切でした」

と、Kが言った。

「いろんなことを説明してくださった。ところがいまは、もう用なしといったぐあいに見捨てる」

「まっすぐ行けばいい」

と、教誨師が言った。

「ええ」

と、Kが答えた。

「それはわかります」

「わたしが何者か、わかりなさい」

と、教誨師が言った。

「教誨師です」

とKは言って、相手に近づいた。いま述べたほど急いで銀行にもどる必要はなかった。ここにずっといてもよかった。

「つまり、裁判所にかかわっている者だ」

と、教誨師が言った。

「そのわたしが、どうしておまえに用などあろうか。裁判所はおまえに用はない。来れば迎え、行くならば去らせる」

最期

三十一歳の誕生日の前夜——九時すぎ、通りに音が絶えたころ——二人の紳士がKの住居にやってきた。ともにフロックコートを着て、青白い顔で肥っており、見たところ固そうな山高帽をかぶっていた。玄関を入るにあたり、はじめての訪問におなじみの儀式張ったしぐさをして、Kのドアの前では、さらに念入りにくり返した。二人の来訪は予告されていたわけではなかったが、Kはただちに黒服に着かえ、戸口に近い椅子にすわり、新しい手袋をゆっくりと指先ぴったりにはめた。ついで立ち上がり、もの珍しげに二人の紳士を見つめた。

「当番のかた？」

Kがたずねた。両名はうなずき、一人が手の山高帽で、もう一人を指した。Kはひそかに、予想とはちがった二人だと思った。窓ぎわに行って、もういちど暗い通りをながめた。向かいの住居のほとんどすべては暗く、おおかたはカーテンが下りていた。明かりのともった階の窓辺で二人の子供が椅子のうしろで遊んでいた。二人ともまだひとり立ちができず、たがいに小さい手でさぐり合っている。

「年をくった下っぱの役者をよこしやがった」

と、Kは呟いた。それから納得するようにまわりを見まわした。

「安あがりにすませたいのだ」

やおら二人に向き直った。

「どの劇場(こや)に出ていますか？」

「劇場？」

一人が口元をひきつらせてもう一人に問いかけた。すると相手は、口のきけない者がままならない口元に苦しんでいるような顔つきをした。

「問われたのでたまげている」

Kはひとりごとを言うと、帽子を取りに行った。

階段のところで、はやくも二人が腕をのばしてきた。Kが言った。

「通りに出てからにしてもらおう。病人じゃないぞ」

建物のドアまで来ると、Kがこれまで知らなかったやり方で腕を組んできた。肩をぴったりとくっつけ、腕は折り曲げないで、まっすぐのばしたKの腕に左右から巻きつけ、手首をつかんでいた。いかにも習練したつかみ方で、抵抗できない。Kはしゃちこばって両名のあいだを歩いていった。いまや三人が一つになって、その一つを打てば、いっせいに倒れただろう。いのちのないものだけができるかたまりだった。

いかにも窮屈な姿勢だったが、Kは明かりの下にくるたびに左右の二人に目をやった。暗い部屋よりは、いくらかよく見えたからだ。ともに重たげな二重顎をしており、テノール歌手だろうと見当をつけた。顔がやけにすべすべしていて薄気味が悪いのだ。目もとを撫でつけたり、上唇をこすりあげたり、顎の皺をひっぱっている指先が見えるようだった。

それに気づいてKが足をとめた。応じて左右の二人も立ちどまった。公園のつくりになった、ひとけのない広場にさしかかっていた。

「どうしてあんたがたを寄こしたんだ!」

質問というよりも叫びに似ていた。両名は答えるすべを知らないようで、あいた手をダラッと下げたまま待っていた。患者が休みたがるので休止中の看護人といったふぜいだった。

「もう歩かない」

試しにKは言ってみた。これに対して答えるより早く、二人は腕に力をこめ、左右から持ち上げようとした。Kは抵抗した。

(たいして力はいるまい。ありったけの力でやってみよう)

と、Kは思った。ハエ取紙のハエが、足をもがれながらもがいているのが思い浮かんだ。

(二人に手を焼かしてやる)

このとき二人の前に、ずっと下手(しもて)の通りから小さな階段をつたってビュルストナー嬢がやってきた。ビュルストナー嬢その人かどうかはわからないが、いかにもそっくりだった。Kにとっては、たしかに彼女かどうかはどうでもよかった。すぐさま抵抗の無意味さに気がついた。ジタバタして、紳士がたに手数をかけ、抗(あらが)いのなかにいのちの最後の輝きをたのしもうとするのは、つまらないことなのだ。Kは歩きだした。二人はよろこんだあまり、なおのこと左右から身を寄せてきた。Kが道すじを決めても大目にみていた。Kは前の女の進むとおりについていった。追いこしたいからではなく、できるだけずっとながめていたいからでもなく、彼女が意味していた警告を忘れないためだった。

「いまできるのは、一つだけ」

と、Kは呟いた。落ち着いた足どりと、それに三人の歩調がKの思いのほどを確認していた。

「いまできるのは、一つだけだ。最後まで平静な心をもちつづけること。自分はいつも息せききって世に対処してきた。しかも承服できかねる目的のためだった。それはまちがっていた。一年に及ぶ訴訟から何ひとつ学ばなかったことを、人前にさらしていいものか？　そんな呑み込みの悪い人間としてくたばるべきなのか？　訴訟のはじめは終わらせようとして、訴訟の終わりになって、またはじめようとしていたなどと、人に言われていいものか？　そんなことは言わせない。この期に及んで、ろくに口のきけない、考えのない男を寄こしてきたのを感謝しよう。おかげで思うところを口にできて、ありがたい」

この間に女は横道に入ったが、Kはもうかまわなかった。左右の二人に道をゆだねた。三人はぴったりと歩調を合わせ、月光に照らされた橋にさしかかった。ちょっとしたKの身動きにも、二人はこころよく応じてくれる。Kが少し手すりに向きかけると、すぐさままっすぐ欄干に並び立った。月の光にキラキラと輝いた水面が、小さな島のせいで二つに分かれている。島は草木が重なり合ったようにもっこりと盛り上がっていた。いまは見えないが繁みの下に砂利道がのびていて、ところどころに快適なベンチがあり、夏にはしばしば、Kはそのベンチでのんびりしていたものである。

「立ちどまるつもりはなかったんだ」

二人の従順さにおもはゆい気がしてKが声をかけた。Kの背中ごしに、誤解して立ちどまったことを、一人がもう一人にたしなめた。ついでまた歩きだした。

ゆるやかな坂道を通り抜けた。ときおり警官が突っ立っていた。あるいは見まわっていて、遠くにもいたし、すぐそばでも見かけた。もじゃもじゃ髭の一人はサーベルの柄（つか）に手をのせ、わざとらしく風変わりな三人組に近寄ってきた。紳士がたの足がとまった。警官が何か言いそうになったとき、Kは二人を引きずるようにしてトットと歩きだした。警官が追ってこないかと、Kはなんどかそっと振り向いた。角を曲がったとたん、やにわにKが走りだし、左右の二人もやむなく大きく喘ぎながら足をそろえて走っていった。

そのためみるまに郊外へと出てきた。この方角は家並が切れると、すぐに畑になる。市街風の建物の近くに、うちすてられ、荒れはてた小さな石切場があった。二人の男は足をとめた。はじめからここが目的だったのか、それとも息が切れ、もはや走れなかったせいなのか。腕をとかれたので、Kは黙って待っていた。二人は石切場を見わたしながら山高帽をとり、ハンカチで額の汗を拭っている。あたりには月の光が、いかにも月光におなじみのやすらぎとともに、くまなく降りそそいでいた。

どちらが先にとりかかるかで、二人はしばらくゆずり合っていた――個別に役目をいわれてきたのでもないらしい――やおら一人がKに近づき、上着とチョッキ、さらに下着も取り去った。おもわずKが身ぶるいすると、安心させるようにそっと背中をたたいた。それから衣服を丁寧にまとめた。すぐにではないが、いずれ必要とするといったふうな手つきである。冷えびえとした夜の大気の中に立たせっぱなしにしないため、Kを脇にかかえ、少しばかり行きつ戻りつした。もう一人は石切場を見まわり、適当な場所を探していたが、やがて見つけ、合図をした。紳士がKをともなって行った。採石壁のそばで、切り出された石がころがっていた。二人はKを地面にすわらせると背中を石にもたせかけ、手をそえ首をのばした。あれこれ工夫して、Kも素直に応じたのだが、結果はこわばった不自然なポーズになってしまった。そこで一人がもう一人に声をかけ、しばらくKの好みの姿勢にゆだねたが、やはりそれも気に入らず、結局はこれまでのうちの任意の一つに落ち着いた。ついで一人がフロックコートの前をあけ、チョッキの下のバンドにつるしていた鞘から、長くて薄い両刃の肉切りナイフを取り出すと、高くかざし、光で刃並をたしかめた。ふたたび丁寧な口調でゆずり合いがはじまった。一人がKの頭ごしにナイフを渡すと、もう一人が同じくKの頭ごしにナイフをもどした。Kはいまやはっきりと、頭上を往復しているナイフをもぎとり、われとわが手で突き立てるのが自分のすべきことであるとわかっていた。しかし、そうはせず、まだ自由な首を動かして、じっと見つめていた。役人に手間をかけず、すべて一人でやりとげる自信がなかった。やりとげるのに必要な力を削(そ)いだ者が、最後の手ぬかりの責めを負うだろう。石切場に隣り合った建物の最上階に目をやった。明かりがつき、一つの窓の両開きの扉がサッとひらいた。はなれているし、高いのではっきりしないが、弱々しく痩せて見える人が、やにわに身をのり出し、両腕を思いきりのばした。誰だろう？　味方か？　よい人なのか？　かかわりのある一人なのか？　助けるつもりか？　一人なのか？代表なのか？　ほかにも助けてくれる人はいるのだろうか？　忘れていた異議のせいなのか？　むろん、異議はあった。論理はゆるがないにしても、生きたい人間には抗(あらが)えないものなのだ。いちども出会わなかったが、裁判官はどこにいたのか？　いちども至りつかなかったが、上級審はどこなのだ？　Kは両腕をのばし、指をすべて突き出した。

　このとき紳士の一方がKのノドをつかみ、もう一人がナイフを心臓に突き刺すと、その手で二度こねた。薄れていくKの目に二人の紳士が、自分のつい鼻先で頬と頬をくっつけ、結果をじっと見守っているのが見えた。

「犬のようだ！」

と、Kは言った。恥辱だけが生きのびるような気がした。

断片

　それからしばらく、ほんのひとことですら、ビュルストナー嬢と交わすことができなかった。Kはいろんなやり方で近づこうと試みたが、いつも巧みに逃げられた。仕事を終えるとすぐにもどってきて、明かりをつけずにソファーにすわったまま、ひたすら控えの間のようすをうかがっていた。女中が通りすがりに、留守だと思って部屋のドアを閉めたりすると、少し間をおいてKは腰を上げ、ドアを開けてみたりした。朝はふだんよりも一時間早く起きた。勤めに出るビュルストナー嬢と出くわしはしないかと思ったからだ。どれも成功しなかった。そこで住居と勤め先それぞれに宛てて手紙を出した。そのなかでもういちど、先だってのことを釈明し、詫びを言い、どのような条件をいわれても守ることを約束した上で、ぜひとも会う機会を与えてほしいと懇願した。ついては前もって打ち合わせをしていないかぎり、グルーバッハ夫人の言うことが信頼できないことを書きそえた。最後に、つぎの日曜日は終日部屋にいて合図を待っていると伝え、願いが叶うのを期待していいのか、もし叶えられないのなら、少なくともなぜ叶えられないのかを言ってほしいと述べたうえで、さらにまた、どのようになろうとお気持のままに従う旨を約束した。手紙はどちらも返送されなかったが、返事もこなかった。代わりに日曜日には、合図というべきものがあった。しかも、おそろしく歴然としたものだった。朝早く、Ｋは鍵穴ごしに控えの間の動きに気がついた。まもなく事態が判明したのだが、フランス語を教えている女性ながらモンタークというドイツ人が、ビュルストナー嬢のところに引っ越してきた。顔色の蒼白い、虚弱そうな、少し足をひきずって歩く娘で、これまでは自分の部屋を持っていたのだ。何時間も控えの間に鈍い足音がしていた。下着とか覆いとか本とか、なんども忘れ物に気がついて、そのつど取りにもどり、新しい住居に運んでこなくてはならなかった。

グルーバッハ夫人が朝食を運んできたとき——Ｋを怒らしてしまってからというもの、どんな用でも女中にさせることはしない——Ｋはやむなく、五日ぶりに口をきいた。

「今日はどうして控えの間がこんなにうるさいのですか？」

珈琲を注ぎながら問いかけた。

「よりによって日曜日に片づけをするなんて、やめさせられないものですかね？」

顔は上げなかったが、グルーバッハ夫人がホッと息をついたのには気がついた。このようなきつい詰問ですら、彼女にとっては許し、あるいは許しの兆候にちがいなかった。

「片づけではないんです」

と、グルーバッハ夫人が言った。

「モンタークさんがビュルストナーさんのところへ移ることになって、荷物を運んでいるのです」

言葉をとぎらせた。Ｋのようすをうかがって、さらに話してもいいものかどうか、声がかかるのを待っていた。Ｋはそしらぬふりをして、思案ありげにスプーンで珈琲をかきまわし、黙りこくっていた。それからやおら顔を上げた。

「ビュルストナーさんの嫌疑は晴れましたか？」

「それ、そのこと」

グルーバッハ夫人が叫ぶような声を上げた。これを言われるのを待っていたのだ。両手を重ねて握りしめた。

「ちょっとしたひとことが、とても大きくとられてしまいました。あなたや、だれかよその人を傷つけようなどと、これっぽっちも思っていなかったのですよ。もう長らくわたしをごぞんじなのですから、そのことはわかってくださっているはずじゃないですか。この数日、どんなに辛い思いをしていたことでしょう！　部屋を借りている方を誹るなんて！　人もあろうにKさんがそんなふうに思うなんて！　出てってもらいたがってるなんて、あなたがそんなふうにおっしゃるなんて！」

あとの言葉は涙にかき消えた。エプロンを顔に押しあてると、せき上げて泣きだした。

「泣いたりしないでくださいよ」

と、Kは声をかけて窓の外をながめた。考えているのはビュルストナー嬢のことばかりだった。よその娘を自分の部屋に受け入れたということだ。

「泣かないでください」

部屋に向き直ってから、また言った。グルーバッハ夫人はいぜんとして泣いていた。

「あのとき、そんなひどいことを言ったつもりじゃないんです。たがいに誤解していたわけですよ。古いなじみには、おりおり起こることです」

Kがほんとうに気を許したのか見ようとして、グルーバッハ夫人はエプロンを目の下にずらした。

「つまり、そういうわけ」

と、Kは言った。そしてグルーバッハ夫人の出方から、大尉が何も洩らさなかったらしいと見きわめて、あえてつけ加えた。

「縁もゆかりもない女性のために、あなたと仲たがいするなどと、本気で思っていらっしゃるのですか」

「やはり思っていたとおりのKさんだわ」

と、グルーバッハ夫人が言った。ホッとしたときに、すぐにまずいことを口にするのが彼女の不幸というものだ。

「ずっと思案してたんですよ、どうしてKさんはあんなにビュルストナーさんの肩をもつのかって。あの人のために、どうしてわたしに突っかかるのかって。Kさんのひとことで夜も眠れなくなるってことはごぞんじなんですから、なおさらです。あの人のことだって、この目で見たことを言っただけなんですものね」

Kは何も言わなかった。最初のひとことで部屋から追い出すべきだったが、そうはしたくなかった。黙って珈琲を飲むだけにして、当人によけいなお節介を気づかせる。外ではまたもや、ひきずるような足音が控えの間を横切った。

「ほらね」

Kがドアを指した。

「ええ」

グルーバッハ夫人が溜息をついた。

「お手伝いするつもりで、女中にもそういったのですが、あの人、変わり者でしてね、全部自分でするって言い張るんです。ビュルストナーさんの気持がわかりませんね。モンタークさんには、おりおり手を焼いていましてね。そんな人をわざわざ自分の部屋に引き取ろうというんですからね」

「あなたが気をもむことはありませんよ」

とKは言って、珈琲カップのなかの砂糖の残りを押しつぶした。

「何か不都合があるのですか？」

「べつに何も」

と、グルーバッハ夫人が答えた。

「むしろありがたいってものでしてね。部屋が一つ空きますから、甥の大尉にあてられます。それはそうと、先だってお隣の居間にあの子を住まわせていたとき、ご迷惑ではなかったかと気にしていました。なにぶん、気がつかない子だものですから」

「なんてことを！」

と言うなり、Kは立ち上がった。

「もちろん、そんなことはありません。モンタークさんがうろうろして――ほら、いまもどっていった――あなたに苦情を言ったりしたものだから、とても神経質だとおとりになったようですね」

グルーバッハ夫人は途方にくれたようだった。

「モンタークさんに残りはべつの日にしたらと言いましょうか？　なんなら、すぐにそう言いますよ」

「でもビュルストナーさんのところに引き移るのでしょう」

と、Kが言った。

「ええ」

グルーバッハ夫人はうなずいた、Kの言った意味がわかっていないようだった。

「だから、ほら」

と、Kが言った。

「ならば運び込まなくてはならないじゃありませんか」

グルーバッハ夫人はわけもわからずうなずいている。それが頑固に逆らっているように見え、Kはなおのこと苛立ち、窓からドアへ行ったり来たりしはじめた。グルーバッハ夫人にいとまを告げさせるためであって、とっくに退散していてよかったはずなのだ。

何度目か、ちょうどドアのところに来たときだったが、ノックして、女中が顔をのぞかせた。モンタークさんが少しKに話したいことがあるので、食堂までお越しねがえないかとのこと。神妙に聞きとってから、やおらKは嘲るような目つきで、あきれ顔のグルーバッハ夫人を振り返った。Kの目つきは、まるでこの招きをとっくに予測していて、日曜日の午前だというのに当のグルーバッハ夫人の間借人から、とんだ迷惑をこうむらなくてはならないと告げているようだった。すぐに伺う旨を女中に伝えさせ、上着を取り換えるために衣服戸棚に向かった。煩わしい間借人を小声でこぼしているグルーバッハ夫人には、そっけなく、食器を運び去ってほしいとだけ言った。

「でも、ほとんど手をつけていらっしゃらないじゃありませんか」

と、グルーバッハ夫人が言った。

「持ってってください！」

Ｋは叫んだ。何もかもにモンタ一ク嬢がまじりこんでくる気がして腹が立つのだった。

控えの間を通りすぎるとき、ビュルストナー嬢の部屋の閉じたままのドアに目をやった。招かれたのはそこではなく食堂である。Ｋはノックせずに食堂のドアを引き開けた。

間口の狭い、窓が一つだけの奥まった部屋である。ドア側の隅に二つの戸棚を斜めに置くだけの余地しかなく、戸口近くから大きな窓のすぐそばまで長い食卓が占めていて、ほとんど身動きがならないのだった。食事の用意ができていた。数が多いのは、日曜日には間借人のおおかたがここで昼食をとるからだ。

Ｋが入っていくと、モンタ一ク嬢が窓のところからテーブルの一方にそってやってきた。たがいに黙って会釈をした。ついでモンタ一ク嬢がいつものように、顔をへんに直立させて口をきった。

「知っていてくださるかどうか」

Ｋは眉をひそめて相手を見た。

「もちろん、ぞんじあげています」

と、Ｋは言った。

「もうかなり前からここにお住まいでしょう」

「でも、他人のことはあまりお構いにならないのではありませんか」

と、モンタ一ク嬢が言った。

「そのとおりです」

と、Ｋは答えた。

「おかけになりませんか」

と、モンターク嬢が言った。ともに黙ったままテーブルのはしの椅子を引き出して、向かい合って腰を下ろした。しかし、モンターク嬢はすぐにまた立ち上がった。窓ぎわに手さげ袋をのこしていたからだ。それを取りに行った。床をこするように歩いていく。それから手さげ袋を少し振りながらもどってきた。

「お友だちにたのまれたので、おことづけをしたかったのです」

モンターク嬢が口をひらいた。

「当人からお伝えするはずでしたが、今日は少し体調が悪いのです。それでお詫びをして、代わりに用件を聞いてもらってほしいというのです。わたしがお伝えすることが、言いたいことのすべてだなんて申してましたが、わたし、思いますに、わたしならむしろもっといろんなことが言えそうな気がします。なんたって、ほとんどかかわりのない身ですからね。いかがかしら？」

「何のことですかね！」

と、Kは答えた。相手の目が、たえず自分の唇にそそがれているのにうんざりしていた。そうやってKが言おうとすることに機先を制しているらしいのだ。

「ビュルストナーさんは、こちらがお願いしたことに対して、直接おっしゃりたくないのですね」

「そのとおりです」

と、モンターク嬢は言った。

「あるいはそうではないかもしれない。わたしの友だちはとりわけ強く言いました。ふつう、言いたくないというのは、むしろ反対のことを含んでいて、言う必要がないなんてことがあるのですね。いまのケースがそれなんです。お言葉をうかがったので、これではっきり申し上げられます。わたしの友だちに手紙や口頭で、話し合いを申し込まれたそうですね。わたし思いますに、わたしの女友だちはこの話し合いということにつきまして、わたしの思い及ばない理由でもあるらしく、たとえそれが実現しても、誰のためにもならないと思っているようなんです。彼女はわたしに、つい昨日、それもごく簡単にふれただけなんですが、この話し合いはあなたにとっても、あまり大したことではなさそうだっていうんです。それと申しますのも、ほんのちょっとしたことから思いつかれただけのようなので、べつにあれこれ言わなくても、そんなことに意味がないことはおわかりいただけるはずなんていうんです。それでわたしは答えましてね。たしかにそのとおりだろうが、同じことなら、そのことをはっきりとお伝えしておいたほうが、ことがずっとはっきりするからいいのではないかって。それでそのお役目を申し出たら、少し迷っていたんですが、まかせてくれました。でも、あなたのほうにも何かおっしゃりたいことがあるのではないかと思いましてね。ごくつまらないことであれ、何かわだかまりがあると気になるものですし、すぐに片づけられるものなら、片づけたほうがいいものですからね」

「わかりました」

即座に答えると、Kはゆっくり立ち上がり、相手をじっと見つめ、つぎにテーブルに目をうつし、さらに窓の外をながめた——向かいの建物いちめんに陽が射していた——それからドアに向かった。それを確かめるようにしてモンターク嬢が二、三歩ついてきた。しかし、戸口の手前で二人ともあとずさりした。ドアが開いて、ランツ大尉が入ってきたからだ。はじめてKは間近に見た。大柄で、四十歳前後、肉づきのいい顔がよく陽焼けしていた。二人に会釈すると、つぎに大尉はモンターク嬢に近づき、うやうやしく手をとってキスをした。身振り、しぐさに如才がない。モンタ－ク嬢への礼儀正しさは、彼女がKから受けた仕打ちと、めだって対蹠的だった。しかし、モンタ－ク嬢は気を悪くしているわけでもなさそうで、Kが見たところ、大尉に紹介したがっているようだった。だがKは紹介などされたくなかった。モンタ－ク嬢と同様、大尉にやさしくするいわれはない。手へのキスは連帯のしるしといったもので、無邪気さ、何げなさの装いのもとに、Kとビュルストナ－嬢とを引き離そうとしているのではあるまいか。そのことに気づいただけでなく、Kはまた、モンタ－ク嬢がなかなか巧妙な、諸刃の剣のような手を使ったことに気がついた。彼女はビュルストナ－嬢とKとの関係の意味を誇張した。何よりもKが申し入れた話し合いの意味を大げさにとり、かつはまた大げさにしたのはKであるかのようにもっていった。その手にはのらないだろう。Kは何ひとつ大げさにとったりしない。ビュルストナ－嬢がしがないタイピストであって、いずれ遠からぬうちに白旗をかかげるのを知っていた。だからKはわざとグル－バッハ夫人から耳にした情報を勘定に入れていなかった。ろくに挨拶もせずに食堂から立ち去りながら、Kはあれこれそんなことを考えていた。すぐに部屋へもどるつもりだったが、モンタ－ク嬢の小さな笑いが背後に聞こえたとたん、やにわに思いついた。あの両名、モンタ－ク嬢と大尉にひと泡ふかしてやろう。Kはあたりを見まわし、まわりの部屋に不都合はないかと耳を澄ました。静まり返っていた。ただわずかに食堂の会話が洩れてくる。それに台所に通じている廊下からグル－バッハ夫人の声がするだけ。絶好のチャンスというものだ。Kはビュルストナ－嬢の部屋のドアへ進んで、そっとノックした。反応がない。もういちどノックした。いぜんとして応じてこない。眠っているのか？　それともほんとうに体調が悪いのか？　あるいはまた、こんなノックをするのはKにちがいないと見きわめて、それで無視しているのだろうか？　無視しているとKは考え、もっと強くノックした。それでも応答がないので腹をきめ、何やら不正なこと、また役立たずなことをしている気持を覚えながら、そっとドアを開けた。部屋には誰もいなかった。Kが知っている部屋の面影はほとんどなかった。壁ぎわにはいまやベッドが二つ並んでいた。ドア近くの三つの椅子には、衣服や下着が積み重ねてあり、戸棚は開いたままだった。モンターク嬢が食堂でKに話しているあいだに、ビュルストナー嬢はきっと外出したのだ。そのことにKは驚かなかった。そう簡単に彼女に会えるとは思っていなかった。モンターク嬢へのいやがらせからやってみただけのこと。そのためなおのこと、ドアを元どおり閉めているあいだ、食堂の開いたままの窓ぎわでモンターク嬢と大尉が談笑しているのを目にとめて、いても立ってもいられない思いがした。Kがそっとドアを開けたときから、すでに二人はそこに立っていたのだ。Kを見張っているといったそぶりはみせず、話しながら何となくあたりを見まわしているといった目つきでKの行動を追っていた。その眼差しがKには重くこたえた。身をかわし、壁づたいにこそこそと自室へ向かった。

検事

長らく銀行に勤めてきたので、人を知り、また世間も知ったが、それでもKにとって、おなじみの人たちと一つのテーブルを囲むのは、いつもとびきりの名誉と思えてならず、自分でもそのお仲間の一人であることを、少なからず誇りにしていた。メンバーのほとんどは判事と検事と弁護士で、役人の卵や弁護士見習いがほんの数人、加えてもらっていたが末席と定まっていて、とくに彼らに対して質問が出されないかぎり、議論に口をはさむことは許されない。その質問にしても、座を興がらせるのがせいぜいの目的であって、とりわけハステラー検事は、そんなやり方で若い連中を恥じ入らせるのを好んだ。検事はきまってKの隣席にすわっていた。彼が毛むくじゃらの手をテーブルに突いて末席に向き直ると、すぐに全員が耳を澄ました。質問を受けとめたのはいいが、その意味すら呑みこめていないとか、あるいは思案にあぐねてビールを見つめているとか、さらには答えるかわりに、ただ口をパクパクさせて喘いでいるだけだとか、あるいは――これは最悪だったが――見当ちがいのこととか、とんでもない意見をとめどなくしゃべり出すと、年輩のメンバーは笑いながら背を向ける。これで気が晴れたというもので、本来のまじめな、専門的な話は彼らだけのものなのだ。

Kがこの集まりに加わるようになったのは、銀行の顧問弁護士を通してだった。ひところ、夜遅くまで弁護士と銀行で相談しなくてはならない時期があり、あとの流れから弁護士と一緒に彼のなじみのテーブルで食事をして、それで集まりが気に入った。Kが目にしたのは、いずれも学問があり、尊敬され、ある意味で権力をもった人たちであって、ここでは、日常とかけはなれた難問にとり組んでいて、それが気晴らしになるのだった。Kにはむろん、ほとんど口出しのできないところだが、いずれは銀行で役立つような多くのことを知る機会でもあり、また裁判所の関係者と個人的なつながりをもつのは、決してムダではないのである。それに仲間に加わっていて悪い気がしないのだ。まもなく金融の専門家とされ、話がこの分野に及ぶと――多少とも皮肉をまじえてであれ――意見を求められた。法律問題で意見が二つに分かれたときなど、現実面からの見方がKに打診され、そのあと双方でなんどもKの名前が引き合いに出された。とどのつまりは抽象的な議論に発展して、そちらにはKはついていけない。いずれにせよ、Kにはいろんなことがわかってきた。とりわけハステラー検事に助言を頼むことがあり、検事のほうも、なにかと親身になってくれる。帰る道すがら、Kがお伴をすることもあった。ただ大柄な検事と腕を組み合って行くのが、Kにはなかなかなじめなかった。うっかりすると検事の外套のケープに、すっぽり包みとられてしまいかねない。

時がたつうちに二人のあいだで、教養や職業や年齢の違いが問題でなくなってきた。たがいにずっと前からの仲のようにつき合って、何かのときには検事よりもKのほうが指導する立場になった。現実から直接手に入れた実務的な体験がものをいったからであって、裁判所の机だけでは、そうはいかないのだ。

当然のことながら二人の友情はまもなく仲間うちにひろく知られ、そもそもだれがKをここにつれてきたのか、半ば忘れられてしまった。ハステラー検事がKの後楯というものであって、かりにKが同席しているのをいぶかしがる者がいれば、大きな顔をしてハステラーにすがればいい。おかげでKはとりわけ優遇される身分になった。ハステラーは尊敬されもすれば恐れられてもいたからだ。司法に関する思考や明敏さにかけて、たしかに優れていたが、その点では多くの者たちが同様の能力をそなえていた。ただ自説を主張するときの勢いの点で、ハステラー検事は群を抜いていた。論敵を言い負かせないときは、少なくとも恐れさせようとしているようにKには思えた。やにわに人差指を突き出されると、たいていの者がたじろいだ。とたんに自分がいま仲間や同僚とともにいて、たんに議論をしているだけであって、現実には何が起こるわけでもないといったことを、すっかり忘れてしまうかのようで——口をつぐみ、首を振るのがせいぜいなのだ。相手が離れたところにすわっていると、そのせいで意見の一致をみないのだと考えるらしく、ハステラーはやおら料理皿を押しやると、ゆっくりと腰を上げ、論敵めざして近づいていく。それを見るのは辛いほどだった。近くにいる者たちは検事の顔を見守って首をうしろにそらすのだった。とはいえ、こういったことはたまの例外であって、ハステラー検事が興奮するのは、ほとんど法律のことにかぎられており、それも当人が担当したか、あるいは手がけている訴訟にかかわる場合だけだった。そうでなければ友情あふれた落ち着きのある人物で、いかにもたのしげに笑い、もりもり食べて、よく飲んだ。仲間の会話に加わらず、もっぱらKを相手にしていることがあった。Kの椅子の背に腕をのせ、まわりにも聞こえる声で銀行のことをあれこれたずねたり、仕事のことに触れたり、さらにはKの女性関係に及んだりしたが、それは裁判所と同じように関心があるようだった。集まりのなかで検事とそんなふうに話せる者は二人といなかった。そのためハステラー検事に依頼ごとがあると——たいていは同僚との和解を取りもつといったことだが――まずKに仲介をたのんできた。Kはすぐさま、気やすく引き受けて実行した。Kは実際、ハステラー検事との仲をまつまでもなく、だれに対しても丁寧で、一歩引いており、さらにそういった丁寧さや気くばり以上に大切なことをよくこころえていた。つまり紳士たちの地位の違いをきちんとわきまえ、それぞれの地位に応じて対応した。ともあれ、これとてもハステラー検事から学んだところであって、議論で興奮していても、彼は決してこの原則は傷つけなかった。そのせいだろうが、まだほとんど地位のない末席の若手に話すとき、ハステラーはそれが個々の人間ではなく、たんなる一つのかたまりとして呼びかけた。とりわけハステラー検事を尊敬しているのは、この若手の連中であって、十一時ごろになり検事がいとまを告げて立ち上がると、きっと一人が走り寄って、重い外套をうしろから着せかけた。べつの一人がドアを開け、うやうやしく礼をして送り出す。検事につづいてKが出るあいだ、むろん、きちんとドアを開けて待っていた。

はじめのころはKが途中までハステラーを送っていくか、あるいはハステラーがしばらくKにつきそうといったぐあいだったが、やがて夜の帰りはいつもハステラーがKに、住居まで同行をたのみ、ちょっと寄っていかないかと声をかけるまでになった。それから二人は一時間ほど酒と葉巻で時を過ごした。そんな夜、ハステラーは実に愛想がよくて、数週間のあいだへレーネという女が同居していたことがあるが、いっさい隠し立てしなかった。肥った中年女で、肌は黄ばみ、黒い巻き毛が額に輪になっていた。Kが見かけたとき、女はいつもベッドにいた。いつもなんとも恥じらいのない格好で横たわり、三文小説に読みふけって、二人のやりとりをまるで気にとめなかった。時間がたつとようやく伸びをして、あくびをした。それでも自分に目が向けられないと、小説の冊子をハステラーめがけて投げつけてきた。ハステラーは苦笑いを浮かべて腰を上げ、Kもいとまを告げた。しばらくしてハステラーがヘレーネに倦んでくると、彼女は二人を邪魔立てしはじめた。このたびはいつも身なりを整えて待っていた。いつも同じ服で、自分では高価なものだから着がいがあると思っているらしかったが、実際のところは古風な着古しの舞踏服だった。何重もの長いレースの飾りがぶら下がっていて、なおのことぶざまに見えた。それ以上くわしいことはKには言えなかった。いわば正視を拒んだからで、いつも半ば目を伏せていた。いっぽう彼女はこれ見よがしに部屋を歩きまわったり、すぐ近くにすわったり、さらにますます自分の立場があやしくなってくると、Kに誘いかけてハステラーに焼きもちをやかせようとするのだった。やむなくであって悪意ではなかったが、肉づきのいい丸い背中をむき出しにしたままテーブルに伏せ、顔を近づけてKに目を上げさせようとするのだった。その結果、つぎからKは寄り道を断わった。しばらくしてまた行ったとき、ヘレーネはすでに放逐されていた。当然のことだとKは思った。その夜、とりわけ遅くまで一緒にいて、ハステラーの提案により兄弟の固めを祝ったりした。おかげでKはタバコと酒でほとんどふぬけ状態になって家路についた。

まさにその翌日のことだが、頭取が銀行で業務の話をしている際に、昨夜、Kを見かけたと言いだした。見まちがいでなければ、ハステラー検事と腕を組み合って歩いていたというのだ。頭取にはそれがとても奇妙に思えたらしく——こまかいことにこだわるいつもの癖からだが——教会の名をあげ、そのわきの噴水のそばだったと言った。蜃気楼を語るときでも、きっとこんなふうに言うのだろう。検事は友人だとKは答え、たしかに昨夜、教会のそばを通ったと言った。頭取は驚いたようにほほえみ、Kに椅子をすすめた。それはKが頭取に親しみを覚えたきっかけの一つだった。病身で、いつも咳をしていて、責任の重さにやっと堪えている人が、Kのためを思い、Kの将来に気を配ってくれている。それが如実にあらわれた。頭取から同じような扱いを受けた者たちは、それは見せかけだけであって、つまるところ役に立つ部下を二分間の親切で何年もこき使うための方便だと冷やかに言うかもしれないが――Kはそうではなかった。この瞬間、頭取に心酔した。Kには、ほかの者とはちがった話し方をしたのかもしれない。頭取の地位を忘れたようにKと親しく口をきいたのではない――むしろ商売上のまじわりの際に頭取はきまってそのようにした――このときはむしろKの地位を忘れたふうで、子供に話すように、あるいは仕事の口を求めてきて、よくわからない理由ながら頭取の好意をかち得た若者を相手にするように話したものだ。Kはふつうならこんな話し方は、相手が頭取であれ誰であれ我慢しなかったはずだが、頭取の気持が本心からのことに思えたし、少なくともそのとき、相手の心づかいに魅了されたのだ。Kは自分の弱点に気がついた。そのよってきたるところは、たぶん幼年期にさかのぼるのだろう。父が早くに死んだので、子供のころ、そんな心づかいを知らなかった。また早くに家を出たので母親の愛情も受けずじまいだった。母は半ば目が見えない状態で、なんの変哲もない小さな町に住んでいる。たしか二年前に一度訪ねたきり、気にかけることもなく過ごしてきた。

「そんな友情を結んでいるとはまるで知らなかった」

と、頭取は言った。弱々しげな、やさしい微笑が言葉の厳しさをやわらげていた。

エルザのもとへ

ある夜、Kが出かけようとしていた矢先に電話があって、すぐに裁判所事務局へ出頭せよという。ついては警告が引きつづいた。審理は役に立たず、いかなる結果ももたらさず、またもたらすはずがないなどと、けしからぬことを口にしているし、電話であれ文書であれ召喚に応じようとせず、使いの者は戸口から追い返している——すべてこれらのことは記録にとどめてあり、立場を悪くしてきた。どうして従わないのか？　当局は、時間と費用を惜しまず、このこみ入った一件を解明しようと努力しているではないか。にもかかわらず協力を拒みつづけ、これまでは慎んできた職権行使をさせたいのか？　これが最後の通告である。したいようにしてもいいが、裁判所はいつまでも嘲弄に甘んじないであろう。

この夜、Kはエルザに訪問を伝えており、この理由からも裁判所へは出頭できなかった。出頭しない理由があるのがうれしかったが、だからといって無理やり正当化したわけではなく、たとえこの夜、なんの予定もなかったとしても、やはり出頭しなかっただろう。ともあれ自分の権利を意識した上で、もし出向かなければ何があるのか、電話で問い返した。

「見つけるすべはこころえている」

と、相手は答えた。

「自分から出頭しないと罰せられるのですか？」

と問いかけ、耳にするはずの返答を予期してほほえんだ。

「そんなことはありません」

と、答えが返ってきた。

「結構だ」

と、Kは言った。

「今日の召喚に応じるためのどんな理由があるというのだね？」

「裁判所の権力をことさら煽り立てないものだ」

と、しだいに弱まり、ついで消え入りそうな声が答えた。

（そうしないのこそ不注意きわまる）

出かけながらKは考えた。

（その権力を知るためには、いろいろやってみなくてはならない）

躊躇なくエルザのもとへ馬車を走らせた。座席の隅にゆったりともたれかけ、両手を外套のポケットに入れて――すっかり涼しくなった――にぎやかな往来をながめていた。ある種の満足感とともにKは思い返した。出頭するともしないとも、はっきり言明したわけではない。裁判官は待っている、全員が待っている。裁判所が実務を進めていると仮定してのことだが、いささかの厄介をかけたわけでもないのである。Kが現われないので傍聴席はガッカリする。裁判所にまどわされず、自分は行きたいところかも知れない。

ろへ行く。うっかりして馭者に裁判所の住所を伝えたのではないかと一瞬まごついた。それでエルザの住所を大声で言った。馭者はうなずいた。さきにもその行先を告げていたのだ。このあとKはしだいに裁判所のことなど忘れ、以前と同じように、銀行のことで頭がいっぱいになった。

頭取代理との闘い

ある朝、Kはいつになく気分爽快で気力が満ちているような気がした。裁判所のことはほとんど頭にならなかった。かりに思い出しても、あのうかがうべくもない大きな組織であれ、闇の中で手探りするといきあたるようなきっかけさえあれば、簡単につかみとり、ピシリと裂いてバラバラにしてしまえるような気がした。いつにない状態に誘われ、Kはふと頭取代理を部屋に招いて、少し前から懸案になっている業務上のことを相談しようと思った。そんな相談ごとの際、頭取代理はつねづね、Kと自分との関係がこの数か月、いささかも変わっていないようなふりをしていた。熾烈にKと出世を競っていたころと同じようにやってきて、Kの報告に耳を傾け、親しげな、仲間うちのようなちょっとした感想をはさんで、身を入れて聞いていることを示す。ただ、べつに意図したことではあるまいが、あげて業務に集中しており、全身全霊で対処しているらしいのが、Kを混乱させるのだった。そんな姿を前にするとKはうろたえ、あらぬことを考えはじめ、やむなくみずから兜をぬいで、頭取代理にゆだねてしまうのである。あるときなど頭取代理がやにわに立ち上がり、ものも言わず自室にもどってしまった。気がつくと、そんなひどいことになっていた。何があったのかKにはわからなかった。相談がこともなく終了してのことなのか、あるいはK

がそれと知らずに気を悪くさせ、それで頭取代理が打ち切りにしたのか、あるいはまた自分がつまらないことを言ったせいか、それともKが話を聞いていず、ほかのことに気を取られていることをはっきりと気づかれたのか。Kがバカな決定をしたからかもしれず、あるいは頭取代理がわざと仕向けてそんな決定をさせ、Kの失敗を具体化しようと急いでいるのか。ともあれ、このことには立ちもどらなかった。Kは忘れようとしたし、頭取代理も口をつぐんでいた。それにさしあたり、これといった変化もなかった。いずれにせよこの一件でKはへこたれなかった。機会さえつかめばいい。またそのとき少々の気力がありさえすれば、Kはすぐにも頭取代理の部屋へ出向いていく。あるいは自分の部屋へ招くであろう。もはや以前のように頭取代理を敬遠しておくといったことができない。いま大きな成果をあげれば一挙にことが解決して、頭取代理とも以前どおりの関係にもどれるのだろうが、Kはもはやそんな成功を期待していなかった。ゆずるわけにいかないことははっきりしていた。もしや退却戦法をとろうものなら、当然のなりゆきとして、もはや前進が不可能となる危険がある。Kが諦めたと頭取代理に思わせてはならない。そんな思いとともに自室で悠然とすわらせていてはならない、不安がらせなくてはならない。Kがいぜんとして健在であって、たとえいまはありえないことにみえようとも、ある日、みごとに復活して衆目を驚かす、そのことをたえず気にとめさせていなくてはならない。おりおりKは、ことがかかわっているのは名誉だと自分に言い聞かせた。というのは、自分の弱みをかかえたまま、いかに頭取代理に対抗しようとも利益があろうはずがない。せいぜいのところ、相手の権力意識を刺激して、じっとうかがう機会を与え、目下の状況に応じてしかるべき手を打たせるだけなのだ。だがKには状態を変える力がなかった。自己瞞着に身をゆだねた。ときおり、こともなげに頭取代理と肩を並べている気持になっていた。手ひどい体験に何も学んでいなかった。十度失敗して、すべての矢が自分の不利を指しているのに、十一度目はやりとげられると思っていた。頭取代理との出会いのあと、疲れはて、汗にまみれ、ボンヤリとした頭ですわっているとき、はたして自分をしきりに頭取代理へとせっつかせるのが、希望なのか絶望なのかは判然としなかった。だが、つぎにまた改めて頭取代理のドアへと向かわせるのは、あきらかに希望にせかされてのことだった。

この日もそうだった。頭取代理はすぐに入ってきた。それからドア近くで一度立ちどまると、ちかごろ身につけた習慣どおり鼻眼鏡を磨いてから、まずKを見た。ついであまりKにかかずらうのをくらますように部屋を入念に見まわした。まるでこの機会に視力検査をしているようだった。Kは視線を押し返すようにして、少しばかり笑みさえ浮かべ、席をすすめた。みずからも肘掛椅子にすわりこみ、なるたけ相手に近く身を寄せ、机の書類を取り上げて説明をはじめた。頭取代理ははじめ、ほとんど聞いていないようだった。Kの書き物机のプレートを彫刻入りの飾り板がとり巻いている。全体はなかなかの出来ばえで、飾り板もぴたりとはまっていた。だが頭取代理はちょうどいま、一個所にゆるみのようなものを見つけたらしく、人差指で飾り板を突いてゆるみを直そうとした。Kが説明を中断しようとすると、頭取代理はちゃんと聞いて理解しているからつづけてもらいたいと言った。さしあたりKが相手の意見をさし控えている間に、飾り板がおおごとになってきた。頭取代理はポケットからナイフをとり出し、あわせてKの定規をとると、それをもう一方のテコにして、飾り板を持ち上げようとしはじめた。たぶん、軽く上げて、さらにきちんとはめこむためだ。Kは説明にそえてまったく新しい案を出していた。頭取代理も大いに関心をもつはずの提案だった。いまそのくだりにさしかかり、中絶するわけにいかない。自分の報告に気をとられていたし、それに自分もまだ銀行内で重きをなしていて、それを保証するだけの思考力をもっているといった、このところすっかり忘れていた意識につつまれていた。おそらくこのようにして自己主張するのが、銀行内だけではなく訴訟においても最良なのだろう。これまでやってきたこと、また考えていることよりも、ずっと有効なのではあるまいか。気がせいていたので、頭取代理に、飾り板をいじるのはやめてもらいたいと声をかけるヒマがなかった。話しながら二、三度、あいている手で飾り板を撫でるようなしぐさをしただけだった。自分でははっきり意識してではないが、そうやって頭取代理に飾り板には異常がないこと、かりに何がしかのことがあっても、いまは修繕よりも説明に耳を傾けることのほうが重要であり、かつ礼儀に叶っていることを示そうとしたのである。だが頭がのべつ活発に動いている人間にありがちなことだが、頭取代理は逆に熱意をかき立てられたようで、いまや飾り板の一つが引き上げられ、その出っぱりをしかるべき穴に差しこむ工程にさしかかっていた。これまでよりも厄介な作業であって、頭取代理は立ち上がると、両手で飾り板をプレートに押しつけた。しかし、全力でおさえつけても、うまくはまらない。Kは報告をつづけながら——自分の意見をとりまぜてのこと——うすうす頭取代理が立ち上がったことを感じていた。相手の手なぐさみをずっと視野には収めていたが、その行動がどこかしら自分の報告と関連しているようにみなしていた。ついてはKも立ち上がり、数字の一つを指でおさえて書類を頭取代理に差し出した。しかし、頭取代理はこの間に、手で押さえただけでは足りないと見きわめたらしく、即座に決断して、からだの全重量を飾り板にのせかけた。それなりに効果があって、出っぱりの一つはきしみ音とともに穴に入ったが、もう一つが跳ね上がり、上のふちの弱いところが割れてしまった。

「ひどい木を使っている」

頭取代理は腹立たしそうに言うと、書卓からもぎとり〔中断〕

家屋

はじめははっきりした考えあってのことではなかったが、Kは機会があるたびに、自分の件に関して、最初の告訴がどこでとりあげられたのか、その部局のありかを知ろうとした。むずかしいことではなかった。ティトレリもヴォルフハルトも、問うとすぐに家屋番号までこまかく教えてくれた。ティトレリはあとで、さらに補足をしてくれた。たしかな判断ができない秘密に直面したときにおなじみの曖昧な笑いを浮かべて、あの部局はまるきり意味のないところで、指示されたことを伝えるだけ、告訴を受けもつ大きな組織のうちのほんの末端だというのである。それに訴訟の当事者には出入りが許されていない。当局に何か注文があれば——むろん、いつもさまざまな注文があろうが、ともあれ、あれこれと注文を言いたてるのは得策ではないだろう——そのときは該当するところの下の部局に向かえばいいが、だからといって告訴の受け持ちに迎えられるわけではなく、注文が通るというのでもない。

Kはもうティトレリの人となりをよく承知していたので、言い返したりはせず、それ以上たずねもしないで、ただうなずき、黙って聞いていた。このところしばしばあるとおり、惑わせることとなるとティトレリは弁護士といい勝負なのだ。ただティトレリには身をゆだねているわけではないので、いざとなればこともなく振り捨てることができる。とにかくティトレリは以前ほどではないにせよ情報好きで、何であれしゃべりたがる。だからKのほうでもティトレリを痛めつけることもできた。

　こんどのことでも、そうだった。おりおり問題の部局について秘密めかしてティトレリに告げてやった。そことつながりをつけたように述べ、しかし、さらに立ち入るのは危険が伴うようなことを仄めかした。ティトレリがくわしく聞きたがると、やにわに話をそらし、知らんぷりをしている。そんなちょっとした仕返しがKにはたのしかった。裁判所のまわりにいる連中がわかってきたような気がした。からかうこともできる。ほとんど自分もその一員のようなもので、少なくともさしあたりにせよ、彼らが足場にしている裁判所の最初の一段がいかなるものであるか、以前よりは見通しがついたような気がするのだ。とどのつまり、この足元の場を失うと、どうなるか？　そこには多少とも救いの可能性があった。この連中のなかにもぐりこんでいることだ。低い身分のせいか、あるいはべつの理由からか、Kの訴訟の手助けはできないまでも、Kを受け入れて隠してくれる。熟慮の上で秘密を守っていれば、彼らは面倒をみてくれないわけでもない。とりわけティトレリはそうだ。Kはいまや画家ティトレリのよき理解者であり、庇護者でもあった。

　こういったことを毎日のように考えていたわけではない。仕事とははっきり区分していたし、厄介なことは見すごしたり、すっとばしたりするように努めていた。しかし、ときおり――たいていは仕事を終えた夜、疲れはてているときだった――その日のほんのちょっとした、しかしどんな意味にもとれるような出来事に慰みを見つけたりした。いつもは執務室のソファーに横になり――一時間あまりそこに横になって疲れを癒してからでないと勤め先をあとにできなくなっていた――Kは目にしたことをあれこれと思い返した。裁判所とかかわりのある人だけにかぎらない。ウトウトしたような状態にあって、いろんな人がまじりこんできた。裁判所の膨大な業務のことは忘れ、告訴されているのは自分ひとりのような気がした。ほかのみんなは役人や法律家さながらに、裁判所の廊下をワサワサと行き来していた。間の抜けた連中は顎を胸元に落とし、唇を突き出し、神妙な顔つきで目を据えて歩いていた。いつもそこへグルーバッハ夫人の間借人たちが一団になってやってきた。顔をくっつけ合ってかたまり、嘆きのコーラスをするように口を開けていた。見知らぬ顔がいくつもあった。すでに長らく同じ建物の住人たちに、Kはまるきり無頓着になっていた。見知らぬ顔が多いので、グループをじっと見つめるのが不愉快だったが、ビュルストナー嬢を目で探すとなると、じっと見ないわけにいかない。たとえばチラリと一瞥をくれるとすると、突然、まるで見知らぬ目が輝いてKを引きとめる。つづいてビュルストナー嬢が見つかるのではないか、まちがいを避けるため目をこらすと、グループのちょうどまん中にビュルストナー嬢がいて、両側の二人の男に腕を貸しているのだった。だからといって、とりたてて何も思わなかった。珍しい光景ではなく、かつてビュルストナー嬢の部屋で見た海辺の写真をはっきりと覚えており、まさにそれと同じなのだ。いずれにせよそんな光景を目にすると、Kはグループから飛び立ってしまう。たとえなんどかもどってくるにせよ、つぎには裁判所の建物を大股で行きつ戻りつしているのだった。どの部屋もよく知っており、見つくせなかった迷路状の廊下が住みなれた住居のように親しげに現われた。こまかいところまで、はっきりと脳裏に刻まれていた。たとえば、一人の異国人が控えの広間を散歩していた。闘牛士のような出で立ちをしていた。ぴったり身についた胴着で、こわばった短い上着に黄色っぽい粗い編みのレースがついている。一瞬も足を休めず歩きまわりながら、Kに姿を見せつけている。背をかがめ、すり寄って、Kは目を丸くした。レース模様や、ぶざまな房飾り、上着の縁どりも全部よく知っていたのに、やはり見飽きない。それともとっくに見飽きているのに、ついぞ正しく見ようとはせず、あるいはきっちり見させてもらえないのだろうか。

（外国では、なんてへんな格好をするものだ！）

などと考えながら、Ｋはなおも目をみはった。ソファーの上で寝返りをうち、顔を革の座席に押しつけるまで、その男がまざまざと目に残っていた。

母親訪問

昼食のとき、不意にKは母を訪ねなくてはと思った。春がもう終わりかけており、とするともう無沙汰をして三年目になる。Kの誕生日ごとに訪ねてきておくれと母はあのとき言ったものだし、いろいろ障害もあったのだが、Kは母の頼みを聞き入れ、さらに自分の誕生日はきっと母のもとで過ごすと約束までした。その約束を二度まで破った。二週間後には誕生日がめぐってくるが、このたびはそれを待たず、すぐにも出かけるとしよう。いま出かけなくてはならない理由はなく、むしろ反対に、母のいる小さな町で商売をしていて、Kから母への仕送りを管理しているいとこから二か月ごとに届く便りによると、母は以前よりもずっと落ち着いて暮らしていた。目はほとんど見えなかったが、そのことは数年前に医者からいわれ予期していたことだった。目は見えなくても、ほかのことがずっと良くなった。齢のせいによる悩みは強まるよりも弱まったようで、少なくとも泣き言はずっとへった。いとこの意見によると、母が数年前から——K自身、以前にその兆候をいやおうなく感じていたが——格段に信仰深くなったせいらしい。いとこは手紙でくわしく述べていたが、以前はいやいやながら引っぱられて教会へ出かけたのに、このごろは日曜日になると、いとこの手を借りながらいそいそとミサに出かける。報告どおりにちがいなかった。いとこは小心者で、いつもなら良いことよりも悪いことを大げさに言ってくるのだ。

ともあれKは出かけることに心を決めた。このごろKは、何かしたいとなればすぐさま実行に移さないと、いてもいられない焦躁に駆られるが――それがいまは、いい目的のために働いたわけだ。

窓ぎわに寄って考えをまとめると、Kはすぐに食事を下げさせた。それから小使をグルーバッハ夫人のもとへ走らせ、旅行のことを伝えるかたがた、必要な品を用意して、手提げ鞄を持たせてくれるように伝言した。留守中の業務にわたりキューネ氏に指示をした。もう癖になっているとおり、キューネ氏は指示を受けるとき、すでにすっかりこころえていて、ただ儀式として伺っているだけだというように、顔を傾けて聞いていていたが、いまはそのことにほとんど腹が立たなかった。最後に頭取のもとへ出向いて、母を訪ねるため二日の休暇を求めると、頭取は当然のことながら、母親が病気なのかとたずねた。

「いいえ」

とKは答え、それ以上のことは言わなかった。Kは部屋のまん中に立ち、うしろで手を組んでいた。額にしわを寄せて思案していた。出かけるのを急ぎすぎたのではあるまいか。出かけないほうがいいのではないのか。あちらで何をする？　親孝行のために出かけるのか。親孝行のために大事な機会を逃がしはしないか。訴訟はもう何週間も停止したままのようで、何の知らせも舞い込まないが、しかしいつ何どき、絶好のチャンスが訪れないともかぎらないのだ。それに心ならずも年とった母をびっくりさせるだけかもしれないだろう。大いにあり得ることだ。いまや多くのことが心ならずも生じているではないか。母が会いたがっているわけではない。以前はいとこが、なるたけ早く訪ねてほしいと書いてきたが、すでに長らくそんな手紙も来なくなった。つまり、母のために出かけるのではない。それはあきらかだ。自分のための何か希望にせかれてだとすると、とんだ大たわけで、あちらでホゾを嚙む思いをするにちがいない。だが、すでにこういった疑いはひとごとであって、他人からあれこれ言い含められていることのようだった。Kは出かける決心を変えないまま、じっと目を据えて突っ立っていた。その間、頭取は偶然か、あるいはむしろ特別の配慮からと思われるが、Kに向かって新聞ごしにかがみこみ、あらためて目をやり、腰を上げつつ手を差し出した。さらに問いかけることなしに、いい旅を念じる旨を口にした。

それからKは自分の部屋で行きつ戻りつしながら小使がもどってくるのを待っていた。Kが出かける理由を探るべく頭取代理がなんども顔をのぞかせたが、そのたびにKはほとんどものも言わず追い返した。やっと手提げ鞄が届いたので、すでに予約ずみの車に向かった。階段にかかったちょうどそのとき、部下のクリヒが書きかけの手紙をもってやってきた。Kの指示を仰ぐつもりだったようで、Kは手を振って拒んだのだが、ブロンドの大頭の呑みこみの悪い男は、まるきり誤解して、手紙を振りかざしたまま、いのちがけの跳躍をするようにして追ってきた。Kは腹立たしくてならず、クリヒが外の正面階段で追いついたとき、その手から手紙をもぎ取ると引き裂いた。車の中から振り返ると、クリヒはまだ自分の失態に気づいていないらしく、同じところに突っ立ったまま、走り去る車を見つめていた。かたわらの門衛はKに向かい丁重に帽子をとった。Kはまだいぜんとして銀行幹部の一人なのだ。かりにK自身が否定しても、門衛は認めまい。母ときたら、いくらKが訂正しても、息子が頭取だと言い張ってゆずらない。それも数年前からである。いくらKの名誉が失墜しようとも、母のなかでは変わらない。ちょうど出発にあたり、自分がまだレッキとした幹部であって、裁判所とつながりすらもっており、部下の手から手紙をもぎ取って平然として引き裂いてもいいことを確信したのは、吉兆というものだろう。ともあれなろうことなら、クリヒのあの青ざめた、丸い頬っぺたに、二発ばかりくらわしてやりたかった。

『審判』の読者のために

池内 紀

カフカの『審判』は『変身』とともに、二十世紀の文学に大きな影響を与えた。ともに「ある朝」ではじまっている。『変身』の主人公ザムザは、ある朝、目を覚ますと、一匹の虫になっていた。『審判』の場合は、ある朝、目を覚ますと、悪いことをした覚えもないのに逮捕された。

名前はヨーゼフ・K。カフカ自身はドイツ語のアルファベットどおり、Kをケーではなく「カー」と発音していただろう。つまり、ヨーゼフ・カーである。銀行員で、独身。年齢のことは、すぐに出てくる。

「今日が三十歳の誕生日だから、それにかこつけ、銀行の同僚たちがやらかしたのかもしれない」

突然、逮捕にくるなんて、誕生祝いに同僚のやらかした手のこんだいたずらではあるまいか。処刑にいたるまでの以後の経過にみるとおり、むろん、いたずらではなかった。処刑人の到来は、最終章の冒頭に出てくる。

「三十一歳の誕生日の前夜――九時すぎ、通りに音が絶えるころ――二人の紳士がKの住居にやってきた」

物語の経過がちょうど一年に想定してある。誕生日の朝から、つぎの誕生日の前夜まで。これほどはっきりと時間のワクが定められている小説も、珍しいのではなかろうか。

注意深い読者は、さらにつぎのことに気がつくだろう。最初と最後が、いわば一足の靴のようにそっくりだということ。右と左の対照的なちがいがあるだけ。

逮捕は朝、処刑は夜。

逮捕の朝、主人公はパジャマを着てベッドにいた。処刑の夜、ヨーゼフ・Kは黒服姿で椅子にすわっている。

逮捕のときは、パジャマをぬいで服を着ろと言われた。処刑のときは服をぬいで裸になれと言われる。

逮捕にやってきたのは、干からびた顔の二人組で、鼻がグイと一方に曲がっている。処刑にやってきたのは、プックリと肥った二人組で、重たげな二重顎をしていた。

逮捕にきた二人組は「からだにぴったりの黒い服」を着ていた。ポケットや留め金やヒダやボタンがついている。処刑にやってきた二人は、フロックコートに山高帽といういで立ち。

逮捕にあたっては、隣のビュルストナー嬢の部屋が使われ、彼女は留守だった。処刑の際には、彼女は通りを歩いていて、処刑場への道案内の役をする。

逮捕のとき、向かいの建物の窓から、年とった女がじっとこちらをながめていた。処刑にあたっては、隣合った建物の窓がやにわに開いて、痩せた誰かが身を乗り出して、両腕を思いきりのばした。

出だしとおしまいが、右と左の靴のようにつくられている。対照的なせいで、なおのことよく似ている。似ていて当然である。残されたノートからわかるのだが、カフカは最初と最後を同時に書いた。逮捕の章を仕上げたあと、トランプをめくるようにして、処刑の場を書いた。もしかすると、最後の章を決めたあと、それをクルリと裏返しにして、最初の章にとりかかったのかもしれない。

カフカが『審判』を書きはじめたのは、一九一四年八月十一日。こまかい日付までわかっているのは、ノートが日記帳を兼ねていたからである。書き出したのは八月だが、ひと月ほど前から、あれこれストーリーを考えていた。カフカの誕生日は一八八三年七月三日であって、とすると小説を思い立ったのは、ほぼ「三十一歳の誕生日の前夜」にあたる。

書き出して九月末までのひと月あまりに、全体の三分の二ちかくを書き上げた。サラリーマン・カフカには毎日の勤めがあり、執筆には夜と週末をあてるしかない。机に向かうやいなや、一気に書いていったことが見てとれる。

十月に入るとペンの勢いが落ちてくる。しだいに書き渋りを示しはじめる。十月五日、勤め先に一週間の休みを届け出た。もっともらしい理由をつけたが、実際のところは小説を書きたいからだった。だが、思うように進まない。日記にしるしている。

「ほとんど書けず、書いたのも、ひ弱なしろもの」

もう一週間、休暇の延長を願い出た。貴重な時間をムダにしたくなかったのだろう、『審判』はひとまずわきに置いて、短篇にとりかかり、『流刑地にて』を仕上げた。中絶のままにしている『失踪者』のために、オクラホマの劇場をめぐる一章を書いた。

その後も書き悩んだ。十一月末の日記に、書き進めるか放棄するかの「分かれ目」だとしるしている。

十二月に入ると「惨めな匍匐前進」といった記述が見える。おりしも第一次世界大戦のさなかであって、連日、新聞が戦況報告を書き立てていた。「匍匐」は腹ばいで這うこと、武器をかかげ、じりじりと這って敵陣に進む。そんな新聞の表現を日記に使ったらしい。放棄せず、書き進めるのを選んだわけだが、年が明けて一九一五年一月、最終的に放棄した。

カフカの死の翌年、友人マックス・ブロートがノートを整理して本にした。幸いにも『審判』は最後の章をそなえている。ほとんど無名の作者の長篇小説を世に出すためには、ともかくも完結している印象を与えなくてはならない。当然のことながら、ブロートは最終章を最後に書かれたものとして編集した。最初の逮捕にひきつづき、整然と章を追って、最後の処刑にいたる。そのためにも章ごとに数字を振って、全十章の構成にした。

書きさしのうら、章のどこかに入りそうなものは、そこに収めた。どうしても合わないものは入れなかった。カフカはときおり速記文字を用いたが、ブロートには読みとれないので、それは省いた。つじつまが合わないところは補いをしたり、語句を改めた。

小説のプロットにあたるものを、カフカは友人に語っていたらしい。ある銀行員が、突然、逮捕を告げられる。訴えた人がいて、自分に対する訴訟がもち上がっているというのだが、どのような罪によるのか、誰も伝えてくれない。不可解な裁判に巻きこまれ、人を通して事実をつきとめようとするのだが、どれも失敗し、とどのつまりは処刑人の手で、犬のように殺される——。

マックス・ブロートはそんな流れのもとに構成した。『審判』はつねにこの「ブロート版」にもとづいて語られ、論じられ、訳されてきた。カフカのノートを忠実に収めた手稿版『審判』が出たのは一九九〇年である。書かれてから七十五年、はじめて世に出てより六十五年の歳月がたっていた。

さきほど触れたが、カフカは日記帳を兼ねたノートに小説を書いていた。『審判』は百六十一枚の手稿として残されていた。カフカ自身が一応の整理をしており、日記帳から小説のページを引きはがして、二種類に分けていた。ひとまとめにしたページに扉のような紙片をあて、書き入れをしたのが一つ。もう一つは、あたまにメモがあるだけ。

カフカの勤め先の労働者傷害保険協会は官僚組織の末端であって、のべつ書類を作っている。役人用語で決定ずみを「既決（きけつ）」、これから審査するのを「未決（みけつ）」というようだが、勤め先のやり方を原稿の整理に応用したらしい。紙片をあてたのは書き上げたもので「既決」、メモだけのものは書きさしで「未決」というわけだ。

扉にあたるところの書き入れは、「逮捕」「グルーバッハ夫人との対話 ついでビュルストナー嬢」「最初の審理」といったぐあいだ。あきらかに表題ではなく、章名でもないだろう。中身を思い出すための心覚えといったところだ。その点では「未決」のものと同じである。「Bの女友だち」「検事」「エルザのもとへ」などと、ほぼ同じ書き方である。

ともかくも一応の整理をしたのは、友人ブロートがそれを要求したからである。中絶ののち、カフカは何度か、書き上げている章を友人たちに朗読した。ブロートは発表をすすめたが、カフカは承知しなかった。生前に彼が活字にしたのは、「大聖堂にて」の章に語られている、小さな、謎めいたエピソードだけである。

『審判』にとりかかるにあたり、時間のワクをさきに決めたのは、『失踪者』が頭にあったせいかもしれない。それが中絶したのは一年前のこと。ただし、完結をあきらめたわけではなく、『審判』を書いている間にも、しばしば『失踪者』が割りこんできた。わざわざ休暇を延長したなかで仕上がったのは『失踪者』の一章だった。にもかかわらず完結せず、主人公はアメリカ大陸の一点にとどまったままで、小説そのものが「失踪」した。

『審判』を書き出すにあたり、カフカは『失踪者』を反面教師にしたのではなかろうか。時間のワクを決め、さきに結末を書いておく。一年の経過という流れのなかで、その結末に向かって、時を区切りながら追っていけば、必ずや仕上がるだろう。『失踪者』のようには決してならない。

素材においても同様の作戦をとった。『失踪者』の舞台となったのはアメリカであり、主人公は十代の青年だった。自分がほとんど知らない国に、自分よりうんと若い人物を送りこんだ。

『審判』の舞台になったのは、逮捕や裁判の世界である。むやみに複雑な手続きと書類づくりがつきものだ。プラハ大学法学部を出たあと、カフカは弁護士見習いや司法研修の実習を受けた。実習の終わりに裁判を傍聴して、レポートを提出した。とりわけ自分がよく知っている世界である。

主人公も十代ではない。三十歳の誕生日を迎えた男。それは作者自身の年齢でもあって、もっとも親しくつき合っていける。カフカは「ヨーゼフ・K」と書くとき、つねにJosef K. と書いた。KではなくK.である。右につけてあるピリオドをドイツ語では「プンクト」というが、このような使い方の場合は省略を意味している。Kではじまる人名を略したしるし。とすると、そのKなる人物がKafkaであってもかまわない。少なくともこのK.は色濃くカフカ自身の分身という性格をおびている。

ゆるやかに一年が経過していく。「ある朝」ではじまって以後、各章の出だしが時の経過を刻んでいく。

「この春、Kは……」
「電話でKに通告があった。つぎの日曜日に……」
「つぎの一週間、Kは毎日……」
「数日後の夜のことだが……」
やがて「冬のある日の午前のこと」と書き出され、一年ちかくがすぎたのが見てとれる。そして「三十一歳の誕生日の前夜」にいたる。

書きさしの六篇にも、さりげなく時の経過を暗示する言葉が入っている。「Bの女友だち」では、逮捕からしばらくしての日曜日だった。「検事」は、裁判が宙ぶらりんになっているさなかのこと。「母親訪問」の出だしによると、毎年、自分の誕生日は母親のもとで過ごすことにしていたのに、この二年はごぶさただった。

「二週間後には誕生日がめぐってくるが……」

最終章の前、あるいはそれに近いところに予定して書き出したことがわかるのだ。

見通しの立たない裁判のなかで主人公Kが行き迷い、立ち往生しているように、作者カフカも書き迷い、立ち往来をしている。方角はそちらに向かっているのに、「未決」から「既決」へと往きつけない。ヨーゼフ・Kの審判の過程が、ぴったりと作者の執筆のプロセスとかさなっている。

「商人ブロック 弁護士の解任」は、『審判』のなかで、もっとも長い章である。提出書類がいつまでたってもまとまらない。Kは疲れはてた。一挙に仕上げることはできないか？ しかし、勤めがある身であれば、昼間は不可能である。夜の時間をあてても足りないとなれば、休みをとるしかないだろう。

「中途半端のままにしておけないのだ。中途半端は仕事においてのことだけでなく、何ごとであれバカげている」

小説のなかのヨーゼフ・Kは、そのままカフカ自身というものだ。小説を「中途半端」にしないため、さきに述べたとおり、もっともらしい理由を申し立てて休暇をとった。「中途半端は仕事においてのことだけでなく、何ごとであれバカげている」のKの呟きは、作者カフカの呟きでもあった。

へんてこな経過をつづった小説でありながら、読者は呪縛されたように読み進んでいく。とりわけカフカに独自のところだが、理由の一つがここにあるだろう。物語のプロセスが、小説の書き手のプロセスでもある。ついでにいえば、原題のドイツ語「プロッェス」は英語のプロセスであって、「訴訟」とともに「過程」をも意味している。

とびきり深刻で、とびきりおかしな小説である。「逮捕」でもってはじまったが、その日も、また以後も、主人公はいつものように勤めに出て、ふだんの生活をつづけている。不可解な審判のなかで、その日常がほんの少しずつズレていくのだが、主人公は少しもそれに気づいていない。

監視人、判事、弁護士、検事、事務官、鞭打人、さらに処刑人までそろっている。にもかかわらず巨大な法の機関そのものは何ものとも知れず、それが何を求め、どのように運営されているのか、誰にもわからない。

誰が洩らしたわけでもないのに、誰もがKの裁判のことを知っている。口にはいっさい出さないが、執拗な関心をもって「被告」の動向を見守っている。この小説の二十年後に登場した「ナチス・ドイツ」という国家を、いちはやく予見したぐあいである。あるいは、あらゆる情報がとびかうが、しかし真相は誰にもつかめない。そんな情報化時代、また「管理社会」とよばれる時代の到来を、二つとないほどの似姿で、まざまざと予告したかのようである。

Uブックス「カフカ・コレクション」刊行にあたって

このシリーズは『カフカ小説全集』全六巻（二〇〇〇―二〇〇二年刊）を、あらためて八冊に再編したものである。訳文に多少の手直しをほどこし、新しく各巻に解説をつけた。

本書は2009年刊行の『カフカ・コレクション　審判』第4刷をもとにオンデマンド印刷・製本で製作されています.

白水uブックス　154

カフカ・コレクション　審判

著者　フランツ・カフカ
訳者 ©　池内（いけうち）　紀（おさむ）
発行者　岩堀雅己
発行所　株式会社白水社
東京都千代田区神田小川町 3-24
振替　00190-5-33228　〒 101-0052
電話　(03) 3291-7811（営業部）
(03) 3291-7821（編集部）
www.hakusuisha.co.jp

2006年 5 月 25 日第 1 刷発行
2025年 6 月 20 日第 14 刷発行
印刷·製本　大日本印刷株式会社
表紙印刷　クリエイティブ弥那
Printed in Japan

ISBN 978-4-560-07154-0

乱丁・落丁本は送料小社負担にてお取り替えいたします。